●

인생, 조금 천천히 살기로 했다

●

속도를 줄이면 비로소 보이는 것들

●

The Things You Can't See Until
You Slow Down

●

속도를 줄이면 비로소 보이는 것들

The Things You Can't See Until
You Slow Down

들 | 어 | 가 | 는 | 글 - 느리게, 더 느리게

▼▼▼▼▼

10명의 작가, 50편의 글이 모였다.

"속도를 줄이면 비로소 보이는 것들" 작가님들의 글을 찬찬히 읽어 가다 보면 슬로우 라이프가 왜 필요한지 알 수 있을 것이다. 내 얘기 같은데 하고 공감 가는 글, 내가 살아보지 않은 삶이지만 작가 인생의 다양한 경험을 담은 글 속에서 독자들도 슬로우 라이프의 필요성을 발견하고 멈추고, 내 삶을 돌아보는 시간을 가졌으면 좋겠다.

MBN 방송 프로그램 중 〈나는 자연인이다〉라는 프로그램이 있다. 자연으로 돌아가고 싶어 하는 현대인들에게 힐링과 참된 행복의 의미를 전하는 프로그램이다. 방송인 이승윤 님과 윤택 님이 자연에 사는 분들을 만나러 가서 주인공들의 사연을 듣는 장면을 봤다. 지금은 500회 차를 넘겼는데 그만큼 현대인들에게 힐링이 필요한 것일 거다. 그리고 자연인들의 삶 속에서 나의 생활을 돌아보는 시간을

가질 수 있어 긴 시간 사람들의 사랑을 받으며 방송을 이어갈 수 있지 않나 생각한다. 방송에서는 출연자들이 자연으로 오게 된 이유를 들어보는 시간이 있다. 그 사연 중 바쁘게 앞만 보고 달려오다 가족과 건강을 잃었다는 내용이 꽤 많이 나온다. 아파서 모든 걸 다 내려놓고 산에 들어와서 좋은 공기를 마시며 스트레스를 받고 일에 쫓기는 삶이 아닌 생활에 필요한 일들을 나만의 속도로 천천히 해나가며 치유된 분들을 보았다. 관계의 스트레스 없는 곳, 자연에 의지해서 치유하신 분들의 이야기도 자주 등장한다. 젊은 날 돈을 찾아 명예를 찾아 성공을 위해서 열심히 살았는데 가족과 건강을 잃어보니 무엇이 중요한지를 깨달았다고 고백하는 장면에서 나도 내 삶을 돌아보게 된다. 불편해 보이는 생활인데 느리게 사는 그분들의 표정에서 진정한 행복을 느낄 수 있었다. 나도 자연인의 여유 있는 표정과 삶을 보며 대리 만족한다.

사람들은 저마다의 목표와 가치를 찾아가기 위해 열심히 살아간다. 내 주변을 보면 자식들을 위해 몸이 부서져라 열심히 일만 하느라 자식들의 커가는 시간 속에 함께하지 못하고 시간이 흐른 뒤 지나간 시간들을 아쉬워하는 사람들을 보았다. 자연인으로 소개된 분들과 균형 있는 삶을 사는 분들을 보면 그저 열심히만 사는 게 아니라 주변을 살피고 지금을 볼 줄 알고 잠시 멈춤의 시간을 가져야 하는 게 얼마나 중요한지 알 수 있었다.

남편이 막내아들의 오른쪽 콧방울을 단추 누르듯 삐~ 소리를 내며 누른다. 아들은 "나는 아빠 아들입니다." 하고는 로봇이 내는 목소리를 흉내 낸다. 이번에는 내가 아들의 반대 콧방울을 눌렀다. "나는 엄마 아들입니다." 침대 위에 뒹굴던 우리는 귀여운 아들의 모습에 행복하게 웃었다. 때론 시간이 더디게 흘러갔으면 하는 순간이 있다. 바로 이런 순간이다. 주말에도 가족과 안락한 삶을 위해 일을 해야 하는 시간을 보냈다. 나의 성장을 위해 투자해야 하는 시간도 필요하고 중요했다. 지금의 나는 삶의 영역에서 한쪽으로 치우치지 않는 균형을 잡아가는 삶을 살아가야 한다는 걸 안다. 어느 쪽이든 불행하지 않으려면 내 인생의 다양한 방면에 고루 시선을 둘 줄 알아야 한다고 생각한다. 앞만 보고 달려가서는 놓치는 순간들이 많다. 지금 아니면 할 수 없는 것들, 지나면 후회되는 일들이 많다.

공저를 쓰는 과정에서 글쓰기가 재밌다는 생각을 처음으로 해봤다. 시작은 내 이름이 들어간 책 한 권 가져보는 게 꿈이어서였다. 막상 글을 써보니 스트레스였다. 내 삶은 글을 쓸 수 있는 삶이 아니었다. 바쁘게 빨리빨리를 달고 사는 삶에서 복잡한 머리에서 좋은 생각이 나올 수 없었다. 퇴고에 퇴고를 거듭하며 내 글들을 다듬어 가는 과정에서 심플한 느린 삶에 대해 생각이 정리되었다. 갑자기 내 삶이 자랑스럽다는 생각이 들었다. 처음 내가 독자들에게 전달할 이야기가 그분들에게 도움이 될까 하는 생각에 부끄러웠고, 후회했다. 나는 항상 일을 벌여 놓고 일을 진행하며 개선하는 편이다. 나의 경험을 담아 세상에 내 목소리를 내 보는 시작이다. 글을 쓰며 멈춰 생각해 보고 이렇게 저렇게 다른 시각으로 관찰도 해봤다. 글 쓰는 삶이 살고 싶어졌다. 그러려면 슬로우 라이프는 필수다.

낯선 지역으로 찾아갈 때 내비게이션에 주소를 입력하고 간다. 미리 주소를 확인하고 가면 될 것을 뭐가 바쁜지 차가 출발하고 나서야 내비게이션이 생각 난다. 신호가 멈출 때 주소를 입력하는데 정확한 주소를 입력하지 않고 00동이라고 입력했다. '대충 그 근처 가서 다시 입력하지 뭐' 라는 생각에서였다. 운이 좋으면 그 근처에 가지만 도착 예상 시간보다 영 먼 곳으로 돌아가는 경우가 많았다. 시동을 걸었을 때 정확히 입력하고 출발했다면 여러 불편한 상황들을 만들지 않았을 것이다.

인생은 마라톤이라고 했다. 100세 시대라고 하는 긴 시간 달리기만 하는 삶을 살 수 있을까? 페이스 조절해가며 중간중간 물도 마셔가면서 내가 제 코스로 잘 뛰고 있는지 나의 체력을 잘 조절하고 있는지 점검하며 달려야 한다. 코로나로 인해 빠르게 변화되는 정보의 홍수 속에서 나는 없어진 채 위기감에 휩쓸려 다니지 말았으면 좋겠다. 이 책을 읽는 분들이 지금, 여기에서의 나를 돌아보는 시간을 가졌으면 좋겠다. 천천히 시간을 들여서 나의 삶을 만들어 가야 한다. 생각의 속도를 줄이고, 책 읽는 속도도 줄인다. 천천히 걸으며 세상과 사람을 보고 조급한 마음도 내려놓는다. 그렇게 천천히 그러나 꾸준히 내 삶을 즐긴다. 그 이야기가 10명 작가의 다양한 삶을 통해 펼쳐진다. 내가 미처 깨닫지 못해 놓치고 간 내 소중한 것들의 발견을 위해서 슬로우 라이프를 실천해 보자.

Slow Thinking……

제1장

슬로우 씽킹

제 | 1 | 장
슬로우 씽킹
Slow Thinking

1-1. 절제일까? 아니면 생각일까?_ 김종태

숨이 턱턱 막힐 지경이다. 해도 해도 끝이 없을 만큼 할 일이 많다. 이렇게 계속 살아야 할까? 힘들고 피곤하다. 침대에 누워 잠들 시간이면 이대로 영원히 잠들어도 좋겠다는 생각이 들 정도다. 그만큼 내 몸과 맘은 쉼이 필요하다고 말하고 있다.

2020년 10월 말이다. 지인이 운영하는 오픈 채팅방에 들어갔다. 생전 처음 경험해 보는 세계였다. 그동안 고향이나 가족 혹은 학교 동기생 모임의 단톡방 경험은 있었으나 그런 곳은 처음이었다. 별세계였다. 온갖 정보들이 오가고, 유무료 강의들이 넘쳐났다. 구미 당기는 강좌들도 많아 신나게 들었다. 강사들이 소개하는 다양한 오픈 채팅방에 가입했다. 여러 오픈 채팅방에 연결될수록 매혹적인 강좌들이 많았다.

처음에는 뭐가 뭔지 몰라 이것저것 거의 다 들었다. 재정이 부담되어 가능하면 무료 강의를 들었다. 무료를 듣다가 수강료 1,2 만 원 짜리 강의를 들었다. 듣고 싶은 강의들은 비쌌다. 100만 원 혹은 200만 원이 넘는 것들도 많았다. 처음에는 1,2만 원 짜리도 부담스러웠다. 그러나 갈수록 유혹되어 거금의 수강료를 내고 비싼 강의를 들었다. 어떤 때는 '이런 것을 꼭 돈 내고 들어야 하나' 하는 것들도 있었다. 알고 보니 유튜브에서도 많은 것을 들을 수 있었다.

이 공부를 통해 내가 얻은 가장 큰 수확은 '나 자신을 새롭게 발견하는 것'이었다. '독서'를 좋아한다는 것을 뒤늦게 알았다. 그리고 독서와 관련된 일들도 좋아한다는 것을. 이를테면 독서 외에 '독서 후 내용 정리하기', '정리한 것을 지인들에게 전달하기', '블로그 글쓰기', '서평', '글쓰기', '저자 특강 진행' 등. 그래서 결국 일을 저지르고 말았다. "3P자기경영연구소"에서 진행하는 '독서경영 기본과정'과 '독서경영 리더과정'에 등록해 5개월 이상의 강

훈련을 받았다. 수료 후 온라인에서 '하나비'라는 독서모임을 7개월간 운영했다. 아울러 진행한 것이 이은대 작가님이 운영하는 "자이언트 북클럽"의 '책 쓰기' 수업이었다. 등록하여 수료한 후, 이 작가님의 지도로 『나이 70, 메신저가 되다』라는 책을 출간했다.

그다음에는 '1인 기업'에 꽂혀 김형환 교수님이 운영하는 1인기업 세미나에 참여해 수료했다. 그리고 만난 것이 '메타버스'였다. '한국메타버스연구원'에서 운영하는 '메타버스전문강사' 양성과정이다. 과학기술정보통신부 산하 메타버스 강사 민간자격증을 땄다. 곧이어 한국메타버스연구원출신 50여명이 모여 50여 일간 집단지성으로 'NFT'(대체불가토큰)를 함께 공부했다. 서로에게 강사 노릇하면서 이룩해낸 과정이다. 각자가 연구하여 1시간짜리 PPT로 준비해 강의했다. 이들과 함께 '한국NFT협회'를 설립했다. 이 모든 과정을 진행하면서 "생터사역연구원"에서 진행하는 '여성경전문강사과정'에도 등록하여 지난 1년 동안 공부하고 수료했다.

이런 일들이 모두 2020년 11월부터 지금까지 약 1년 반 사이에 일어났다. 아침 7시부터 밤 12시까지, 때로는 12시 넘어서까지 컴퓨터 앞에 앉아서 강의를 들었고 과제를 냈다. 강의도 했다. 돌아보니 정신없이 살아온 날들이다.

처음부터 이런 삶을 의도하거나 계획한 것은 아니었다. 은퇴 이후 혹은 코로나 이후 새롭게 열린 온오프라인의 뉴-노멀한 시대에 어떻게 살아야 할까 하는 고민에서였다. 이 일을 시작하기 1년 반 전, 그때는 이런 결과들을 전혀 의도하지 않았다. 어쩌다 보니 여기까지 왔다. 정확히 말하면 온오프라인 공부를 통해 이런저런 생각들이 하나하나 모아져 서서히 형성된 것이다. 다양한 공부를 하면서 이런저런 생각들이 나도 모르게 모아진 것이다. 은퇴 이후의 적절한 삶을 위해서는 최소한 이러이러한 것은 준비해야 될 거야!라는 생각들이 그렇게 나를 몰아쳐 온 것이다.

이 모든 과정을 감당하고 소화하기에 체력적으로 힘들었다. 아내와 주변 지인들은 "왜 그렇게 힘들게 살아!"라는 말로 격려 아닌 격려의 말을 했지만 내 마음에 썩 와닿은 것은 아니었다. 하지만 간혹 내 안에서도 그런 회의가 들지 않았던 것은 아니었다. 산책하면서 '이렇게 힘들게 살 필요가 있을까? 좀 더 슬로우하게 살아야지 않을까?' 하는 생각이 이따금 들었다. 그렇다. 그래서 스스로 정리했다. '여기까지' 라고. 과거 언젠가 '나는 평생 배우며 살 거야 라고 다짐했지만 그러나 이제부터는 '아웃풋'에 무게 중심을 둬야겠다는 생각이다. 그러려면 어떻게 해야 할까.

정체성과 가고자 하는 방향, 그리고 가치관을 재확인하고 그에 맞추어 많은 일들을 재정리해야 할 것 같다. 무엇을 더 우선적으로 해야 할지 말이다. 슬로우한 생각을 하려면 나도 모르게 내 마음에 생기는 욕심을 다스려야 한다는 생각이 들었다. 나는 워낙에 배우는 것을 좋아해 무엇이든 다 배워보고 싶다는 생각이 많다. 욕심이다. 탐욕이다. 이걸 절제하지 않으면 슬로우한 생각은 불가능할 것 같다. 해야 할 일이 많거나 배워야 할 것들이 많으면 자연히 슬로우한 생각은 하기 어려울 것이다. 마음이 바쁘고 생각이 복잡해지면서 조급한 생각이 들 것이다.

결국은 마음과 절제, 생각과 컨트롤의 문제이다. 그리고 자신의 정체성에 따른 방향을 다시 붙잡는 것이리라. 이것저것 할 일이 많거나 배워야 할 것을 자꾸 만들면, 자신의 삶은 슬로우하지 않을 것이고 더욱 복잡하고 바쁘게 되어 삶의 여유는 없어질 것이다. 더욱 중요한 것은 '나'를 잃어버릴 것이다. '자기'를 잃어버린 삶, 무슨 의미가 있을까. 나를 찾아야 한다. 나를 붙잡고, 회복해야 한다. 이 세상에 하나밖에 없는 나, 단 한 사람의 나와 단 한 하나의 '내 삶²을 붙잡아야 한다. 그렇게 나는 나의 삶을 살고 싶다. 그것을 위해 절제와 아울러 우선순위를 정해야 할 것이다.

어차피 나는 모든 것을 다 할 수 없다. 이것저것을 다 알 수도 없고 다 잘할 수도 없다. 그럴 필요도 없을 것이다. 집중과 선택이다. 그것이 무엇일까. 첫째는 독서이다. 둘째는 글쓰기이다. 셋째는 강의이다. 이 세 가지의 공통점은 메시지와 메신저다. 나는 어떤 메시지를 전하는 메신저일까. 세상 사람 누구나 공감할 수 있는 이성적이고 보편적인 메시지, 다양한 영역에 존재하는 객관적 메시지를 찾아내 말로 전하는 메신저라는 정체성이 내 안에 있다. 나는 나도 모르게 그것을 위해 그동안 이런저런 것을 배워 온 것 같다. 여기까지 온 것이 참 이상하다. 신기하다. 그러나 이제는 생각, 즉 마음에서부터의 통제를 통해 돈 내고 배우는 일을 절제해야 한다. 이제는 내 경험과 지식에 근거해 정리한 메시지를 전하는 아웃풋에 중심을 두는 슬로우한 삶을 살 것이다. 앞서 언급한 독서, 글쓰기, 전하기이다. 할 수 있을까. 가능하리라 믿는다. 무엇이든 마음 단단히 먹으면 안 되는 일이 없으니까.

그것은 나를 회복하는 일이고, 나를 붙잡는 것이고, 자유와 힐링을 얻는 길이다. 나의 행복지수를 높이는 일이다. 즐겁고 보람 있는 일이다. 그것은 '메신저'라는 나의 본질적인 정체성에서 나오는 삶이다. 내가 행복하면 남도 행복해질 것이다. 내가 즐겁고 보람 있으면 남도 즐겁고 보람 있을 것이다. 지금은 말로 하는 것보다 남에게 내 삶이 보여줘야 설득되는 시대이다. 그렇게 함으로 더 나은 나, 더 나은 세상이 될 것이다. 이 일은 마음과 생각에서부터 절제함으로 시작될 것이다.

1-2. 자신만의 보폭대로 나아가야 한다 _ 김태영

밤잠을 설친 상태로 버스를 탔다. 날씨가 좋아 창문을 열었다. 시원한 바람에 긴장이 풀려 스르르 잠이 들려는 찰나. 어디선가 카톡, 카톡, 카톡. 쉬지 않고 울리는 소리에 눈은 뻑뻑하고 머리는 무거웠다. '누가 저 소리 좀 말려줬으면.' 미간을 찌푸리며 다시 눈을 감았다. 따스하면서도 상쾌한 바람이 불어왔지만 이미 깨어버린 잠 때문에 머리는 더 무겁게 느껴졌다. "거참. 카톡 소리 줄일 수 없나?" 돌아보니 60대 정도의 어르신이었다. 그분 역시 거슬렸나 보다. 어르신의 핀잔에도 아랑곳하지 않고 계속해서 문자를 해대는 학생 앞에 서 있던 사람이 툭툭 치고 나서야 버스 안은 다시 고요해졌다. 누가 이 상황을 탓하랴. 만날 수 없는 시간이 계속되다 보니 어느새 익숙해져 버려 생긴 습관이니, 애들 탓할 것도 없지!

　2020년 3월 사상 초유의 사태가 벌어졌다. 입학이 연기되고 모든 수업들이 EBS 또는 사전 녹화된 강의로 대체되었다. 그렇게 한 달, 두 달이 지나는 5월에 한 통의 문자를 받았다. '부모 교육사 1급 또는 독서지도사 2급 이상 자격증 있는 강사님들 중 온라인으로 강의하실 분 협회로 이력서 제출해 주시길 바랍니다. 검토 후 연락드리겠습니다.' 잠시 망설여졌다. 지금도 정신없는데. 할 수 있을까? 라며 고민만 하다 보내지 않았다. 두 아이가 집에서 수업을 듣다 보니 정신도 없었고, 대면 수업과 다르게 집중력이 떨어지는 한계점을 극복하기엔 시기상조라는 생각이 들었기 때문이다. 정부에서 강력하게 집합 금지 명령을 내리고, 조심하다 보면 조만간 코로나가 끝날지도 모른다는 기대감도 있었다. 그러나 주춤했던 확진자 수는 다시 올라갔고, 떨어질 기미가 보이지 않았다. 오히려 점점 확산되었다. 오래갈 거라는 전망이 나오자 여기저기 온라인 강의가 개설되기 시작했다. 인기를 얻지 못할 거라는 예측과 달리 대면 강의의 강점인 토론형식의 수업까지도 온라인에서 가능하게되면서 비대면방식의 수업영역이 넓어졌다. 오프라인 공간에서 사무실 임대료 등 여러 부대비용 때문에 비싸게 운영했던 강의들은 가격이 낮춰졌다. 무료지만 유료라도 아깝지 않은 강의들도 많아졌다. 이제는 더 이상 거리 때문에 교육기회를 놓친다는 말을 할 수 없게 된 것이다.

1년여를 지나면서 온라인 수업에 부정적이었던 생각의 변화가 일어났다. 불안해지기 시작했다. 시대 흐름에 편승하지 못하고 프로그램들을 익히지 못해 주춤하는 사이 더 이상 미루면 설 공간이 사라질 것은 위기감이 몰려왔다. 새로운 강의 기법, 프로그램들을 찾았고, 시간이 가능할 때마다 여러 강좌를 신청했다. 한 번도 해보지 않았던 것들을 하려니 더 정신없었다. 아침저녁으로 시간이 빡빡했다. 퇴근하고 온 남편, 늦게까지 공부하고 온 아이에게 따뜻한 밥 챙겨 먹일 시간 없이 강의를 듣고 과제를 제출하느라 정신없이 보냈다. 턱에 숨이 찰 만큼 벅찬 일정을 소화하면서도 한편으로는 코로나 확진이 늘어나는 때라 가족들이 감염될까 봐 신경이 쓰였다. 아니나 다를까 아들이 통증을 호소했다.

"엄마! 나. 목이 좀 아파! 오미크론 증상과 비슷해. 요즘 학교에서 아이들 하나둘 확진되어서 조마조마했거든"

염려했던 대로 키트 검사에서 두 줄이 나온 아들은 밤새 앓았다. 늦게까지 공부하고 온 아이에게 바쁘다는 핑계로 인스턴트 음식으로 대충 차려 먹게 한 게 미안했다. 한참 공부할 아이 건강 신경 써도 모자랄 때 대충 챙겨주어 걸린 게 아닌가 싶어 속이 상했다. 아이를 방에 격리시키고 챙겨줄 약을 사서 들어왔다. 아파도 보살펴줄 수 없는 현실에 답답하기만 했다. 할 수 있는 거라곤 방문 앞에 먹을 것을 넣어주는 것이 전부다. 다음날부터 나에게도 똑같은 증상이 나타났다. 목이 따끔거렸고, 온몸이 으슬으슬 추웠다. 두꺼운 털옷을 입고도 덜덜 떨었다. 열은 39도가 넘어갔고, 몸은 마치 얻어맞은 것처럼 아팠다. 검사를 받아야 하는데 걱정이 앞섰다. '이렇게 일어나 앉기도 힘든데 그곳까지 과연 갈 수 있을까?' 평소 몸살이라면 가족이나 지인의 도움으로 가면 되었을 텐데 코로나는 다른 사람에게도 민폐이기 때문에 그럴 수도 없다. 다행히도 이번 주부터 근처 병원에서도 검사가 가능하다는 뉴스를 들었던 생각이 났다. 부랴부랴 정리해 놓았던 털옷을 다시 꺼내 겹쳐 입고 집을 나섰다. 겨우겨우 병원에 도착해보니 아이 둘과 아빠가 기다리고 있었다. 이 가족도 검사를 받으러 온 모양이다. 내 뒤로 계속해서 사람들이 몰려들었다. 서둘러 도착하길 잘했다 싶었다. 기다리는 시간은 왜 이리도 긴 걸까? 분명 앞에 한 가족뿐이었는데. 10분이 1시간처럼 느껴졌다.

"양성이네요. 물 자주 마시고 푹 쉬세요."

"주사 한 대만 놔주시면 안 될까요?' 양성인데 주사를 놓아달라는 말에 난감해하는 눈치였다. 의사는 간절하게 애원하는 눈빛이 안 되었다고 생각했는지 주사를 처방해 주었다.

가족들에게 조금만, 조금만 하며 양보해달라고 한 지 1년이란 시간이 흘렀다. 참 열심히 달렸다. 책 출간되고 나면, 자격증 과정이 끝나고 나면. 이라며 미루는 동안 가족들도 지쳐갔고 나 역시도 지쳤다. 끙끙 앓으면서도 카톡을 수시로 확인했다. 여전히 많은 사람들이 자신의 블로그를 올리고, 인사를 하고, 정보들을 올리는 가운데 한마디도 할 수 없었다. 에너지가 소진되어 더 이상 글이 써지지 않았다. 하고 싶은 말, 자랑하고 싶은 말이 많은데 나오지 않았다. 남들의 글을 보며 부러움과 속상한 마음이 함께 올라왔다. 빠져나오고 싶었으나 잊힐 것이 두려웠다. 가끔 올리는 글에 답글이 올라오지 않을 때는 맥이 빠지기도 했다. 무엇을 위해 이렇게 열심히 강의를 들었던 걸까? 내가 하고 싶었던 일인 걸까? 헷갈리기 시작했다. 어느 것 하나 제대로 하지 못하며 욕심을 부리고 있는 건 아닌지 생각하니 우울해졌다. 열심히 지내온 시간까지도 덧없어지기 시작했다.

"커피 마시러 갈까?"

"어~" 눈물이 쏟아졌다. 단순히 커피를 마시자는 말을 들었을 뿐인데 자꾸만 눈물이 흘러내린다. 닦아도, 닦아도 눈물이 멈추지 않는다. 커피와 샐러드, 빵을 앞에 놓고도 한동안 가만히 있었다.

목이 메어서 먹을 수가 없었다.

"하는 일이 잘 안돼?"

"하면 할수록 내가 부족하다는 게 느껴지고 한없이 초라해지는 기분이야"

"슬럼프가 찾아왔나 보네. 살다 보면 올라가기도 하고 내려가기도 하지. 그런데 당신 열심히 해왔잖아. 이 또한 잘 지나가고 나면 도약할 수 있을 거야"

인정받고 싶었고, 멋지다는 말을 듣고 싶었다. 남편에게조차도 밑바닥을 보여주고 싶지 않았는데 가족들은 알고 있었다. 내가 얼마나 열심히 했는지를.

멀리서 찾았다. 내가 가진 것은 아무것도 아니라고 생각했었다. 단독 저서와 공저자로 2권의 책을 출간했고, 10권의 개인 그림책을 만들었다. 자격증도 10여 개나 취득했고, TV 방송 출연, 주민 연사로 강연도 했다. 그런데도 아무것도 이루지 못했다고 생각했던 것이다. 나 같이 평범한 삶을 살았던 사람에게는 이 정도도 어깨에 힘이 들어가도 뿌듯한 성공이 분명하다. 남의 떡이 커 보이는 것처럼 내가 가진 능력, 재능은 내가 인정하지 않으면 그 보석은 빛날 수가 없다. 자신만의 보폭으로 걸어가야 지치지 않고 간다. 남의 보폭에 맞춰 가려다 보니 숨이 찰 수밖에.

각자의 보폭이 있음을 잊지 말자. 나만의 보폭으로 가야 가고
자 하는 지점에 안정적으로 잘 도착할 수 있다.

1-3. 천천히 생각하는 것,
나에게 보약이 되었습니다 _ 박소연

완벽하다고 생각했습니다. 잘하고 있다 확신했습니다. 모두 나
를 부러워한다 믿었습니다. 나를 돌아보기 전까지는 말입니다. 생
각을 천천히 하게 되면서 나를 돌아볼 기회가 생겼습니다. 천천히
생각하는 것. 나에게 보약이 되었습니다. 20대부터 바쁘게 살았습
니다. 돈을 많이 벌어 성공하고 싶었습니다. 확신도 있었습니다.
그래서 쫓기듯 생각하고 쉬지 않고 움직였습니다. 그런 내 모습에
뿌듯하기까지 했습니다. 그런 와중에 무너지는 날이 있었습니다.

2010년 무더운 여름 복지관에서 여섯 번째 온라인 창업 강의를
했습니다. 복지관 직원의 강사소개가 이어졌습니다. '지마켓 액세
서리 부분 1위. 개인 브랜드를 가진 젊은 여성 사업가'라고 저를 소
개해주었습니다. 창업 강의를 일주일에 두 번 4주, 총 8회 진행하
였습니다. 이 커리큘럼은 나 혼자 기획한 것입니다. 어떻게 하면
학생들이 강의를 듣고 바로 창업을 할 수 있을지 연구한 끝에 만든

프로그램이었습니다. 이 프로그램대로 5기 창업 강의까지 마쳤습니다. 창업해서 수익을 창출하는 사람들이 생겨났습니다. 뿌듯했습니다. 6기 강의가 시작되었습니다. 나는 커리우먼 같은 표정을 지으며 신나게 강의했습니다. 우선 학생들에게 자신감을 가지게 해야 했습니다. 그러기 위해선 동기부여해주는 일이 중요했습니다. 강의를 듣기 위해 온 학생들은 40대 중반부터 퇴직을 앞둔 50대 남녀 20명 정도였습니다. 반응은 뜨거웠습니다. 수업이 끝난 후 학생들은 강의실을 나가지 않았습니다. 나의 주변을 두리번거렸습니다. 무엇인가 묻고 싶어 했습니다.

"뭐 궁금하신 것 있으세요?"

"강사님은 젊은 나이에 어찌 그리 성공하셨나요?"

옆에 계신 또 다른 50대쯤 되어 보이는 남자분도 한마디 거듭니다.

"나는 그 나이에 뭘 했는지 모르겠어요"

"강사님, 식사라도 함께하고 가시죠?"

기분이 좋았습니다. 하지만 당당하게 거절하며 이렇게 말했습니다.

"다음에 강의 다 들으시고 온라인에서 수익이 나면 코스로 먹어요"

나 스스로 제법 멋있다고 생각했습니다. 학생들은 다음 강의가 기다려진다고 했습니다. 학생들과 인사를 나누고 주차장으로 갔습니다.

주차장에서 나는 현실을 보았습니다. 학생들이 제각기 타고 온 차들은 고급 세단이었습니다. 그 차들 뒤에 한쪽 구석에 초라해 보이는 자가용이 있었습니다. 흰색이라 하기에는 누런빛이 얼룩얼룩해 보이는 차. 내 차였습니다. 학생들이 먼저 가라고 해도, 나는 갈 수 없었습니다. 내 차를 보여주고 싶지 않았습니다. 갑자기 멍해졌습니다.

'도대체 누가 성공했다는 거지?'

순간 생각이 멈췄습니다. 고급 차들이 하나둘 빠져나갔습니다. 초라한 차만 남겨진 텅 빈 주차장. 평소 같으면 바쁘게 다음 일을 위해 매장으로 달려갔을 텐데, 오늘은 그럴 수 없었습니다. 차 안에 시동도 걸지 않고 2시간을 앉아있었습니다. 겉으로 보기에 매장도 하고 온라인 판매도 하며 강의까지 하는 멋진 CEO였지만, 제대로 하는 것 없는 어중이떠중이가 나였습니다.

천천히 '박소연' 이름 석 자를 떠올렸습니다. 한심했습니다. 많은 생각을 바쁘게 할 때는 나를 돌아볼 시간이 없었습니다. 그날은 내가 성공하고 싶은 모습은 어떤 건지, 그 모습을 만들기 위해 무엇부터 해야 하는지 천천히 돌아보고 생각했습니다.

6기 온라인 창업 강의가 끝났습니다. 강사 활동을 멈추었습니다. 본업에 충실했습니다. 그리고 나서야 매장 고객들의 불만이 보였습니다. 보완 사항을 수정했습니다. 한 가지 일에 집중했습니다. 매장에 손님도 점점 많아지고 온라인 매출도 늘기 시작했습니다. 금전적으로 조금 여유가 생기면서 생각도 편안해졌습니다. 하루하루가 즐거웠습니다. 시간이 흘러 저번보다 큰 센터에서 강의 제안이 들어왔습니다. 강사료도 그때보다 여덟 배가 넘었습니다. 당당하게 강의했습니다. 확실한 결과를 말할 수 있었기에 자신감 넘치는 강의가 되었습니다. 직접 경험한 내용을 강의 때 풀어놓았습니다. 더 재밌어했습니다. 나 자신은 더욱 겸손 하려고 노력했습니다. 강의를 들으러 오신 분들에 대해 생각이 달라졌습니다. 내가 아는 것이 전부가 아님을 알았기 때문입니다. 생각을 천천히 하면서 나는 성장하고 있었습니다.

　요즘 'N잡러' 라는 단어를 흔히 들을 수 있습니다. 사전에 나오지도 않는 단어입니다. 여러 가지 일을 하며 돈을 버는 사람을 부르는 말입니다. 2020년부터 '인스타그램' 이라는 SNS를 시작하였습니다. '따뜻한 소통과 경제적 자유' 라는 주제로 활동하고 있습니다. 사람들이 창업에 관해 물어봅니다. 그중에 가장 많은 질문이 '어떻게 N잡러가 되는가' 입니다. 저는 가장 먼저 하는 일이 있습니다. 나 자신이 어떤 사람이고 무엇을 원하는지, 그리고 한 가지를 발견하면 그 일을 위해 무엇을 해야 하는지 적어봅니다. 적은 것을 실천하기 위한 시간을 확보합니다. 한 가지 일을 제대로 해놓고 그다음에 다른 일을 시작합니다. 그렇게 여러 가지 일을 합니다. 서두르지 않습니다. 급하게 생각할 때는 생각만큼 행동하지 못했습니다. 천천히 생각하니까 행동이 생각을 따라왔습니다. 바쁘게 생각하고 움직일 때는 다이어리가 복잡하고 쓸 것이 많았습니다. 하지만 다이어리에 적은 내용 중 해내는 일은 늘 몇 개 되지 않았습니다. 반면, 속도를 조금 줄였더니 다이어리도 여유가 생겼습니다. 할 수 있는 일만 적었기 때문입니다. 그리고 바로 행동합니다. 실속 있는 삶을 사는 것 같아 뿌듯합니다. 급하게 생각할 때보다 확실히 결과가 좋습니다.

2022년 1월 1일부터 새벽에 한 가지 일만 하고 있습니다. 바로 책 읽기입니다. 처음에는 다른 일들을 다 놓치는 것 같아서 아까웠습니다. 시간이 지나고 보니 욕심이었습니다. 오늘 다 못 할 일들을 가득 적어 놓고 만족하고 있었습니다.

리스트에 적힌 할 일들을 하나씩 지우고 나니 꼭 해야 할 일과 그중 먼저 해야 할 일이 보였습니다. 어떻게 시작할지 계획을 세운 후에 집중하기 시작했습니다.

바쁜 일상 속에 즐거움을 찾을 수 있었던 것은, 나를 돌아보며 천천히 생각하는 시간을 가졌기 때문입니다. 천천히 생각하고 행동하는 것은 즐겁고 행복합니다. 마음의 보약이라고 할까요? 할수록 힘이 납니다. 지금도 천천히 나를 돌아보는 시간을 갖습니다. 어디론가 바쁘게 달려가고 계신 가요? 잠시 속도를 줄여 천천히 나를 돌아보는 시간을 가져보면 어떨까요.

1-4. 나를 성장시켜 준 하루 5분 감사일기 _박수미

2020년 6월부터 매일 감사일기를 썼다. 정식 명칭은 '부모 매일 감사일기'다. 감사일기를 쓰게 된 것은 김형환 교수님의 권유였다. 김형환 교수님은 스타트 경영 캠퍼스의 대표님으로 사람들의 독립을 돕는 분이다. 김형환 교수님의 1인 기업 CEO 과정 85기를 참여하며 고민을 털어놓고 상담도 했다. 잘 들어 주시는 교수님께 마음을 열고 이야기를 하게 되었다. 남편의 사업을 도와서 잘하고 싶고 세 아이도 잘 키우고 싶다는 고민을 털어놓았다. 뭐 하나 꾸준히 해서 결과를 내본 적이나, 잘하는 것도 없고 뭘 해야 하는지도 모르겠다고 눈물 콧물 쏟으며 울기까지 했다. 교수님은 내게 이렇게 말씀해주셨다. "아이를 잘 키우는 것은 정말 중요합니다. 아이는 하나의 우주예요. 아무것도 안 하는 게 아니라 큰일을 하고 있습니다. 아주 훌륭한 일을 하고 있어요"라고 하셨다. 이어서 부모 자녀를 돕기 위해 운영하는 카페에 '옳은 부모', '좋은 부모'가 되기 위해서 "부모님들이 자녀에게 매일 감사일기를 쓰고 계시니 대표님도 카페에 일기를 써서 올려보세요"라고 하셨다.

며칠 썼을까? 쓰다가 말았다. 누가 뭐라 하지 않았는데 창피했다. 변화되고 싶은 마음에 김해에서 서울까지 오가며 애써 교육을 받았다. 목적도 없고 무엇을 할지 몰랐다. 그런 나에게 교수님은 진심으로 상담해주시고 내가 당장 할 수 있는 것을 알려주셨다. 작은 거부터, 1부터 시작하라는 그 가르침을 못 알아듣고 난 하루 한 줄 감사일기도 못 썼다. 쥐구멍에라도 숨고 싶었다. 언제까지 이렇게 살 건지 벗어나고 싶었다. 예전과 같은 태도로 살기 싫었다. '무슨 일이 있어도 매일 저녁 12시 전에 감사일기를 꼭 올려야지!' 이것도 못 하면 나는 아무것도 할 수 없다는 생각이 들었다.

이왕 감사일기를 쓰는 거 카페에만 올리지 않고 기록으로 남기고 싶었다. '부모 매일 감사일기'라는 제목을 적은 바인더를 만들었다. A5용지 앞장에는 날짜와 미정, 진욱, 진우 세 아이의 이름을 적어 출력해 바인딩했다. 매일 세 아이의 이름 옆에 아이에게 감사했던 일을 떠올려 기록했다. 매일 적다 보니 곧 한계가 왔다. 어떤 날은 감사일기 한 줄을 적는데 아무리 생각해도 아무것도 떠오르지 않은 날이 있다. 적을 감사가 없었다. 이 한 줄 적을 여유도 없이 아이들에게 무심했구나, 이런 날은 반성했다. 감사할 마음이 생기지 않는 날도 꾸준히 적어 나갔다. 무조건 감사하다고 적으면서 그렇게 감사의 씨앗을 내 속에 심었다.

감사일기를 쓰면서 세 아이를 사랑하고 있다고 생각했지만, 아이들과 시간을 많이 못 보내고, 같은 공간에 살지만 각자 할 일 만하지, 아이들과 눈 마주치는 시간도 없다는 걸 깨닫게 되었다. 감사일기를 쓰기 위해서 아이들을 관찰했다. 특히 진욱이에 대해서 감사일기를 쓰기가 힘들어서 한참 동안 지켜보았다. 평소에 뭐가 그리 억울한지 울면서 말하는 진욱이가 이해가 안 되었다. 울면서 말하지 말라고 혼도 냈다. 아이들이 노는 것을 보니 진욱이는 배려심이 많아 누나와 동생에게 양보를 많이 했다. 하지만 누나와 동생은 그런 진욱이의 맘을 몰라주었다. 아이가 많이 속상해했다. 진욱이는 엄마에게 자신의 마음을 표현하려고 이야기하는데 나는 아이를 관찰하지 않고 자꾸 일러바치는 모습을 보며 쟤는 왜 저럴까? 짜증을 냈고 아이는 억울에서 매번 울면서 이야기했던 거다. 미안했다.

'배려심 많은 울 진욱이 감사합니다.' 이렇게 시작된 일기의 내용은 시간이 갈수록 풍성하고 다양해졌다. 둘째에게 감사함이 넘쳐서 글을 쓰는 칸을 벗어나기도 했다.

첫째 아이는 해맑고 동생들 잘 돌보고 사람들 앞에서 말하는 걸 좋아하고, 둘째 아이는 예쁜 단어를 많이 쓴다는 것, 막둥이는 춤 추는 걸 좋아한다는 것도 발견했다. 내 아이를 잘 안다고 생각했는데 새로운 모습이 많이 보였다. 시선은 자연스럽게 아이들 아빠에게도 갔고 아이들과 잘 놀아주는 장난꾸러기 남편이 존경스럽고 더 멋있어 보였다. A5용지 뒷장에는 아이들의 사진이나 우리 가족의 일상 사진을 인쇄해서 붙이다 보니 벌써 세 권째 바인더가 만들어졌다. 어느덧 일기는 우리 가족의 일상 기록장, 보물이 되었다.

제목은 부모 '매일' 감사일기인데 아무것도 적지 못한 날도 있다. 그런 날은 남편과 싸운 날이다. 하기로 맘먹은 거는 무조건 하자고 다짐하고 시작했지만, 남편과 싸운 날은 아무것도 하기 싫었다. 예전 같으면 빠진 며칠 때문에 일기 적기를 포기했을 거다. 하지만, 나는 나에게 관대해지기로 했다. 내가 정해 놓은 테두리를 벗어나 유연해지기로 했다. 며칠 빠지면 어떤가? 빠진 날도 있지만, 바인딩된 일기와 사진의 기록이 내게 뿌듯함을 주었다. 뭔가를 꾸준히 해본 적이 없던 내가 매일 5분씩 일기를 쓰고 있다는 게 자랑스러웠다. 매일 일기 한 줄이라는 작은 실천을 하면서 더 잘하고 싶어 고민했다. 카페에 인증만 해도 되는 것을 바인더를 활용해 한 권의 책으로 만들었고 지금은 육아서를 매일 한 장씩 읽으며 좋은 글 필사도 하고 있다.

감사하는 습관으로 더 긍정적인 내가 되었다. 그냥 지나갈 수 있는 일상도 감사하다고 표현하다 보니 특별한 하루가 되었다. 감사일기를 꾸준히 쓰니 내게 어떻게 쓰는지 물어보는 사람도 생겼다. 나도 누군가에게 경험을 바탕으로 조언을 해주고 긍정적인 영향을 줄 수 있다는 것을 경험했다. 사람들을 도울 수 있다는 게 감사했다. 감사일기를 통해 성취감을 얻었다. 그래서 좋은 교육을 듣고 지속해서 책을 읽고 독서 모임도 만들어서 운영하고 많은 도전을 하게 되었다.

2021년 12월 공저 《삶을 읽다, 마음을 나누다》에 참여하게 되었다. 감사일기를 썼던 경험으로 '일상을 바꿔준 감사'라는 글을 썼는데 책에는 감사일기를 통해 아이들과의 관계가 개선되고 일상의 감사로 행복이 멀리 있지 않음을 그리고 미운 사람도 그 사람에게 감사했던 순간을 떠올렸더니 얼었던 마음이 녹았다는 내 경험을 담았다. 저자 특강을 듣거나, 책을 읽으신 분들이 공감된다고 해주셔서 너무 기뻤다.

무엇을 할지 모르던 내가 하고 싶은 것도 생기고, 배우고 싶은 것도 명확해지고, 어떻게 살고 싶은지 알게 되었다. 내 인생의 전환점을 맞이하게 되었다. 그 시작이 나를, 나의 하루를 돌아보는 감사일기였다. 내가 원하는 삶으로 가기 위해 고민이 많았다. 예전의 아무것도 모르겠다고 하던 고민이 아니라 내가 가진 것들 강점을 가지고 내 주변 사람들과 내가 행복할 수 있는 것을 고민했고 이제는 그 방법을 찾았다.

2022년 2월 중순부터 3월 일기를 쓰지 않은 한 달이 있다. 바쁘다는 핑계로 어쩌다 보니 한 달을 쉬었는데 흘려보낸 그 5분은 나의 마음을 삭막하게 하고 가족의 소중함을 잊어버리게 했다. 이제는 끊을 수가 없다. 다시 바인더를 펼치고 맘에 드는 펜으로 정성껏 하루의 감사함을 담았다. 이 긍정의 씨앗이 내 삶을 더 행복하게 해 줄 것을 알기에 오늘 하루를 감사함을 채워 기록했다.

이제는 매일 5분 내 일상을 돌아보고 감사와 연결 지어 행복한 가정을 만들어 가는 이 시간을 미룰 수도, 포기할 수도 없다. 우리 가족과 나를 성장시켜주는 시간이기 때문이다.

1-5. 흙탕물이 걷히면 _ 송주하

가난이 싫었다. 부모님은 돈 때문에 쉬지 않고 일을 했다. 새벽에 일어나서 밤 10시가 넘어야 집에 왔다. 어렸을 땐 부모님 얼굴을 보기가 힘들었다. 가끔 자다가 깨면 잠들어 있는 부모님이 있었다. 햇빛에 그을린 얼굴, 밥상을 제대로 치우지도 못하고 잠들었던 모습. 어려서 많은 걸 알지는 못했지만 어렴풋하게 그분들의 고됨이 느껴졌다. 쉬지 않고 열심히 했지만 살림은 나아지지 않았다. 집에는 늘 한숨이 있었다. 우연히 시작하게 된 단감 농사는 부모님을 더욱 힘들게 했다. 더 나아지리라는 희망을 품고 시작한 과수원이었다. 하지만 해마다 반복되는 태풍에 늘 노심초사했다. 가을 수확 철에 오는 태풍으로 한 해 농사를 완전히 망쳐버리기도 했다. 빚은 계속 늘어났다. 그런 생활을 십 년 넘게 하셨다. 결국엔 단감 농사를 접고 채소 장사를 시작했다. 채소 장사도 만만치는 않았다. 가게도 없이 거리를 전전하며 자리를 잡아야 했다. 어떤 날은 시장 한쪽 귀퉁이. 또 다른 날은 주택가 입구. 어디에도 엄마를 반겨주는 자리는 없었다. 리어카를 끌며 이곳저곳을 헤매는 엄마는 '아픔'이었다. 조금씩 자리를 잡아갔지만, 어디에도 지붕은 없었다. 비가 오면 비를 맞았다. 태양이 내리쬐면 온몸으로 뜨거운 빛을 받아냈다. 지나가는 자동차가 일으키는 흙먼지가 엄마의 얼굴에 닿았다. 하지만 엄마는 개의치 않았다. 동그란 플라스틱 용기에 채소를 나누어 담았다. 상추, 고추, 무, 부추, 시금치 등을 나누어서 보기 좋게 진열했다. 한여름, 땅에서 올라오는 아스팔트의 지열을 참았다. 추운 겨울엔 손이 꽁꽁 얼고 발에 감각이 없어졌다. 하지만 장사는 쉬지 않았다. 어두운 밤이 돼서야 물건들을 하나씩 정리했다. 엄마의 허리가 펴지는 날은 거의 없었다. 물건을 정리하느라 굽히고 사람들에게 채소를 집어 준다고 또 굽혔다.

오랜 세월 동안 몸을 쉬지 않고 쓰니 결국 탈이 났다. 엄마는 웬만한 고통에는 끄떡하지 않았다. 뜨거운 냄비도 맨손으로 잡았다. 아무리 덥고 추워도 내색하지 않았다. 그러던 엄마가 밤새 고통스러운 소리를 냈다. 허리가 더는 견디지 못했던 모양이다. 엄마가 그렇게 고통스러워하는 모습을 본 적이 없었다. 울음에 가까운 소리는 나의 마음에도 상처를 냈다. 날이 새자마자 엄마를 데리고 병원으로 갔다. 진단 결과 허리 디스크였다. 허리뼈를 5개나 교체하는 대수술을 해야만 했다. 수술하는 날, 수술대 위에 누워있는 엄마가 낯설었다. 하늘색 수술용 모자를 쓰고 환자복을 입고 있었다. 이동용 침대는 유난히도 차가워 보였다. 얇은 이불을 덮어주는 것

말고는 해 줄 수 있는 게 없었다. 평소 감정표현이 없던 아빠가 엄마를 한참 동안 바라보았다. 아빠의 두 눈은 어느새 빨개졌고 굵은 눈물이 뚝뚝 떨어졌다. 잘하고 오라는 말 한마디를 하고 아빠는 애써 뒤돌아섰다. 나는 엄마의 주름진 손을 잡고 다 잘 될 거라고 했다. 엄마도 난생처음 해보는 수술이 어색했는지 긴장하고 있었다. 잠시 후 수술실 문이 열렸다. 의료진 두 명이 와서 침대를 옮겼다. 안타까워할 새도 없이 침대는 문 뒤로 사라져 버렸다. 아빠와 수술실 앞에서 한참을 기다렸다. 예정 시간보다 길어졌다. 별말씀이 없던 아빠는 그동안의 일들이 생각났는지 한마디 하셨다.

"너희 엄마가 나를 만나서 고생을 너무 많이 했다."

그 짧은 말에 아빠의 모든 감정이 전해져 왔다. 남편으로서 한 여자를 고생시킨 미안함. 말이라도 따뜻하게 해주지 못한 무뚝뚝함. 피곤하면 늘 엄마에게 화를 쏟아냈던 지난날들에 대한 반성이었다. 부부가 같이 살면서 어떻게 매일 좋을 수 있을까. 힘겨운 세상을 살아내야 하니 서로가 같은 편인 걸 알면서도 상처를 낼 때가 있다. 어쩌면 우리는 가장 사랑하는 사람에게 늘 고통을 주고 있는지도 모르겠다. 매번 곁에 있어서, 너무 당연해서 소중함을 자주 잊어버린다.

수술은 예정 시간을 한 시간을 넘기고서야 끝이 났다. 허리 수술은 수술 자체도 주의를 요 하지만 회복 시간이 더욱 고통스럽다. 우선, 누워서 꼼짝할 수 없다. 조금이라도 무리하게 움직이면 수술 부위가 덧날 수 있다. 종일 같은 자세로 있어야 하니 얼마나 갑갑했을까. 보는 사람도 안타까운 마음이 들긴 매한가지다. 무엇보다 배변하는 게 가장 큰 문제였다. 움직일 수 없으니 대소변을 누운 채로 처리했다. 엄마는 자식이나 남편에게 그런 모습을 보이기 싫었는지 꼭 간병인의 손을 찾았다. 사람이 늙어 간다는 게 이렇게 고통스러운 거구나 싶었다.

부모님은 늘 돈 때문에 싸웠다. 없는 살림에 아이가 네 명이었으니 힘들었을 터다. 두 분은 자주 언성을 높였고 때로는 폭력을 쓸 때도 있었다. 그런 날은 심장이 두근거렸다. 어린 내가 할 수 있는 건 오직 기도뿐이었다. 어딘가에 있을 신을 향해 두 손을 모았다. '제발 싸우지 않게 해 주세요'라고 간절히 빌고 또 빌었다. 싸움 중에는 꼭 돈 이야기가 나왔다. 돈만 있으면 행복하게 살 수 있다고 믿었다.

성인이 되고 나서 돈 공부에 집착했다. 서점에 가서 경제 관련 책을 샀다. 배우기만 하면 10억이 당장 생길 것 같은 책, 조금만 따라 하면 바로 건물이 하나 살 수 있을 것 같은 그런 책들을 샀다. 부자를 꿈꾸며 책에 밑줄을 그었다. 읽고 또 읽었다. 책장에는 모두 돈과 주식, 부동산에 관련된 책들이 채워졌다. 부자가 돼서 부모님을 편하게 해 드리고 싶었다. 더는 돈 때문에 싸우지 않았으면 했다. 큰돈을 만질 수 있을 것 같아 공인중개사 자격증을 땄다. 돈을 더 벌고 싶어서 경매 수업도 목요일 저녁마다 들었다. 경매 수업하다 만난 사람 중에는 시세차익으로 돈을 번 사람들이 많았다. 몇억쯤은 쉽게 말하는 그들을 보며 꿈을 키웠다. 경매법정에 가서 낙찰을 받아보기도 하고 명도를 한 후 수리해서 팔기도 했다. 경험이 쌓이면 부자가 될 수 있을 것만 같았다.

20대 초반, 한참 진로를 고민할 때였다. 그때도 내 삶의 기준은 돈이었다. 텔레비전에서 청담동 헤어디자이너들이 나왔다. 월에 천만 원 이상 번다고 했다. 그래서 앞뒤 재지 않고 도전했다. 초보 시절부터 디자이너가 될 때까지 쉬지 않고 일했다. 공부하고 연습했다. 성공하고 싶었다. 아니, 돈을 많이 벌고 싶었다.

마음이 행복하지 않았다. 쉬지 않고 일하는 일상과 반복되는 일에 지쳐갔다. 그저 돈만 보고 가는 나의 인생도 마찬가지였다. 숨이 붙어있으니 살아가는 날의 연속이었다. 생각했던 것만큼 큰 부자가 되지도 못했다. 모든 게 마음먹은 대로 되지 않았다. 그러다 우연히 책을 읽기 시작하면서 생각하는 시간을 가질 수 있었다. 그 전까진 앞만 보고 내달리는 경주마 같았다. 스스로 멈추는 방법을 알지 못했다. 그 방법을 책이 가르쳐주었다. 어쩌면 사는데 돈이 전부가 아닐 수도 있다는 생각이 들었다. 돈은 수단일 뿐 목적이 될 수 없다는 말에 밑줄을 그었다. 그러면 어떻게 살아야 제대로 사는 것일까. 누군가가 말했다. 나에게도 좋고 남에게도 좋은 무언가를 하면서 살아야 한다고. 지금까진 나만 잘 먹고 잘살면 되는 줄 알았다. 생각이 조금씩 달라지기 시작했다. 단 한 사람이라도 나로 인해 행복해지려면 어떻게 살아야 할까. 그렇게 살기 위해선 내가 먼저 바뀌어야 했다. 마음속에 있던 모든 부정적인 말과 생각들을 지워나갔다. 밑져야 본전이라는 생각이 들었다.

지금은 가끔 멈추어 생각해 보는 시간을 가진다. 무작정 달리지 않는다. 바른길로 가고 있는지. 이것이 다른 사람에게 해가 되는 일은 아닌지. 삶의 끝자락에서 후회할 일을 하는 건 아닌지. 늘 나에게 묻는다. 쳇바퀴에서 달리기만 할 때는 보이지 않는다. 나의 인생이 어느 방향으로 가고 있는지 말이다. 그럴 때는 바퀴를 멈추는 힘이 필요하다. 잠시 내려와서 바라보면 좀 더 정확히 볼 수 있다.

하루 중 몇 분이라도 나와 대화하는 시간이 필요하다. 아무에게도 방해받지 않는 그 시간 동안 내가 나에게 질문한다. 그러면 나의 진짜 마음이 대답한다. 어떻게 살아갔으면 좋겠는지.

오늘도 일상을 잠시 멈추고 가만히 내 마음을 들여다본다. 물을 정신없이 휘저을 땐 흙탕물이 일어 제대로 볼 수 없었다. 잠시 기다리니 어느새 불순물이 걷히고 맑은 물이 되었다. 그때 비로소 선명하게 보였다. 물속도 나의 마음도. 멈추고 나서야 비로소 예전보다 조금 더 행복해지기 시작했다.

1-6. 5분의 마법에 빠지다_이은정

7년 전, 집 밖으로 나갈 수가 없었다. 남편도 미웠고, 세 아이도 보이지 않았다. 전화 소리만 들려도 파르르 몸을 떨었다. 원통하고 죽고 싶은 마음뿐이었다. 그동안 초 긍정으로 버텨온 학교생활이 하루아침에 무너졌다. 누구보다 성실하고 정직하게 살고자 했다. 세상을 읽어내지 못했다. 온전히 사람을 믿은 대가였다. 교수도 싫고, 학교라는 조직이 두려웠다. 내 고향 제주가 싫어졌다. 가족을 뒤로한 채, 아는 사람 하나도 없는 낯선 곳, 서울로 터전을 옮겼다. 한참 동안 적응하느라 정신없었다.

"엄마, 무서워요!" "으아아아앙!" 일이 터지고 말았다. 서울로 올라오고 얼마 안 있어 초등학교 4학년인 둘째가 교실에 들어갔다가 울면서 뛰쳐나온다. 속상하고 막막했다. 창문 틈으로 교실을 살피다가 의자에 앉은 아이를 보고 나서야 집으로 돌아왔다. 살아질 줄 알았는데 아니었다. 나 살자고 이사 온 새로운 환경에 둘째는 힘들었나 보다. 결국 아토피까지 터졌다. '탁!' 숨이 막혔다. 그래도 아이를 믿었다. 기다렸다. 둘째 스스로 정신을 잘 다스릴 수 있으리라. 거의 한 달, 적응의 전쟁이었다. 몸과 마음이 지칠 대로 지친 나에게 너무도 가혹했다.

"나는 모든 면에서 점점 좋아지고 있다. 나는 모든 면에서 점점 좋아지고 있다. 나는 모든 면에서 점점 좋아지고 있다. 미! 고! 사! 대! 미! 아름다운 마음으로 미안합니다. 고! 서로 높여 존중하며 고맙습니다. 사! 진심으로 생각하며 사랑합니다. 대! 크고 작은 일도 함께 대화합니다." 아침에 일어나자마자, 다 같이 외쳤다. 이름하여 5분 외침! 서서히 놀라운 일이 벌어졌다. 시계를 톡! 톡! 고개를 끄덕끄덕. "내 머릿속에 너밖에 안 보여. 한 줌의 재가 되길 바라. yeah! 다시 돌아보니, 눈부시게 빛나는 길" 노래를 흥얼거린다. 춤까지 추면서. 일상이 경쾌해졌다. 무얼 하든 자신감이 넘친다. 일어나자마자 외치고는 잠시 멈추었을 뿐인데. 매일 아침 5분의 긍정 선언은 둘째뿐 아니라, 나와 가족 모두를 변화시켰다. 강하게. 끈끈하게. 신나게.

머리 아픈 게 평소와 다르다. 아이들이 걱정했다. 자가 검진을 했고, 기다리는 동안 애가 탔다. 지병이 있어 코로나에 걸리면 제대로 문제가 된다. 지금이다. '흐읍!' '하!' 숨을 깊게 들이마시고, 천천히 내쉰다. '배가 불렀다, 꺼졌다.' 몸의 변화에 집중했다. 긴 호흡 탓인지 하품이 나온다. 쓰리던 무릎이 따뜻해지고, 단단하던 근육은 서서히 물렁물렁해진다. 신기하게 두통도 멈췄다. 몸, 이처럼 신비로운 터가 또 있을까. 잠시 멈추어, 짧은 호흡을 했을 뿐인데 말이다. "엄마, 다행이야. 검사 결과, 이상 무!" 둘째와 막내가 기뻐한다. 휴! 다행이다.

아등바등 살았다. 힘들었지만 노력하면 좋아질 줄 알았다. 몸뚱어리를 혹사시켰다. 무심했다. 가까이 있는 행복을 못 보다니. '으랏차차차!' 기지개를 켠다. 하루 9번. "기지개 활짝 켜며, 난 얼굴에 미소 짓네. 지금 이순간 이대로 기적과 신비를 즐기네. 매 순간 깨어있어서, 만나는 모든 것들을 감사와 사랑으로 대하리라" 포구

세(抱球勢) 자세를 취한 채 호흡한다. 즉 상체를 곧게 세우고, 머리는 앞을 향하고, 눈은 가볍게 감는다. 입술은 조금 모으거나 약간 틈이 있고, 이빨은 붙이지 않는다. 양발을 어깨너비로 벌리고 자연스럽게 선다. 엉덩이는 높은 걸상에 앉은 것과 같고, 양다리는 조금 구부린다. 양팔을 천천히 들어 올리고, 양손은 원으로 감싸 안고, 팔은 반원을 만든다. 겨드랑이는 반쯤 비우고, 팔꿈치는 조금 위로 들어 올린다. 양손과 신체는 약간 떨어져 있고, 높이는 가슴과 배 사이에 있다. 양 손가락은 서로 마주 향하고, 약간 벌려 힘을 빼고 조금 구부린다. 자연스럽게 숨을 깊이 들이셨다가 내쉰다. 떠오르는 모든 것들이 사랑스럽다. 눈물 난다. 삶이 감동이다. 단 5분. 잠시 멈추었고, 호흡했다. 이것이 전부다. 느긋하게. 천천히. 작지만 소소한 일상. 호기심으로 주변을 살피는 이유다. 거실로 들어오는 햇살. 눈이 부시다. 흐읍! 하!

'숨을 거두었습니다.' '운명하셨습니다.' 사람이 죽으면 듣는 말. 그렇다. 숨이, 호흡이 그렇게 중요한 것이다. 살아가는 동안 숨을 잘 거두면서 살아야겠다. 숨을 쉰다는 것, 생각의 흐름을 응시할 줄 안다는 것, 알고 보면 너무 당연해서 간과했다. 가늘고 길게, 그리고 깊이 호흡한다. 하품이 나오고, 긴장했던 뇌는 말랑말랑해지며, 호르몬은 정상적으로 분비된다. 에너지가 솟는다. 살아있음이 감사하다. 내가 이렇다. 두통이 오는 순간은 몸을 사랑하는 순간이다. 그럴 때마다, 잠깐 멈추어 숨을 쉰다. 내가 살아있다는 증거니까.

또 두통. 누웠다. 슬며시 눈을 감고, 자세를 바르게 했다. 척추를 펴고, 몸은 치우침 없도록 균형을 잡았다. 그런 다음, 고요하고 가늘고 고른 호흡을 한다. 집중이 안 된다. 마음의 파동이 복잡하다. 두통이 심한 탓일까. 명상 불가능. 자세를 다시 잡는다. '흐흡! 하나 둘 셋 넷' '하아! 하나 둘 셋 넷' 말해본다. 들숨 날숨마다 숫자를 세어본다. 서서히 호흡이 안정된다. 비로소 명상 시작. 머리는 고요하고, 가슴이 편안하다. 이제, 머리(정수리)에 정신을 집중한다. 5분. 두통이 점점 줄어든다.

11년 전, 강의평가 우수상. "이 선생 축하해." "한턱 쏴!" 아이러니하게도 전공 교수들의 반응은 시큰둥하다. '그럴만한 이유가 있겠지.' '나를 성장시키려고, 겸손하게 살라고 그렇게 하는 걸 거야.' 이해했다. 기다렸다. 그런데 하나에서 열까지 트집과 간섭은 끝이 없었다. 숨을 쉴 수 없었다. 새장에 갇힌 새처럼. 지금은 이런 말로 할 수 있지만. 그때 나는 모든 탓을 나에게 돌리고 있었다. 내가 부족해서, 내가 못나서라는 생각으로 나를 괴롭히기 시작했다. 그동안 명상을 해왔음에도 부정적인 생각이 올라왔다. 나를 마구 공격하기 시작했다. 일과 생각을 따로 해 보려고 했다. 애쓸수록 부정적인 생각은 딱 붙어서 나를 끝까지 괴롭혔다. 너무 황당하고 아팠다. 그동안 해 왔던 연구, 일상생활이 의미가 없어지고 가족들까지 미웠다. 아무것도 할 수 없었다. 자존감 바닥. 그때로 돌아가면 하고 싶은 말 다 했을 것 같다. 그 당시에는 용기가 부족했다.

내가 찾은 답은 5분 명상. 매일매일. '그래! 있는 그대로 상황을 받아들이자. 속상하고 아프지만 앞으로 나아가자. 지금의 상황을 바꿀 수 없다면, 원망하지 말고 모든 상황을 안아주자. 내가 가진 것이 얼마나 많은가. 모든 존재하는 것을 사랑하고 그 안에서 감사한 점을 찾자.' 너무 고통스러웠지만, '받아들임'을 체득하는 소중한 경험이 되었다. 받아들이는 연습을 하는 데만 2년이 걸렸다. 그랬다. 있는 그대로를 인정하니 스스로를 괴롭히지 않게 되었다. 과거는 내가 바꿀 수 없다. 하지만 내가 가지고 있는 것으로 가치 있는 미래를 생각할 수 있다. 그럼 된 거다. 결과는 종양과 씨름하고 있지만.

하루에도 몇 번씩 통증으로 괴롭다. 두통이 있을 땐, 대개 머리 위 정수리에 집중한다. 그날 컨디션에 따라 몸의 어떤 곳이건, 어띤 부위건 한 곳을 정해서 집중한다. 이런 의도적인 행위가 나를 명상으로 인도한다. 가슴이 탁 막힐 땐, 보통 하단전(배꼽 세 치 아래 부분)에 집중한다. 하단전에 오롯이 집중하여 마음에 닿으면 어느새 가슴통도 사라진다. 예전에는 무엇이 문제였는지 몰랐다. 머릿속을 휘젓는 생각과 감정으로 나를 바닥까지 내동댕이쳤다. 마치 토네이도처럼. 문제를 알아차리기만 해도 이미 반은 해결이다. 5분 명상은 문제가 시작될 때 그것을 인식하게 한다. 생각과 감정을 성장하는 방향으로 바꾸어 준다. 명상을 통해 마음껏 유영한다. 깊어질수록 후련하다. 이제 살 것 같다. 진정한 변화를 원할 때, 잠깐 멈추어 나를 바라본다. 나를 향한 연민과 사랑으로.

변화를 위해 선택한 세 가지. 매일 아침 '5분 외침', 매 순간 '5분 호흡', 잠자기 전 '5분 명상'을 했다. 삶을 바꾸는 데 충분했다. 다소 불안했던 일상들이 오히려 평화롭고 고요해졌다. 누군가가 나의 시간을 귀하게 만들어주는 경우도 더러 있지만, 나의 행복은 나로부터 나올 때 부담이 없다. 오감을 깨워 나를 돌아보기, 5분이면 충분하다. 나는 어디에서 어떻게 존재하는가, 나는 무엇을 하고 있는가, 나는 왜 이 일을 실행하는가 등 자문자답해 본다. 충만한 내가 보이기 시작하고, 그런 나를 보살필 수 있다. 나의 몸과 마음에 대한 민감성을 관찰하고 실제 보듬어 주는 5분의 시간을 자주, 그리고 매일 해 본다.

1-7. 속도를 줄여 하루를 채우다 _ 이현경

빠른 속도로 바쁘게 살았다. 성실하게 매일의 일상을 살다 보면 행복하게 살 수 있을 거라 생각했다. 둘째 아이를 낳으면서 행복이 저절로 오는 건 아니라는 걸 깨달았다. 집에서 독서 교실을 운영하고, 두 아이의 육아를 하다 보니 세상은 내가 알던 곳이 아니었다. 나이가 들수록 해야 하는 어른의 임무도 늘었다. 바쁘게 살면서 보람도 느꼈지만, 이렇게 살다 내가 원하는 건 평생 못하는 건 아닐지 불안했다. 진짜 나의 모습이 무엇일지 궁금하다. 행복한 삶이란 내가 원하는 방향에 맞게 하루를 보내는 거라는데. 나는 방향에 맞게 속도를 내고 있는가. 속도만 내고 있는가. '나' 로서 살고 있는가. 분주한 하루를 보내고 나면 공허한 마음이 든다. 흔히들 무엇을 하고 싶고, 어떻게 살고 싶은지 찾아보라고 한다. '나' 를 되돌아보기 위해 바쁘게 사는 인생길의 속도를 줄여 보았다.

두 아이를 학교에 보내고 설거지와 집안 정리를 끝낸 뒤 노트북

앞에 앉았다. 매일 등교하는 일상이 감사하다. 아이들이 학교에 가는 것은 당연한 일이지만 코로나 바이러스는 우리의 일상을 바꿔 놓았다. 코로나 바이러스는 엄마나 아이의 행복에도 영향을 미쳤다. 학교에 가지 않는 동안 삼시 세끼를 차려내는 일이 엄마로서의 임무였다. 꾸역꾸역 차려냈다. 아이들도 매일 집에서 먹는 밥이 맛있을 리 없다. 숟가락을 드는 손이 느려지는 경우가 많았다. 밥 먹는 시간이 늦어지면 기어이 잔소리가 튀어나왔다. 밥을 차려내고 아이들을 돌보는 일에 잔소리까지 더해지니 분주하게 움직여도 시간은 부족했다. 밥과 간식, 숙제를 챙기는 것만이 엄마의 역할이겠는가. 요즘은 학교에 등교를 하니 그나마 숨 돌릴 시간이 나기는 하지만 하루 종일 이리저리 바쁘고 수선스럽기는 코로나 바이러스로 등교하지 않았던 그때나 지금이나 비슷하다.

오후 시간이 되면 들리는 소리. 시끌벅적한 소리가 독서 교실을 채운다. 아이들은 문을 열고 들어오면서부터 재잘거린다. 이번 책은 어떠했고, 주인공이 이해가 안 된다며 수다가 쏟아진다. 한 팀의 아이들이 책 속의 내용을 쏟아내고 가면 다음 팀의 아이들이 바통을 이어받는다. 독서 교실에서 일할 때만큼은 엄마로서의 역할은 잠시 내려놓는다. 독서 교실에 온 아이들은 집에서 읽어 온 책

감상을 다 풀어놓고 가야 되는 법이다. 할 말이 많은 아이들에게는 순서대로 이야기하게 해 주고, 할 말이 없는 아이들에게는 질문을 던져 준다. 독서 교실에서 수업하는 동안 아이들의 생각이 자라도록 오후 시간 내내 뛰어다닌다.

어른이 되니 챙길 것이 많다. 양가 부모님, 아이들과 남편 그리고 주변 사람들에 대한 책임이 늘어난다. 며칠 전 꿈에서 돌아가신 아버지가 2년 만에 처음으로 모습을 보여주셨다. 꿈속의 아버지는 검은 머리에 양복을 입고 있었다. 생전의 아버지는 흰머리가 많으셨는데, 꿈속에는 젊은 모습으로 앉아 계셨다. 아버지를 불렀을 때 나에게 와주셨다. 아버지가 돌아가시고, 엄마가 혼자 계시니 걱정이 늘어났다. 70대 중반에 엄마는 혼자가 되셨다. 엄마는 이제 매일 오후 우체국으로 출근을 하신다. 날마다 갈 수 있는 곳이 있는 게 기쁜 일이라고 하셨다. 일을 할 수 있는 것 자체가 희망이라고. 일을 하시는 게 좋은 일인지는 잘 모르겠다. 무릎과 허리가 좋지 않으신데 하루에 몇 시간씩 서 계시면서 우체국에 들어오는 사람들의 체온과 출입관리를 하는 일이 걱정이 되었다.

"이거라도 하는 게 어디야? 운동도 되고 좋다!"

혼자 계시는 부모님을 바라보는 마음이 먹먹하다. 혼자 사는 엄마의 슬픔과 어려움을 모두 알기는 어렵다. 종종 전화를 드리지만 엄마는 전화를 자주 안 받으셨다. 핸드폰을 진동으로 해 놓으셨다고 하시거나 호주머니에 넣어 두셨다고 하신다. 아버지가 계실 때는 엄마가 전화를 안 받으시면 아버지에게 전화를 드리곤 했는데, 지금은 엄마가 전화를 안 받으시면 연락할 길이 없다. 꿈에 아버지가 말없이 찾아와 주신 것처럼 은근슬쩍 엄마에게 집 전화를 놔 드려야 되나 싶다. 아버지가 꿈에 나타나신 건 엄마를 더 챙겨드리라는 신호인가 보다.

코로나 바이러스로 2년 가까이 시부모님을 뵙지 못하였다. 지방에 계시는 시부모님께서는 명절 때마다 내려오지 말라고 하셨다. 시부모님께서 여러 가지 병치레를 하시고, 큰 수술도 하셨기에 최대한 조심하고 있었는데, 얼마 전 아버님께서 코로나 바이러스에 확진 판정을 받았다. 오랫동안 찾아뵙지 못했는데 우려하던 일이 닥쳤다. 멀리 떨어져 있어 약을 구매해서 문고리에 걸어드리는 일도 하지 못하였다. 할 수 있는 일이라고는 필요하신 게 있는지 여쭤보고 택배로 주문을 넣어드리는 일뿐이었다. 하나밖에 없는 며느리인데 제대로 된 도리를 하고 있지 못하고 있는 것 같다.

나에게 주어진 일을 잘하고 있는 걸까. 쫓기는 듯 빠른 속도로 하루를 보내다 보면 아이들을 잘 챙기고 있는 건지, 독서논술교사로서 아이들의 생각 주머니를 넓히는 좋은 질문을 했는지, 나이 드신 부모님의 건강과 안위를 잘 챙겨드렸는지 걱정이 끝도 없다. 모든 일을 복잡하게 생각하는 편이었다. 사람들 관계에서 잘못한 점은 없는지 고민하고, 그 상황에서 그렇게 말하지 못한 걸 후회하고 자책하였다. 많이 생각해 보니 피곤하고 공허했다. 복잡하게 생각한다 해서 좋은 결론이 나오는 건 아니었다. 동분서주하며 뛰어다니느라 정신이 없기만 했다.

성과가 있어야 한다는 마음 때문에 조급했다. 잘했다고 칭찬을 받고 싶었다. 나에게 주어진 여러 가지 소임을 다하고도 싶었지만 이러다 원하는 건 못하고 사는 건 아닌지 불안한 마음도 들었다. 어느 날 갑자기 인생을 마감하게 된다면 나는 무엇을 남기게 될 것인가. 충분히 만족스러운 삶을 살았는지, 스스로 가치 있는 인생을 살았는지에 대해 질문해 보았다. 가치를 남기고 싶었다. 그러다가 우연히 블로그를 알게 되었다. 온라인 세상에는 기록을 하는 사람이 많았다. 인증을 통해 서로를 응원했다. 나도 기록하기 시작했다. 기록 하나하나는 작아 보이지만 기록이 쌓이니 습관이 되었다. 잠시 멈추어 나를 살폈다. 하루 5분이면 되었다. 생각을 기록하는 활동으로 첫째, 오늘 읽은 책 문장에 대해 한 줄 생각 쓰기를 했다.

블로그에서 독서 모임을 모집하고 매일 읽는 책 문장에 대해 하루 한 줄 생각을 남겼다. 둘째, 아이들의 말 한 한마디를 기록했다. 책을 읽고 한 말이나 저녁 시간에 이야기한 말을 떠올려 보고 내 생각을 적었다. 셋째, 오늘 하루 내가 잘한 일을 생각해 보았다. 하루를 보내다 보면 말을 실수하기도 하고, 아이들에게 명령적인 말을 사용하기도 한다. 그중에서 그나마 잘한 일은 무엇이 있는지, 가치를 전한 것은 뭐가 있는지 생각해 보며 나의 내일을 계획했다.

여러 가지 역할을 하며 분주하게 살고 있다. 엄마도, 독서논술교사인 직업도, 어른으로서의 책임도 마땅히 나 자신이 져야 한다. 엄마로서 아이들을 챙기고, 독서교실에 오는 아이들에게 최선을 다하며, 부모님께 잘하는 것은 나를 키우고 성장하는 일이었다. '나'는 고유하기도 하지만 수많은 상황에서 역할을 담당하기도 하였다. '나'는 주어진 역할을 하며 내가 하고 싶은 일을 찾는 사람이었다. 파도는 해안가에 오면서 잔잔해지며 속도가 줄어든다. 해안가에 손을 내밀면 그 손에 파도가 닿기 마련이다. 파도가 먼 바다에서처럼 속도를 내면서 해안가로 달려올 필요가 없지 않은가 싶다. 어떤 상황에서든 나의 역할은 분명히 있다. 늘 빠르게 달릴 필요는 없다. 해안가에서 부서지는 파도가 천천히 역할을 다 하는 것처럼 느리게 '나'의 가치를 찾았다. 재촉하는 마음을 내려놓았다.

　하루 5분 생각을 기록하다 보니 작은 가치를 발견하였다. 나는 글을 써서 다른 사람에게 가치를 전달하는 것이 좋았다. 아이들 책을 읽거나 글을 쓰는 일이 재밌었다. 이런 내용을 사람들에게 전달해 주고 싶었다. 내가 해야 하는 임무뿐만 아니라 글을 쓰는 일도 가치 있게 느껴졌다. 자기 전 오늘 하루 잘 보냈는지 생각해 보며 '나'로 살아가는 시간을 기록했다.

　기록을 하다 보니 흘러가는 대로 살아가는 게 아니라 나의 속도로 살게 되었다. 빠르게 지나가는 일상이지만 속도를 줄여 하루를 채워나가서 다행이다 싶다. 인생의 속도를 높이는 것보다 더 중요한 것은 천천히 자신을 돌아보는 일이었다. 나를 살펴보는 일은 하루 5분이면 충분하다. 오늘도 책을 읽고 기록을 남긴다. 아이들과 나눈 대화 한 마디를 기록하며, 내가 잘한 일을 정리했다. 사소해 보이는 하루 일상에 나의 의지가 반영된다. 속도를 줄여 인생의 시계에 '나'를 채운다.

1-8. 앞당겨 생각하지 않기 _정원희

일어나지 않은 일에 대해 미리 걱정하지 않는다. 우리가 걱정하는 대부분의 일은 일어나지 않으며, 일어난다 하더라도 그 끝은 다 있다는 것을 여행에서 배웠다. 하루의 여행, 일주일의 여행, 한 달의 여행은 그 길이가 조금씩 다를 뿐 우리의 인생과 비슷하다. 여행은 낯선 환경을 경험하는 것이다. 새로운 곳에서, 새로운 사람을 만나고 가보지 않은 길을 간다. 예측할 수 없다. 누구를 만나게 될지도 알 수 없다. 만나는 사람이 정해져 있더라도 낯선 곳에서는 전혀 다른 사람으로 느껴지기도 한다. 내가 다 알고 있다는 생각만 내려놓아도 더 많은 것을 얻게 된다. 내가 아무리 애를 써도 할 수 없는 일에 에너지를 쓰지 않으려고 노력하는 편이다. 8년 전 귀농을 할 때 주변의 많은 이들이 물었다.

"아이 학교는…, 공부는 어쩌려고 시골로 들어가?"

그때 아들 정원이는 6살이었고, 공부를 걱정할 나이는 아니었다. 우리가 이사 온 창녕 영산에는 100년 넘은 초등학교가 있었고, 그곳의 병설 유치원을 다니게 되었다. 정원이는 1월생이었지만 유치원을 1년 더 다니고 싶어 해서 2년이나 병설 유치원에서 지냈다. 8살을 꽉 채워 초등학교에 입학하였고, 6년간 시골 초등학교 생활을 즐겼다. 전교생이 백오십 명 정도 되는 작은 규모의 학교였기에 도시의 큰 학교보다 오히려 더 많은 경험의 기회들이 있었다. 영재 교육원을 2년 동안 다니며 실험 수업도 많이 하고, 도지사 상도 받았다. 마사회의 후원을 받아 창녕군에서 지원하는 승마 프로그램에 참여하며 말 타는 법을 배웠다. 국제경기 규격의 큰 수영장에서 생존 수영을 넘어 배영, 접영, 자유형까지 배웠다. 학교 수업이 끝나면, 운동장에서 매일 축구하고, 야구도 하고 어두워져서야 집에 왔다.

"엄마, 난 초등학교 다닐 때 실컷 잘 놀았어, 학원도 안 다니고... 잘한 것 같아"

이렇게 초등학교를 졸업한 정원이가 같은 마을에 있는 중학교에 진학을 했다. 정원이는 새로운 환경에 대한 기대와 호기심이 많다. 해외를 자주 여행했던 경험 덕분인 것 같다. 인근 분교에서 몇몇 학생들이 더 오기는 했지만, 중학교에서 만난 친구들 대부분은 초등학교에서 함께 학교를 다닌 아이들이었다. 정원이는 다른 형제 없이 혼자 자라서인지, 집에 있는 것보다는 학교 가는 것을 더좋아하고, 친구들과 어울리는 것을 아주 즐긴다. 중학교 1학년 겨울 방학을 앞둔 어느 날 정원이가 나에게 물었다.

"엄마, 도시에서 시골로 전학을 오는 아이들은 왜 오는 걸까?"

"글쎄, 여러 가지 이유가 있겠지, 영도처럼 폐결핵이 심해서 오는 아이도 있고, 관장님 아들처럼 아토피가 심해서 오는 경우도 있을 거고, 아님, 도시에서의 공부 스트레스나 경쟁이 힘들어서 오는 아이들도 있을걸"

이런 이야기를 주고받았다. 또 며칠 후, 정원이가 말을 건넨다.

"엄마, 학생이 좀 더 많은 큰 학교에 다니는 건 어떨까? 친구들도 더 많이 사귈 수 있겠지?"

"그렇겠지...."

다시 며칠 후 정원이가 말한다.

"엄마, 나 복싱도 배우고 싶고, 유도도 한번 해 보고 싶어"

정원이는 일주일 동안 세 번의 메시지를 나에게 전했다. 도시로 전학을 가고 싶은 정원이의 마음을 그냥 지나치지 않았다. 그때부터 나의 고민은 시작되었다. 남편과 이야기를 나눴다.

"여보, 정원이가 도시로 유학을 가고 싶은가 봐, 같이 이야기를 좀 해 봐야 할 것 같아"

일주일 후, 정원이는 외갓집이 있는 부산, 정관으로 전학하기로 결정했다. 학생 수 950명, 다양한 편의시설을 갖춘 신도시, 정원이가 원하는 것이 있는 곳이었다.

8년 전에 누군가가 건넨 걱정은 지금 현실이 되었고, 직면한 후

당사자들이 함께 고민하고 결정하였다. 중학교를 옮겨 도시로 유학을 간다고 하니, 또 누군가는 고등학교는 어떻게 할 거냐고 묻는다.

'글쎄... 그건 2년 후에 할 고민이 아닐까? 내가 아닌 정원이가'

생각의 속도를 줄이고, 생각의 양을 줄이는 것이 내가 세상을 살아가는 방법이다.

아침부터 늦은 저녁까지 많은 일정을 소화하고 있는 나를 걱정하는 이들이 있다.

야심차게 시작한 2020년, 코로나로 우리의 발이 묶이고 어쩔 수 없이 집에 머물러야 했던 지난 2년 동안 나는 오히려 더 많은 일을 하며 바쁘게 보냈다. 2020년 5월 16일부터 시작한 새벽 영어 수업은 지금까지 계속 진행 중이다. 이제는 반이 늘어 4개의 반을 운영한다. 매일 아침 5시 30분에 시작하여 30분 단위로 4개의 영어수업이 진행된다. 학생들은 가끔 늦잠을 자기도 하고, 컨디션이 안 좋아 결석하기도 했지만, 나는 하루도 빠지지 않고 같은 시간에 일어나, 2년 넘게 수업을 하고 있다. 덕분에 미라클 모닝을 한다. 하루도 아프지 않고 그 자리를 지킬 수 있었음에 감사한다. 여행지에 가서도 수업을 하고, 새벽기차를 기다리는 차 안에서도 수업을 했다.

인스타그램 라이브 방송, 유튜브 채널도 정기적으로 운영하며 여행과 와인에 대한 이야기로 소통했다. 글쓰기 수업을 들으며 책을 쓰고, 새로운 플랫폼을 위한 수업을 듣고 인플루언스 활동도 하게 되었다. 나는 현재, 와인 강사로 활동하며 여행과 건강, 뷰티, 라이프스타일 전반적인 부분의 사업을 진행하는 사업가이기도 하다.

돈이 들어오고 있는 파이프라인으로 보자면 3개가 구축이 되어 있고, 두세개를 더 구축하기 위해 꾸준히 쌓아가고 있다. 하루가 24시간인데, 어떻게 이 모든 일들이 가능하냐고 많은 이들이 묻는다.

'잠은 자는지? 밥은 먹는지?' 나의 인스타그램 게시글을 보면 잘 먹고, 잘 마시고, 심지어는 자주 여행도 다니는 모습을 볼 수 있을 것이다.

"나는 머리가 없어"

주변인들에게 자주 하는 말이다.

생각을 많이 하지 않는다. 깊게 하지 않는다. 오래 하지 않는다. 내 통제력 안에 있는 일인지 아닌지만 빠르게 판단한다. 내가 아무리 애를 써도 해결할 수 없는 일은 내려놓는다. 누군가의 잘잘못을 따지기보다는 해결할 수 있도록 도움을 줄 수 있는 누군가를 찾는다. 내 통제력 안에 있는 일이라면 가능한 한 빨리 내가 결정하고 진행한다.

'큰일이네', '문제네', 이런 말이 입 밖으로 나오려고 할 때 내 입을 틀어막는다. 진짜 큰일이 되고, 문제가 될까 봐.

여행하면서 얻은 수많은 성공과 실패의 경험들이 쌓여 내가 이리 무심하게 살 수 있도록 된 것이다. 생각의 소모를 줄이니 시간이 여유로워졌다. 불평과 불만에서 멀어지니 나의 삶이 더 풍요로워졌다. 불필요한 감정 소비가 없으니, 사용할 수 있는 에너지가 많다.

잠시 멈추어서 생각해 보자. 양손 가득 무언가를 꽉 쥐고 있으면 새로운 것, 더 나은 것을 잡을 수가 없다. 한 손을 놓아버리듯 내 머릿속도 조금씩 비워두자. 좋은 생각들이 들어올 수 있도록, 여유를 가지고 천천히 생각할 수 있도록

1-9. 매일 내 마음을 들여다보며 내가 더 좋아졌다 _ 김성미

아이들을 학교에 내려주고 집으로 향하는 내 마음은 늘 무거웠다. 왜 난 항상 이렇게 분주한 것일까?

우리 아이들은 경기도에 있는 한 대안학교에 다니고 있다. 우리 가족은 스쿨버스가 닿지 않는 서울에 살고 있다. 나는 매일 차로 데려다주고 데리고 오기를 6년째 해오고 있다.

매일 아이들의 등하교를 책임지다 보니 포기해야 하는 것이 많

다. 아침에 아이들을 데리고 가서 다시 집으로 돌아오는 시간 1시간, 오후에 아이들을 데리러 가서 다시 집으로 돌아오는 시간 1시간. 매일 오로지 아이들의 등하교만을 위해서 아침과 오후의 한가운데를 띄엄띄엄 할애한다. 종종 강변북로가 막힐 때는 1시간이 2시간이 되기도 한다.

늦어도 5시 반이면 일어난다. 물 한 잔 마시고 잠시 식탁 앞에 앉아 책을 읽다 보면 어느새 아침을 준비해야 할 시간이다. 취향 확고한 아이들이 각자 원하는 메뉴가 다르기에 각각의 아침 식사를 준비한다. 자꾸 시계를 본다. 시간이 빠듯하다. 지각할 것 같다. 긴 실랑이 끝에 일어난 아이들은 눈곱만 떼고 일어나 앉는다. 아이들이 아침 식사를 하는 동안 난 세수를 하고 옷을 갈아입는다.

"늦겠다. 얘들아." 서두르자고 소리를 한번 질러준다.

늘 다니는 길로 익숙하게 운전을 하여 아이들을 등교시키고 집으로 돌아오면 잔뜩 쌓여있는 집안일이 나를 기다리고 있다. 어젯밤 누군가가 거실에서 티브이를 보며 먹고 치우지 않은 간식 봉지, 급히 나가느라 엉망이 된 아이의 방, 바닥에 흐트러져있는 옷가지들, 급히 먹고 간 아침 설거지거리들, 내가 집을 비운 사이 출근한 남편의 흔적……. 보기만 해도 지친다.

지칠 땐 커피믹스가 최고지! 커피 한 잔으로 에너지를 끌어올리고 집안 곳곳에 보이는 자잘한 물건들을 치우며 집안일을 한다. 어머, 그런데 어느새 점심을 먹을 시간이네. 대충 끼니를 때우고 나니 또다시 아이들을 데리러 가야 하는 시간이다. 배고플 아이들이 돌아오는 길에 먹을 간단한 간식을 준비하고 나면 시간이 빠듯하다.

학원가를 향해 움직이고 있는 차들과 이른 퇴근을 하는 차들이 뒤섞인 초저녁 잠실의 도로는 매우 복잡하다. 도로 상황만큼 내 속도 복잡하다. 이상하게 이렇게 바쁠 때 내 앞차들은 유독 통화를 하며 느릿느릿 위태롭게 간다. 마음이 급하다. 아이들이 기다릴 텐데……. 액셀을 마구 밟으며 강변북로를 달린다. 5분 정도 늦었다. 왜 이리 늦었냐며 투덜거리는 아이들을 태우고 다시 차에 시동을 건다. 지금 이 시각에서 출발이 5분만 늦어져도 돌아가는 시간은 20분이 더 늦어진다. 다행히 아직 정체는 시작되지 않았다. 만나기만 하면 투닥거리는 연년생 남매는 오늘도 뒷자리에서 말싸움 중이다. 정신 사납다.

동네에 돌아와 아이들을 피아노 학원과 체육관에 각각 내려주고 씨익 웃는다.

'야호! 이제 내 시간이다.'는 개뿔. 밥해야지. 밥!

반찬 고민하기 싫은 오늘은 반찬가게에 들러본다. 남편이 좋아하는 반찬이 있다. 이런 날은 행운이다. 대식가인 남편을 위해 같은 메뉴를 두 개 고르고 뿌듯한 마음을 안고 집으로 돌아온다. 사온 반찬 덕에 저녁 준비는 수월하다.

그 사이 학원에서 돌아온 아이들은 전화기를 붙잡고 있다.

"숙제부터 하라니까!"

소리를 버럭 지르자 아이들은 구시렁거리며 방으로 들어간다. 방문이 쾅 닫힌다.

퇴근한 남편이 찬바람 부는 집안 분위기에 무슨 일인가 묻지만 대답하기 싫다. 퇴근과 동시에 리모컨과 한 몸이 되는 남편은 저녁상이 차려지고 있는 테이블 옆에 벌러덩 눕는다. 반찬을 나르는데 바닥에서 걸리적거린다. 시어머니께 반품하고 싶다는 생각을 종종 한다. 그래도 종일 애쓰고 돌아온 남편이 애달퍼 꾹 참는다. 상이 차려지는 내내 그 앞에 드러누워 꼼짝도 하지 않는 남편에게 하는 소리지만 아닌 듯 버럭 소리를 친다.

"밥 먹어!"

삐져도 밥은 꼭 먹어야 하는 아이들이 달려 나와 밥상 앞에 앉는 것을 보니 피식 웃음이 난다.

티브이 보며 모여 앉아 수다를 떠는 짧은 시간을 보낸 후, 이제 가족들은 각자의 시간을 보낸다. 나는 설거지를 마치고 낮에 읽다만 책을 한 권 골라든다. 아이들이 배 아프다, 우유 달라, 졸리다 여러 가지 이유를 대며 내 무릎 위로 그 큰 엉덩이를 포갠다. 책 읽는 것은 포기다. "너희들 숙제했니?" 내 한마디에 또다시 방으로 도망가는 예쁜 아이들. 저 녀석들 이제 자야 할 시간인데 생각하며 시계를 보니 어느새 10시. 이 시간만 되면 에너지가 넘치는 사춘기 녀석들과 동네 시끄럽게 하지 말고 어서 자라며 실랑이를 하고 나면 기진맥진해진다. 간신히 아이들 방 불을 끄고 나오면 여전히 남편은 티브이 앞에서 껄껄거리고 있다. 밤은 늦었는데 집안은 정리가 안 되어있고, 머릿속은 더 복잡하다. 에라, 모르겠다. 자포자기하는 심정으로 잠자리에 든다.

늘 그렇게 살아왔다. 종일 분주했다. 나만의 시간이 없었다. 나에겐 가족들이 모여 수다 떠는 시간도 소중했지만, 나만의 시간이 간절했다. 낮에 집에 혼자 있는 시간은 내 시간이 아니었다. 그냥 나 혼자 집안일을 하는 것일 뿐 내가 원하는 것을 할 수 있는 시간은 아니었다. 새벽 시간을 노렸다. 엄마 따라 일찍 일어나는 새벽형 인간인 아들은 내게 틈을 주지 않았다. 6시, 5시, 4시……. 아들을 피해 점점 기상 시간을 당겼지만, 아들의 일어나는 시간도 같이 당겨졌다. 이러다가 3시에 일어나야 할 판이다. 결국, 새벽 기상으로 확보한 시간도 그냥 일찍 일어난 것일 뿐. 큰 의미 있는 시간이 되어 주지는 않았다.

작전을 바꿨다. 내 시간을 얻기 위해 먼저 공간을 확보하기로 했다. 심란한 거실에서 탈출하고 싶었다. 설거지거리도. 빨래 무덤도 보이지 않았으면 좋겠다. 옥탑방이 떠올랐다. 잠시 옥탑방에 머물러 멍하니 창밖을 바라보았다. 편했다. 분주했던 마음이 나도 모르게 차분해지는 느낌이었다.

내가 오늘 종일 뭘 했더라?

매일 쓰는 바인더를 펴보았다. 날 위해 쓴 시간은 일 분도 보이지 않았다. 그래 바로 지금이다. 나를 위해 쓸 시간. 낙서하듯 끼적인다. 떠오르는 단어를 마구 나열한다. 별다르게 한 것도 없는데 그냥 개운하다. 어느 날은 바인더를, 어느 날은 노트북을 들고 옥탑으로 향한다. 그리고 쓴다.

무언가를 쓰다 보면 자주 쓰는 단어가 눈에 보인다.

아, 오늘은 '짜증'이라는 말을 많이 쓰네. 피곤했구나.

아, 오늘은 줄임표를 많이 쓰네. 힘들었나?

아무 말이나 늘어놨지만 숨어있는 내 마음이 보인다. 종일 아이들과 남편의 뒷바라지에 지친 내 마음이 보인다. 때로는 새로운 삶을 꿈꾸는 설렘이 보인다. 내가 끼적인 글을 통해 오늘의 내 마음을 본다. 때로는 지쳐있고, 때로는 설레고 있다. 기분에 맞는 셀프 처방으로 날 돌본다. 들뜨지 않은 적당한 행복감. 바로 이거다.

매일 잠시라도 시간을 내어 나를 들여다본다. 내가 더 좋아졌다.

'평소 내가 바라본 나'는 '매일 분주하기만 할 뿐 실속 없던 나' 였지만, '내 시간을 가지고 나만의 공간에서 바라본 나'는 '가족들을 위해 분주히 최선을 다하는 멋진 나'임을 알게 되었다.

하루 한 번, 단 몇 분의 짧은 시간. 나를 바라보는 시간을 통해 내 삶을 키워가고 있다. 나는 내가 좋다.

1-10. 생각의 속도를 줄이다 _ 홍지연

2년 넘게 마트 안 중식 코너에서 동생과 함께 짜장을 볶고 탕수육을 튀기며 지냈다. 알바를 하거나 시어머니 가게 일을 도와 드린 적은 있지만 제대로 식당에서 일해 본 건 처음이었다. 근육통과 화상은 일상이었고, 탕수육을 튀기며 팔이며 얼굴에 기름이 튀는 건 별일도 아닌 일이 됐다. 9시에 출근하면 주방 안으로 양파 20킬로와 양배추 3망, 대파와 부재료들이 들어와 있다. 밀가루 20킬로를 물 9리터와 함께 반죽기를 돌리는 사이 대파 3단을 씻어놓는 걸로 하루를 시작했다. 30대 아줌마 둘이서 아이들을 돌보며 정신없이 점심, 저녁 장사를 했다. 계속 몰아쳐 들어오는 메뉴를 감당하기엔 체력이 부족했다. 몇 번 열이 나고서야 이러면 안 되겠단 생각에 눈뜨자마자 헬스장으로 달려갔다. 힘이 되어주려고 수원에서 안성으로 이사까지 왔는데 짐이 되는 건 아닌지 걱정이 됐다. 내가 할 수 있는 최선의 방법이 운동이었고 헬스장 문이 열림과 동시에 2시간씩 운동을 한후 집에 돌아와 아침을 차리고 출근을 했다.

말하지 않아 쌓인 감정은 해소되지 않았고, 미래에 대한 확신도 없었다. 마냥 열심히 일하고 하루를 술로 마무리하는 생활이 이어지니 마음 한구석이 답답했다. 힘들어도 목표를 위해 열심히 벌어 40살에는 경제적 자유를 이루고 싶다고 말하는 동생과는 다르게 나에게는 목표가 없었다. 코앞이 40이었지만 아무것도 이룬 게 없다는 생각이 든 순간. 내 안에 커다란 물음표가 생겼다. 목표가 있는 동생을 거들어 주는 게 내 목표인건가? 마음의 그릇을 키우고 싶었지만 방법을 몰랐고 일터, 집, 아이들 픽업을 반복할 뿐이었다. 우연히 도서관에서 진행하는 글쓰기 프로그램을 통해 마음에 담아 놨던 생각을 글로 꺼내어 보고 나니 감정이 풀리는 경험을 했다. 쓰다 보니 내가 다른 사람의 말과 행동에 지나치게 상처받고 있었단 사실도 알게 됐다.

점심, 저녁식사 시간이 되면 마트 안 중식 코너엔 주문이 몰아쳐 들어온다. 그걸 빠르게 받아쳐야 손발이 맞고 일이 수월하다. 알바생을 뽑고 함께 일 할 때면 눈치껏 잘하는 친구들이 들어왔을 땐 재촉을 하지 않아도 되니 좋아 라 했다. 하지만 정작 나는 그런 사람이 아니었다. 배우는 속도도 더뎠고 열심히는 했지만 잘하진 못했다. 마트 계약기간이 종료된 후엔 각자의 길을 걸었다. 집에서 멀리 떨어진 곳의 구내식당에서 일해보기도 하고 집 근처 음식점에서 돈가스를 만들고 튀겨보기도 했다. 일을 할 수 있다는 것만으로도 감사했고 집 근처에 있다는 것만으로도 마음이 놓였다. 하지만 사장처럼 시간을 자유롭게 쓰고 온라인에서 공부도 하고 돈도 벌고 싶다는 생각이 들어, 욕심을 더 내어 온라인 대학인 mkyu에 입학했다.

온라인 세상에 한걸음 더 들어가 보니 배울 건 많고 할 줄 아는 건 별로 없어 보였다. 잘하는 사람들의 인스타를 보며 위축되기도 했고, 부러워만 했다. 나는 언제 게시글을 저만큼 올리고 팔로워를 늘리나.. 이렇게 해도 되나? 답답한 마음에 우연히 들어간 인스타 라이브 방송의 그림 그리는 모습을 보는게 유일한 쉼 이였다. 시간 맞춰 들어간 그곳에서 댓글로 우연히 알게 된 사람들과 조금씩 소통도 하게 됐고, 무료 강의들도 접하게 됐다. 과제는 엄두도 못냈고, 결제한 강의를 흡수하기보단 보는 것 에만 급급했다. 이렇게 해도 되나? 의심할 겨를도 없었다. 따라가기에도 벅차기만 했다. 캘리 최회장의 생각파워 챌린지를 언니들이 한다고 하기에 나도 따라 하게 됐고, 영상 안에 긍정확언을 어떻게하면 자연스럽게 넣을까 고민했다. 인 스타 피드에 올리는 걸 계속 똑같이 하고 싶지는 않았다. 이미지 한 장에 문장을 넣는 것은 놀이 같았고, 사진과 영상 안에 문장을 적당한 위치에 배치하는 고민은 즐거웠다. mkyu안에서 성실한 학생은 아니었지만 좋아하고 잘하고 싶은 일을 찾았다. 1년이 지난 지금 이젠 수익화에 힘써야겠단 생각과 달려야겠단 생각이 들었지만 1년 전의 내 모습을 보는 듯 한 분들을 만나게 됐다. 호기심에 우연히 들어가게 된 mkyu 비공식 동아리 내가 바뀌는 시간이라는 뜻의 내바시. 우연히 인스타 라이브를 들어가 그곳에서 많이 배웠던 것처럼 우연히 호기심에 신청했던 내바시 7기에 리더가 됐다. 반장, 부반장, 하다못해 조장조차 해 본 적 없는 내게 기회를 주셨다. 이번엔 어떤 운이 기다리고 있을까? 계획대로 되지 않아 괴로워만 했었는데 그 덕에 더 많은 걸 배울 수 있게 됐고, 많은 사람들을 알게 됐다. '빨리 가려면 혼자 가고 멀리 가려면 함께 가라' 라고 썼던 스케치북을 인스타에 올린 게 작년 봄이었다. 1년 동안 붓 펜으로 문장을 쓰면서 내가 어떤 방향으로 가야 할지 공부하고 연습한 시간이 된것같다. 손잡아 달라며 따라다녔던 사람이 작년의 나였다. 이젠 혼자 뛸 수 있겠다는 생각도 들지만 생각의 속도를 줄이기로 했고, 함께 가는 방법이 뭐가 있을까 라는 생각을 하게 됐다. 손잡아주신 분들 덕분에 나도 손잡아 줄 수 있는 사람이라는 것도 알게 됐다. 어플 영상 편집과 캘리그래피 연습이 자신감을 줬고, 초보가 왕 초보에게 알려 줄 수 있는 플랫폼도 많다는 걸 알게 됐다. 따라다니기만 했던 인스타 라이브를 이젠 나도 어렵지 않게 시작 버튼을 누를 수 있는 사람이 됐다. 이것만 배우면 되겠지 하면서 계속 배웠고, 배우다 보니 잘하고 싶어 졌었다. 어떻게 수정할지 생각하고 바꾸는 게 놀이 같았다. 코로나로 집안과 집 근처에서만 있었지만 그 안에서도 하루하루 신나고 바쁘게 생활했다. 한걸음 나아갈 때마다 잘하고 싶어지게 자극도 받는다. 배우다 보니 우선순위 가 바뀌었다. 나의 성장을 꿈꾸게 됐고, 다른 분들에게도 도움이 되면 좋겠다는 생각이 점점 커졌다. 천천히 내 속도로 SNS를 하고 있다. 연습은 익숙함을 주고 익숙함은 자신감을 주고, 자신감이 가능성을 키웠다. 그 가능성이 한걸음 더 나아가게 한다.

딱 한걸음 더 떼는 게 어렵고 크게만 느껴졌었다. 갈팡질팡 하면서 인스타를 하고 블로그를 했기에 누군가에게 권하지도 못했다. 내가 잘하고 즐겁게 하면 쉽게 권하겠지만 그럴만한 수준이 되지 못한다고 생각했다. 지금 생각해보니 그런 작은 생각들이 시도조차 못하게 하는 거였다. 작년에 유튜브를 할까 말까 진지하게 고민이 되어 두 사람에게 전화를 했었다. 한 친구는 "다 큰 어른이, 본인이 하기 싫으면 안 하면 되는 거지." 라는 말을 해줬고, 한 친구는 유튜브를 하라고 권해줬다. 유튜브를 해서 본인에게 기회가 많이 생겼다며 해보라고 용기를 줬다. 그게 내가 듣고 싶었던 말이란 걸 알게 됐다. 할까 말까 할 때는 하는 게 맞다. 아이에게도 항상 얘기를 했으면서 정작 나는 안 하는 모습을 보여줬다. 듣고 싶던 말을 듣고도 다시 영상을 올리는데 한참이 걸렸고 비공개에서 공개로 돌리는 것도 1년 만 에 바꾼 행동이었다. 해보고 나니 구독자도 없으면서 뭘 그렇게 재고 따졌나 싶은 생각이 들어 허탈했다. 뭐가 그리 쑥쓰러워서 내 유튜브 알리는 게 창피하다고 생각 했던 건지 조금 더 좋아요와 구독자 욕심을 내보려고 하니 내가 한 행동들은 나에게 전혀 도움이 되지 않는 행동들이었다. 한걸음 떼는 게 어려웠지만 욕심은 버리고 천천히 가면 된다고 생각하니 마음 편하다. 하루 5분 잠시 마음에 힘을 풀고 SNS에 발행버튼을 누르려고 여전히 노력 중이다.

Slow Reading······

제2장

슬로우 리딩

제 | 2 | 장
슬로우 리딩
Slow Reading

2-1. 결국 "왜"라는 질문이다 _김종태

아직도 나는 지식에 배고프다. 왜 그렇게도 알고 싶은 것이 많을까. 신학서나 철학서도, 자연과학서나 인문학서도, 심지어 자기 계발 분야나 과학기술 영역도 다 알고 싶다. 도서관에 있는 책을 모조리 다 읽고 싶다. 대체 왜 그럴까. 나도 나를 모르겠다. 아마도 이런 이유가 아닐까 짐작해 본다.

나는 중학교 졸업할 때까지 시골에서 자랐다. 집 안에 책이라곤 바이블이나 교과서, 빌려온 명심보감 외에는 없었다. 그때는 독서를 하라는 사람도, 독서를 하고 싶은 생각도 별로 없었다. 부산에서 고등학교를 다닐 때도 마찬가지.

20대 말. 남들보다 늦은 나이에 신학교에 들어갔다. 책을 많이 읽고 싶어졌다. 왜 그렇게 책을 읽고 싶었는지 모르겠다. 그렇다고 수업 과목 외 다른 책을 많이 읽은 것도 아니었다. 그저 생각뿐. 나이 들어 뒤늦게 대학 수업을 따라가자니 좀처럼 쉽지 않았다. 만학도여서 그렇게 책을 읽고 싶었던 걸까?

하루에도 수십 수백 권의 책이 출간되고, 수많은 논문들이 쏟아져 나온다. 그 많은 지식과 기술들을 어찌 다 한 인간이 독서로 습득할 수 있는가. 그럼에도 세상의 지식을 다 알고 싶다. 욕심인 걸까? 탐욕일까? 비단 나만 이런 생각을 하는 건 아닐 것이다. 인간 보편의 심리. 인공지능이나 로봇들을 개발하는 것도 일종의 대리만족하려는 심리는 아닐지.

지식과 기술 발전의 속도가 과거에 비해 빨라졌다. 과학기술이 발전하면 인간 뇌에 칩을 심어 인류의 엄청난 지식을 다 활용할 때가 올지도 모르겠다. 날마다 쏟아지는 신지식과 기술들을 제때에 배우거나 독서 해 소화하지 않으면 뒤처질 것 같아 불안하기도 하다. 2021년 12월 8일 자 인터넷 전자신문에서 테슬라의 CEO 일론 머스크 Elon Reeve Musk는 자신이 설립한 뇌-인터페이스 기술

회사인 뉴럴링크가 2022년 말이면 인간 뇌에 칩을 이식할 수 있다고 발표하기도 했다. 기대된다. 그렇게 되면 나의 뇌에 칩을 이식해 인류가 축적한 모든 지식을 활용하고 싶다.

　이런 시대에 역설적으로 슬로우 리딩이 주목받고 있다. 왜 그럴까. 왜 그것이 필요할까. 슬로우 리딩이 내게도 필요한 시점이라는 생각이 든다. 세상의 지식을 다 알고 싶지만 현실적으로 불가능하다. 뿐만 아니라 새로운 지식과 IT 관련 신기술들을 하루빨리 다 섭렵하고 싶지만 그것도 쉬운 일이 아니다. 지나친 욕심이거나 조급증으로 보인다. 이런 것이 나를 진정 행복하게 할까. 아닐 것이다. 나를 위한 독서라면 오히려 슬로우 리딩이 필요하리라 믿는다.

　그렇다고 무조건 모든 책을 다 슬로우 리딩 할 필요가 있을까. 책의 내용이나 수준에 따라 속독이나 정독을 선택해야 할 것이다. 더욱이 중요한 것은 어떤 목적으로 책을 읽느냐에 따라 다를 것이다.

　하토야마는 자신의 책, 『하버드 비즈니스 독서법』에서 목적 독서법을 소개한다. 하버드대의 낙제생들 중에 동양인들이 많다고 하는데, 그 이유는 독서법의 차이에서 온다는 것이다.

　유럽이나 미국 학생들은 한 주 안에 30-50여 권의 전문서적을 읽고 발표할 내용을 준비한다. 그런 일이 어떻게 가능할까. 비즈니스 수업에서 담당교수가 강의는 거의 하지 않고 학생들이 발표할 주제를 말해준다. 이럴 경우, 특히 한국이나 일본 학생들은 목적독서가 훈련되어 있지 않아 한 주 안에 다 준비하지 못한다는 것. 그러나 주어진 주제에 따라 필요한 부분만 읽어내는 목적독서에 잘 훈련된 학생들은 충분히 가능하다는 것이다.

이처럼 책의 종류나 내용의 수준 혹은 독서하는 목적에 따라 속독할 것인지 슬로우 리딩 할 것인지를 정해야 할 것이라는 생각이 든다. 특히 자기계발서나 인문학 관련 책을 읽을 때 슬로우 리딩이 필요하다.

왜 그럴까. 어떻게 가능할까? 인문학 관련 독서는 저자와의 대화, 자신과의 대화, 시대 및 역사와의 대화를 염두에 둬야 하기 때문이다. 이런 독서는 저자의 생각과 가치관 및 그의 인생을 배우는 것이기 때문이다. 독서하면서 저자가 왜 이런 말을 할까, 그것이 무슨 뜻일까라는 질문을 통해 저자 혹은 자신과 더 깊이 대화할 수 있을 것이다. 이런 질문을 통해 독자는 독서 중에 저자나 자신의 내면을 더 깊이 들여다볼 수 있고, 자기를 새롭게 발견할 수 있다. 성찰이다. 나아가 시대 및 역사를 비추어보며 세상을 배운다. 통찰이다.

슬로우 리딩은 먼저 책 내용을 있는 그대로 읽고(관찰하고) 해석하는 일이고, 그다음은 그것을 통해 자신을 성찰하고, 나아가 세상과 역사를 넘어 바라보는 인생의 통찰력을 얻게 하는 것이다.

이를 위해 더욱 구체적인 슬로우 리딩의 방법을 생각해본다.

첫째는 누가 뭐래도 '정독'이다. 찬찬히 생각하면서 읽는 것이리라. 음식을 꼭꼭 씹어 먹듯이 말이다. 사실 내게는 이런 훈련이부족하다. 그런데 독서하면서 책 내용과 저자의 사상에 빠지면 나도 모르게 그렇게 되는 것을 경험했다. 어떤 책이든 그 안에 저자의 사상과 메시지, 그리고 어떤 스토리가 있다. 그 흐름을 붙잡으면 효과적인 정독이 되는 것을 깨달았다. 나는 매일 아침 습관적으로 반복하는 일이 있다. 바이블을 읽는 일이다. 큐티(Quiet Time)이다. 거의 40년을 지속해왔다. 이렇게도 오래 했지만 내용 파악이안 되거나 텍스트의 흐름을 붙잡지 못하면 집중되지 않았다.

둘째, 읽고 난 후 요약—정리하는 일이다. 서명과 저자, 앞날개와뒷날개의 글, 들어가는 말과 마치는 말, 그리고 목차 등을 통해 그책의 핵심 메시지와 키워드를 찾는다. 이것이 사전 독서이다. 그후에 본문을 읽으면 훨씬 더 빠른 속도로 책을 이해할 수 있다. 독서 후에 제목 및 저자와 날짜를 적고, 독후 감상으로 한 문장을 쓴다. 그다음 그 책을 읽게 된 배경이나 취지를 적고, 기억하고 싶은 문장을 세 개 정도 적는다. 그리고 좋은 문장을 모방해 나의 어록을 만든다. 이런 방법으로 실천해 보면 읽은 내용이 이전보다 훨씬 더 잘 파악되고 기억에 남을 것이다.

셋째로 중요한 것은 "왜"이다. 즉 내가 왜 이 책을 선택했고, 왜 내가 이 책을 읽어야 하는지 하는 동기 부분이다. 다양한 이유와 여러 가지 목적으로 특정 책을 선택한다. 이렇게 책을 선택하고 구매한다고 해서 끝까지 다 읽는 경우가 얼마나 될까? 나 같은 경우, 사전 독서를 통해 이 책을 읽어야 할지 말아야 할지를 결정한다. 인터넷 서점이나 오프라인 서점에서 책 한 권 들고 20-30분의 사전 독서를 통해 그 책의 흐름이나 키워드, 그리고 내용을 대강 짐작해 본다. 바로 그때 그 책을 읽고 싶은지 아닌지를 결정한다. 이것도 슬로우 리딩에 속한다. 이것은 나의 독서와 나의 삶을 더욱 윤택하게 할 것이다. 내 경험으로 볼 때, "왜 내가 이 책을 읽어야 하는가?"에 대한 충분한 이유를 가질 때, 독서의 역동성이 생기는 것을 경험했다. 그런 동기가 있을 때, 읽고 싶은 마음이 연탄불처럼 달아오를 것이다.

2-2. 그림책으로 알게 된 나의 보석 _김태영

　학부모 연수가 있던 날. 교감 선생님은 우리에게 그림책을 읽어 주겠다고 했다. 글, 그림, 옮긴이가 다른 그림책. 인기가 많아서 번역되어 들어온 그림책이라고 소개했다. '저 정도면 나도 그릴 수 있겠는 걸? 그림책 별거 아니네.' 라는 생각도 들고 아이들이나 읽는 그림책을? 하며 빨리 나가고 싶어 일어서려 했다. 주위를 둘러보니 아무도 나가는 사람이 없어 그냥 있기로 했다.

　작가 소개를 먼저 하고 표지를 보여주었지만 평범한 그림에 약간 실망스럽기까지 했다. 작가라면 뭔가 특별할 거라 생각이 들었기 때문이다. 그렇게 아무런 기대감 없이 고개를 숙이며 핸드폰을 보고 있었다. "언젠가 너도 - 사랑하는 딸에게" 피터레이놀즈 그림, 앨리슨 맥기 글. "어느 날 네 손가락을 세어 보던 날 그만 손가락 하나하나에 입 맞추고 말았단다."

　첫 페이지를 읽어주었을 뿐인데 가슴에서 뭔지 모를 뜨거운 것이 훅 올라왔다. 코끝이 찡해졌다. 누가 뭐라 하지 않았는데 내 눈가는 이미 촉촉해졌고, 하나라도 놓칠까봐 집중하며 들었다. 옆에 있는 사람이 눈치챌까봐 가방에서 휴지를 꺼내 들었다.

　교감선생님이 읽어주는 그림책을 보면서 잊고 있었던 순간이 떠올랐다. 첫 아이를 낳고 나서 신기하고 놀라워 보고 또 보고 했던 그때가 선명하게 그려진 것이다. 페이지를 넘길 때는 같이 따라가기도 했다. 까르르 웃는 모습, 엄마를 잃어버릴 새라 꼭 잡는 손, 처음 자전거를 타고 달리던 모습 등. 책장이 넘어가듯 아이가 커가는 모습이 파노라마처럼 흘러갔다.

조금 전 급해진 마음은 사라지고, 오히려 이 시간이 오래도록 계속되길 바라기까지 하였다. 잊고 있었다. 아이가 내게 어떤 기쁨과 행복을 주었는지. 옹알이하고, 엄마만 봐도 환하게 웃어주던 사랑스런 아이의 모습을 말이다. 행복했고 고마웠다. 시간여행을 마치고 현실로 돌아와서도 한동안 앉아 있었다. 사람들이 나갈 때까지 기다리기로 했다. 조금 전 보았던 책을 제대로 만나고 싶었다. 나를 위한 그림책을.

편견은 생각마저도 고립되게 만들었나 보다. 아이들에게는 어떤 책이든 다 좋다고 말하면서 정작 나는 편독을 하고, 좋고 나쁨을 가리고 있었던 것이다. 글이 짧고 그림이 많아서 아이들이 좋아하게 만든 책이라고만 생각했던 그림책을 낮게 평가해 왔고, 그 안에 숨어있는 많은 것들을 읽어내지 못한 무지함에 창피하기도 했다. 아이들이 읽는 책이라 글과 그림이 어우러져 이야기가 전달되는 책이 나에게 어떤 영향을 줄지도 이 책을 만나기 전까지는 몰랐다. 아이가 커가는 만큼 엄마도 같이 자라야겠다는 생각이 어떤 방향으로 나아가게 될지를.

"어머님들께 독서 모임을 만들어 드리려고 합니다. 관심 있으신 분들은 신청하세요." 학교에서 다녀온 아이는 내게 독서모임 안내지를 전해주었다. 기회였다. 책을 좋아하지 않았기에 모임에 가입할 생각조차 하지 않았던 모임. 따분한 사람들만 모이는 모임이라며 관심조차 가지지 않았던 독서모임이었지만 교감선생님이 읽어준 그림책으로 인해 그동안 가지고 있었던 편견을 벗고 다시 생각하게 되었다. 고백하자면, 그동안 책이라고는 자기계발서, 육아서가 전부였다. 그렇기에 독서 모임은 어떤 식으로 진행될지 궁금했으며, 많은 책을 읽지 않았기에 걱정이 앞섰다. 그럼에도 아이와 같이 성장하겠다는 그 마음 하나로 문을 두드렸다.

"독서 모임은 6개월 동안 진행될 예정입니다. 그때까지는 제가 추천한 책으로 참여하고 그 이후는 자유롭게 책을 선정하시면 됩니다." 모임에 참여한 엄마들은 대부분 책을 좋아하고, 다른 독서 모임에도 참여하고 있다는 말에 떨리기도 했다. 6개월 동안 읽을 책으로 선정된 도서는 음악, 미술, 철학, 과학 등 혼자서는 결코 찾아 읽지 않았던 분야의 책들로 구성되었다. 그동안 읽어왔던 책들과는 달라서 읽어내는 게 쉽지 않았다. 그렇기에 자동적으로 천천히 읽을 수밖에 없었고, 다 읽지 못해도 되고, 참여하여 나누는 재미로 독서모임에 참석했다. 다른 사람이 읽은 내용이라도 듣게 되면 좀 더 쉽게 읽을 수 있겠다는 생각으로 말이다. 때로는 한 권을 읽어내는데 여러 날이 걸렸기에 매월 다른 책을 읽어내는 게 부담이 되기도 했다.

힘들어서 중간에 그만두고 싶다는 생각이 들기도 했다. 하지만 나누다 보니 나만 힘든 것이 아니었음을 알게 되었다. 함께 읽기에 다 읽지 못해도 되고, 참여하여 나누다 보니 독서모임이 즐거워졌다. 같은 부분을 읽었어도 각자에게 다가오는 감동이 달라 책 읽는 맛을 느끼고 알아가게 된 것이다. 읽지 못할 때는 함께 한 사람들의 이야기를 듣고 돌아와 그 부분을 조금씩, 천천히 읽어 내려 가기도 했다. 무작정 참여했던 독서 모임덕분에 글쓰기에 용기를 내었고, 첫 그림책을 만들어 보기도 했다.

50이 된 지금도 일반책 보다 그림책을 더 많이 본다. 그림책을 통해 동심을 찾고 있는 중이다. 그림책을 보다 보면 아직도 자라지 않은 내 마음과 마주설 때가 많아 놀라울 때도 있다. 그래서 더 가까워지려 하고, 그 속에서 성장 하려고 한다. 때로는 내 마음을 들켜 버리기도 하지만 그림이 주는 메시지, 글이 주는 이야기를 따라가다 보면 마음이 편안해져 즐겨 읽는다. 가끔은 단숨에 읽어내기도 하고, 천천히 읽어내기도 한다. 그림책을 만나기 전 빨리빨리에 눌려 많은 정보를 주는 자기계발서나 육아 책만 보아 왔지만 이젠 그러지 않는다.

"언젠가 너도" 덕분에 천천히 읽기를 하고 있다. 내가 원하는 사랑을 주지 않아서 서운하기만 했던 엄마. 사느라고 바빠서 표현하지 못했던 엄마가 해준 이야기를. 엄마의 나이가 되고 보니 내 딸에게 똑같이 해주고 있는 나를 본다.

사람마다 자신에게 들어오는 문장은 다르기에 수많은 책들에서 나오는 문장이 누군가에게는 특별한 문장이 아닐 수도 있다. 그리고 누군가에게 감동을 주었다고 해서 나에게도 그 감동이 전해지지는 않는다.

아무런 기대 없이 만난 문장이 나에게 들어오면 그 문장이 특별한 것이다. 그렇기에 어떤 문장이든 자신에게 들어온다면 그것만으로도 충분하다. 오늘 나에게 어떤 문장이 들어올까 기대하며 아이와 함께, 또는 옆에 있는 누군가와 함께 그림책을 펼쳐 보면 어떨까?

2-3. 느린 독서는 참 맛있습니다 _박소연

사업을 시작할 때 아는 것이 없었습니다. 무조건 책에서 답을 찾아야 했습니다. 많은 책을 읽는 것이 유리했습니다. 정보를 얼마나 많이 가지고 있는가에 따라 결과가 달랐기 때문입니다. 최대한 많은 양의 책을 읽으려 노력했습니다. 바쁜 일정 속에 책 읽기란 그렇게 쉽지 않았습니다. 출퇴근 시간에는 오디오북을 듣고, 매장에서는 손님이 오지 않는 틈을 타서 진열대 위에 책을 올려놓고 읽었습니다. 그러다가 손님이 오면 어디까지 읽었는지 표시해 놓고 덮었습니다. 오디오북으로 책을 들으면 2시간이면 충분히 한 권을 읽습니다. 하루에도 몇 권씩 듣는 날도 있었습니다. 그런 날은 만족스러웠습니다. 누구보다 책을 많이 읽는 사람이라고 자부했습니다. 책 추천의뢰를 받으면 자신 있게 제목을 알려주기도 했습니다.

오디오북뿐만 아니라 종이책도 빠른 속도로 읽고 싶어 졌습니다. '속독'이라는 방법을 찾았습니다. 관련 책을 읽었습니다. 책을 한 줄씩 보는 방법, 다섯 줄씩 보는 방법, 한 페이지를 통으로 보는 방법, 대각선으로 훑는 방법 등 다양한 방법들이었습니다. 신기했습니다. 궁금하기도 했습니다. 정말 이대로 될까? 책을 읽은 사람들의 후기는 반반이었습니다. 이 방법으로 책을 더 많이 읽어서 좋앉다는 내용도 있고, 그렇지 않다는 내용도 있었습니다. 이 방법이 정말 된다면 대박이라는 생각까지 들었습니다. 기대하는 마음으로 책에서 시키는 대로 3시간씩 일주일 넘게 연습했습니다. 처음보다 속도는 붙었지만, 눈이 몰리고 머리가 아팠습니다. 그리고 중요한 것은 내가 읽은 부분이 어떤 내용인지 기억나지 않았습니다. 다른 사람과는 맞는지 몰라도 나와는 맞지 않았습니다. 속독은 포기하고 다시 오디오북을 들으며 틈틈이 종이책도 읽었습니다.

책을 읽을 때 내용만 파악하면 된다고 생각했습니다. 그런데 문제점이 하나 발견되었습니다. 사람들에게 책을 추천해 주면 질문을 받게 됩니다.

"이 책 어때요?"
"좋아요!"
"어떤 점이 좋았나요?"
"음…. 뭐라 말할 수는 없지만, 하여튼 내용이 좋아요"

구체적인 책의 문장이나 내용이 기억나지 않고 전체적인 느낌만 남았습니다.

그래서 책은 한번 읽어서는 모르고 계속 반복해서 읽어야 한다고만 생각했습니다.

《어웨이크》의 저자 박세니 강사의 강의를 들은 적이 있습니다. 그는 강의에서 이렇게 말합니다.

"지식이란 두 가지로 나뉜다. 아는 것과 안다고 착각하는 것이다. 아는 것은 내 입으로 설명할 수 있는 것

이고, 안다고 착각하는 것은 내 입으로 설명할 수 없는 것이다."

책을 읽고도 구체적으로 설명할 수 없는 나는 '안다고 착각하는 것'이었습니다. 또렷이 기억나는 문장이 없었습니다. 나의 독서 방식이 문제라고 생각했습니다. 그렇지만 이렇다 할 방도가 없었습니다. 그냥 책을 반복해서 읽었습니다. 새로운 책은 쏟아져 나오는데 똑같은 책을 다시 읽으려니 다급해질 때도 많았습니다. 누군가가 책을 읽고 요약해주었으면 좋겠다고 생각한 적도 있습니다.

그러던 어느 날 '천무' 세 번째 모임에서 답을 찾았습니다. '천무'란 자이언트 북클럽에서 운영하는 독서 모임입니다. 선정된 책을 2주 동안 읽습니다. 일요일 밤 8시에 줌에서 만나 토론하고 블로그에 서평을 씁니다. 그날도 '엘링카게'의 저서《남극으로 걸어간 산책자》를 읽고 토론하였습니다. 깜짝 놀랐습니다. 소모임에서, 참가자들이 어떤 문장에서 무엇을 느끼고 공감했는지 자세하게 얘기했습니다. 각자 줄 그은 문장과 감격한 내용은 달랐지만 느낀 점

들은 선명했습니다. 나는 이 책을 읽는 동안 무엇을 느끼고 깨달아야 하는지 전혀 몰랐습니다. 전체적인 내용만 파악할 뿐 큰 감동 따위는 없었습니다. 토론 시간에도 별로 할 말이 없었습니다. 그냥 다 맞는 말이었습니다. 소모임에는 늘 시간이 부족합니다. 8명 정도 되는 사람이 각자 자신의 느낀 점을 이야기하다 보면 시간 가는 줄 모릅니다. 그러나 그날 우리 소모임은 정해진 시간보다 빨리 마쳤습니다. 소모임을 마치면 전체화면으로 돌아옵니다. 빨리 마친 우리를 보고 리더님이 조금 놀란 듯했습니다. 무엇을 느꼈냐는 질문에 부끄럽기도 하고 할 말이 없었습니다.

"작가님 저는 이 책에서 무엇을 느껴야 하는지 모르겠습니다."

한두 번 모이고 끝낼 독서 모임이었다면 굳이 말하지 않았을 겁니다. 하지만 '천무'는 계속하고 싶은 모임이었습니다. 의미 없는 책을 계속 추천받아서 읽어야 하나 고민이 되었기 때문입니다.

리더님은 웃으며 그럴 수 있다고 하셨습니다. 천천히 문장 독서를 해보라고 권했습니다. 방법도 조곤조곤 설명해 주셨습니다. 그 당시는 민망하기도 하고 부끄럽기도 하여 잘 들리지 않았습니다. '천무' 모임이 끝나고 줌이 닫혔습니다. 묘한 기분이 들어 도저히 잘 수가 없었습니다. 책상에 앉아서 꽤 오랜 시간 있었습니다. 그리고 책장에 꽂힌 책 한 권과 색연필 한 자루를 챙겨왔습니다. 앉은 자리에서 문장을 눈으로 보며 한 줄씩 읽었습니다. 느낌이 오는 문장들은 색연필로 줄을 그었습니다. 그리고 단락마다 작가가 무슨 말을 하고 싶어 하는지 핵심 문장을 찾았습니다. 최종적으로 감동한 세 개의 문장을 골랐습니다. 빨리 읽어야 한다는 생각 따위는 없었습니다. 오직 작가가 하고 싶은 말에만 집중했습니다. 줄 그은 내용을 노트에 옮겨 썼습니다. 그리고 그 문장 아래에 느낀 것도 적었습니다. 신기했습니다. 한번 읽었는데 책 내용이 생각나고 어디가 좋은지도 구체적으로 말할 수 있었습니다. 작가가 어떤 심정으로 이 글을 적었는지 공감하게 되었습니다. 예전에 빨리 읽는 것에 집중했을 때와는 아주 달랐습니다.

책을 얼마나 많이 읽었는지는 중요하지 않았습니다. 한 문장을 읽고도 와닿는 부분이 생기니까 책 읽기가 재미있어지기 시작했습니다. 빨리 읽어야 한다는 강박관념을 내려놓고 보니, 하루에 한 문장이라도 꾸준히 읽으면 삶이 달라지겠다는 확신까지 들었습니다. 그리고 실천했습니다. 2주 뒤에 있을 '천무'의 추천 도서는 《겐샤이》라는 책이었습니다. 한 문장씩 읽기 시작했습니다. 문장이 소중하게 느껴졌고 마치 작가와 대화하는 기분까지 들었습니다.

그날 이후, 2주마다 있을 독서 모임의 책도 새벽마다 꾸준히 읽고 있습니다. 예전과는 기분이 달라졌습니다. 언제 다 읽을 것인가? 걱정되지도 않고 그냥 하루하루 글 읽는 것이 일상이 되었습니다. 책을 다 읽고 나서도 '그냥 좋다'가 아닌 '좋은 이유'가 있었으며, 그 이유도 문장을 보여주며 말할 수 있게 되었습니다.

한 번쯤은 빠른 독서가 아닌 느린 독서를 해보라 하고 싶습니다. 느린 독서는 참 맛있습니다

24. 자연에서 배운다, 세상 유일한 존재가 바로 나임을 _박수미

봄이다. 아파트 화단에 화사한 매화꽃이 피었다. 파브르 식물 이야기를 읽은 후라 그런지 그냥 지나칠 수 없었다. 자세히 들여다봤다. 크고 작은 꽃들이 한데 어울려 있다. 일정한 크기로 모두 화려하게 피어있는 것처럼 보이지만 자세히 보니 큰 꽃, 작은 꽃, 피지 않은 봉오리가 다양한 모양으로 조화롭게 봄을 알리려 자기의 자리에서 최선을 다해 제 몫을 해내고 있다. 흐뭇한 얼굴로 꽃과 봉오리를 본다. 이 작은 꽃송이도 세상 유일한 존재임을 인지하면서.

인문 고전독서지도사 자격 과정 중 《파브르 식물 이야기》를 읽었다. 단순한 식물 관찰 책인지 알았는데 인생을 이야기하는 책이었다. 내가 이 책에서 위로받고 힘을 낼 수 있었던 문장이 있다.

우리는 비록 작고 약하다 할지라도 세상에 반드시 해야 할 일이 있다. 다른 사람이 인정하지 않아도, 화려하지 않아도 묵묵히 우리의 길을 가는 게 중요하다. 세상 모든 것들은 소중하지 않은 게 없다는 내용이었다. 이 책 속의 문장들을 천천히 읽고 있으니 우리 수미 잘하고 있다고 할머니께서 나의 머리를 쓰다듬어 주시는 것 같았다. 내가 하는 행동은 무조건 예쁘다고 칭찬해 주시던 우리 할머니가 생각이 났다. 세상 제일 예쁜 우리 손주라고 내 존재감을 느끼게 해주시던 자연으로 돌아가신 우리 할머니.

할머니께서는 자려고 누울 때 옛이야기를 많이 들려주셨다. 학교에서 히라가나 외우던 이야기, 순사들에게 잡힌 오빠를 지혜로 구해낸 이야기, 시집가서 시아버지께 사랑받았던 이야기 이런 살아오신 이야기를 듣고 삶의 지혜를 발견하곤 했다. 우리 할머니처럼 파브르가 긴 시간 관찰한 식물들의 이야기는 내가 어떤 존재인지 일깨워 줬고 힘을 줬다.

그저 주어진 대로 밥만 먹고 살고 있는 것 같은 내 삶이 답답했다. 뭔가 근사한 것이 있을 것 같았다. 달라지고 싶고 변하고 싶다는 생각이 들었다. 답답한 마음에 서점을 찾았다. 그때 우연히 발견한 책을 통해 꿈을 실현할 도구를 찾았다. 그 전의 나는 내가 무엇을 원하는지조차 모르고 살고 있었다. 여러 줌(ZOOM) 강의를 들으며 살아있다는 기분이 들었다. 성장을 위해 모인 온라인 속 세상에는 서로의 꿈을 지지해주면서 힘을 주는 사람들이 있었다. 나는 변화될 내 모습을 기대하며 꿈에 부풀었다.

꿈꾸고 실현하기 위해 열심히 살았지만 삶은 더 복잡해졌다. 현실 속의 내 주위에는 꿈은 몽상이고 헛된 것 현실에 충실해야 하는데 쓸데없는 거라고 말하는 사람들이 많았다. 사실 그때는 나조차 내가 무엇을 원하는지 무엇 때문에 이렇게 시간과 에너지를 투자하는지 몰랐다. 그저 모든 걸 하나라도 놓치지 않으려 애쓰며 넘치는 정보들을 소화하지 못한 채 나를 괴롭혔다. 목적과 방향 없이 바쁘게만 살아가는 나를 지켜보는 사람들도, 나도 답답했다. 더 나아지기 위해 열심히 애썼는데 가까운 이들에게 인정받지 못하자 힘들었다. 인정받고자 하는 욕구가 강한 나라는 것도 이때 알게 되었다.

지난 시간을 돌아보니 고민과 좌절의 시간을 견딜 수 있었던 것은 같은 고민을 하고 그 길을 동행해준 분들 덕분이었다. 꽃나무 속 작은 송이에 불과한 나를 하나의 존재로 인정해주고 더 잘 피어날 수 있도록 영양분을 나눠 준 뿌리 같은 사람들이 함께해줘서 버틸 수 있었다. 나는 누구도 대체할 수 없는 세상에 하나밖에 없는 존재다. 모두를 만족시키려는 원대한 꿈만 꾸기보다 나부터 내 주변부터 나의 경험으로 용기를 주고 싶다. 지금까지와는 다른 삶을 궁금해하고 찾아가는 사람들을 응원해주고 싶다. 모두가 세상 사람들이 말하는 높은 자리에서 세상에 영향력을 끼치는 사람이 될 수는 없다. 2022년 전쟁을 겪는 우크라이나의 대통령처럼 국민과 세상 사람들을 하나로 모으는 사람도 중요하고 전쟁 속에서 자기 가족의 멘탈을 잡아주는 엄마의 역할도 중요한 역할이다. "저분과 생각이 같아요."라고 묻어가는 내가 아니라 나만이 표현할 수 있는 언어가 있다는 걸 인지하고 자신 있게 살 것이다. 이런 나를 좋아해 주는 분들과 함께 걸어가는 거다.

빠르게 변화되는 세상이다. 배우지 않으면 위험하다고 여기저기서 나를 긴장하게 한다. 이런 세상 속에서 내가 발견한 《파브르 식물 이야기》의 자연에 배우라는 메시지처럼 살고자 한다. 요즘은 책 읽기 전 질문을 만들고 책을 천천히 읽고 책 속의 내용을 깊이 생각해 보는 시간을 보내고 있다. 이러한 시간을 쌓아서 내 마음을 깊게 하고 지혜롭게 살고 싶다.

'꿈꾸는 엄마들의 책방' 이란 이름으로 두 번째 독서 모임을 기획하고 있다. 30~50대 엄마들에게 작은 성공을 경험하게 하는 프로젝트와 실천 가능한 책으로 함께 공부하고 성장하려고 한다. 김해 씨앗 나비를 1년 넘게 운영하면서 처음보다 훨씬 성장해있는 무엇보다 긍정의 마인드를 장착하신 엄마들을 보니 건강한 가정의 힘은 엄마에게서 나와야겠다는 생각이 들었다. 힘든 고비를 수다와 험담으로 푸는 게 아니라 책 속에서 배우고 깨닫고 다른 사람의 생각을 경청해 주는 성숙한 사람들이 되어가는 모습에서 나도 반성하고 배우게 된다.

엄마란 이름을 자랑스럽게 말할 수 있도록 함께하며 서로 배우는 장을 만들어 드리고 싶다. 엄마들을 만나다 보면 살림도 잘하고 일도 잘하고 육아도 잘하면서 자신을 낮추는 분들이 있다. 나도 그랬다. 세 아이를 키우면서 일까지 하는 나 자신이 늘 부족하다고만 생각했다. 내 자리에서 내 역할이 얼마나 중요한지 몰랐다. 엄마인 내가 부정적인 생각들로 가득하면 가족에게 영향이 갈 수밖에 없다. 각자의 자리에서 한 사람 한 사람이 자신이 세상에서 얼마나 귀하고 소중한 존재인지 알고 자신의 역할을 잘해나갈 수 있도록 돕고 싶다.

식물 이야기 속에서 인생을 발견하다니 역시 책은 내 인생에서 뗄 수 없는 친구이자 멘토다.

꿈꾸는 엄마들의 책방에서는 한 달에 한 권을 읽을 생각이다. 천천히 책을 읽다 보면 내 인생의 문장을 발견할 수 있다. 내 입장에서의 문장만 보고 다른 시각으로 보지 못한 내용은 같이 참여하는 다른 분의 생각을 경청하면서 또 다른 세상을 발견할 수도 있을 것이다. 혼자 책을 읽으면 힘들다. 하지만, 여러 명이 같이 나누다 보니 전혀 다른 관점의 이야기에 놀라기도 한다. 그리고 가슴이 따뜻해지는 순간까지, 울고 웃고 너무 재밌는 시간이 된다. 책 읽으면 뭐 달라질 게 있나? 취미로 읽어 볼까? 나도 변하고 싶어! 각자의 목적을 가지고 참석한 회원들이 꿈을 찾고 강점을 찾아 주변에 기여하고 싶다는 생각으로 변화되는 것을 보았다. 그분들이 각 직장에서 가정에서 친구들에게 이웃에게 좋은 영향을 끼친다는 생각만 해도 행복하다.

깨달음은 각자가 가져가는 것이지만 그런 생각을 나눌 수 있는 공간을 우리가 함께 만들어 갈 수 있다는 게 뿌듯하다. 책을 읽다 어느 순간 내가 가지는 불편은 내가 자아를 찾아가고 있다는 증거다. 평소의 나와 다르게 살고자 함으로 불편이 생기는 거다. 그런 고비마다 힘을 드리고 싶다. 세상 유일한 보석이 당신이라고 응원해주는 그런 사람이 되고 싶다. 에베레스트산이 아닌 친구와 돗자리 들고 김밥 싸서 언제든지 놀러 갈 수 있는 동산 같은 사람이 되고 싶다.

2-5. 민음사피아 _ 송주하

불면증이 있었다. 계속되는 실패로 마음을 잡지 못했다. 새벽마다 잠이 깼다. 하루 중 잠자는 시간은 고작 한두 시간이었다. 머리는 늘 아팠고 성격은 예민해졌다. 눈을 뜨고 있었지만, 시야는 희미했다. 거짓말처럼 새벽 2시만 되면 잠이 깼다. 긴긴밤을 자려고 무던히도 애를 썼다. 억지로 눈을 감고 잠을 청하거나 간단한 맨손체조를 하기도 했다. 지루한 다큐멘터리를 찾아보거나 따뜻한 차를 마셔보기도 했다. 여러 가지 노력에도 잠을 깊게 잘 수가 없었다. 머릿속에 많은 생각이 있어서 그랬던 것 같다.

왜 이렇게 인생이 내 마음대로 안 될까. 왜 나는 다른 사람들처럼 운이 없을까. 부정적인 생각들이 꼬리에 꼬리를 물었다. 빠져나오려고 애쓸수록 더 깊이 들어가는 늪에 빠진 기분이었다. 그때 우연히 내 눈에 들어온 책이 있다. 《본깨적》이라는 책이다. 작가의 아픔을 함께 공유하며 위로를 받았다. 나만 힘든 게 아니었구나. 나보다 훨씬 더 힘든 사람도 살아내고 있었구나. 작가의 아픔에 함께 울었다. 그런 생각을 하니 용기가 생기기 시작했다. 그때부터 시작된 나의 독서는 매일 이어졌다. 전에는 새벽에 눈을 뜨면 괴로웠다. 하지만 독서를 만난 이후로 더는 방황하지 않았다. 새벽의 조용한 적막 속에서 내가 할 일을 찾았다.

쉬지 않고 읽었다. 어린 아들을 생각해서라도 기운을 내야 했다. 그 사람들이 어떻게 이겨내는지를 보았다. 그런 뒤 내 것으로 만들려고 노력했다. 따라 하고 싶은 건 메모했다. 그것으로 모자라면 벽에 잘 보이도록 포스트잇을 붙였다. 읽을수록 책장에 책이 늘어갔다. 그걸 보는 기분이 꽤 괜찮았다. 부지런히 읽어서 책으로 한 쪽 벽면을 가득 채우고 싶은 마음이 들었다.

하지만 난독증에 가까웠던 나는 책 읽는 속도가 좀처럼 나아지지 않았다. 그리 어렵지 않은 책도 여러 번 읽었다. 책을 읽다가 늘 다른 생각을 하곤 했다. 책에 깊이 빠져들지 못했다. 어떤 날은 눈으로만 글을 쫓기도 했다. 완독이라는 목표가 있으니 빨리 읽어 내려가야 했다. 내용은 그리 중요하지 않았다. 그저 내가 몇 권의 책을 읽었는지가 중요했다. 완독 리스트에 한 권이라도 빨리 올리고 싶었다. 그런 마음으로 책을 읽으니 당연히 '속독'을 하게 되었다.

더 많은 책을 읽으려고 독서 모임에 가입했다. 독서 모임의 장점은 완독이다. 토론해야 하니 내용을 모두 알아야 했다. 자연스럽게 읽기 싫어하는 분야의 책도 읽게 되었다. 원래 좋아했던 경제 서적을 일부러 멀리했다. 경제 서적을 많이 봤지만, 삶이 크게 달라지지 않았다. 다양한 분야의 책을 읽어봐야겠다고 생각했다. 세계역사가 약해서 역사서를 15권 전집으로 샀다. 매주 수요일 새벽 5시에 진행하는 역사모임에 참석해서 15주를 읽었다. 문명의 시작부터 현대에 이르기까지 전체적인 맥락을 짚을 수 있었다. 읽기 편하게 써진 역사서라 부담스럽지는 않았다. 역사 선생님의 PPT까지 더해지니 흥미로웠다. 물론 뒤돌아서면 기억이 희미해지긴 했지만 말이다. 서양 고전도 읽었다. 그리스로마신화부터 시작해서 일리아스, 오딧세이아, 아이네이스 같은 책도 읽었다. 하나 같이 읽기 힘들었다. 독서 모임의 회원들이 대부분이 그 책을 알고 있었다. 무슨 이야기인지 알아듣고 싶어서 언급되는 책들을 모두 읽었다.

철학서도 일부러 찾아봤다. 니체가 쓴 책도 읽고《소피의 세계》처럼 철학을 전체적으로 소개하는 책도 봤다. 철학을 좀 더 이해하기 쉽게 풀어준 책도 보았다. 독서를 하면 할수록 읽어야 할 책이 늘어났다. 나도 모르는 사이, 쇼핑몰 장바구니에는 책 70권 정도가 담겨 있었다. 책 속에서 작가가 언급한 책을 찾아서 담았다. 독서 회원들과 이야기하면서 나온 책도 장바구니에 추가했다. 세상엔 이렇게 많은 선생님이 있었는데, 그동안 왜 모르고 살았나 싶었다.

역사, 고전, 철학, 신화는 '읽어야 하는 책'이었고, 개인적으로 관심이 가는 책들은 '읽고 싶은 책'이었다. 그렇게 병행 독서를 했다. 책을 읽는 게 지루하지 않았다. 글을 쓴 사람들은 어쩜 그리도 아는 게 많은 걸까. 뇌가 매력적이라는 말이 어떤 의미인지 알게 되었다. 외모만 멋지다고 매력적인 게 아니다. 말에서 또는 글에서 뿜어져 나오는 지성미도 그에 못지않게 중요하구나 싶었다. 나도 그런 매력을 가진 사람이 되고 싶었다.

그동안 책을 멀리했기 때문일까. 지나간 시간이 후회되었다. 자연스럽게 마음이 조급해졌다. 독서의 깊이가 얕은 나와 오래전부터 책을 가까이해 온 사람들은 지식의 깊이가 달랐다. 그들을 따라가기 위해 더욱 속도를 높였다. 눈이 아플 만큼 읽었다. 자는 시간도 아꼈다. 알람을 맞춰놓고 노동에 가까운 독서를 했다.

그러다가 우연히 셰익스피어가 쓴 《햄릿》을 다시 읽게 되었다. 한 달 전에 읽었는데 독서 모임 때문에 또 읽게 된 것이다. 재독을 해서였을까. 책의 맛이 또 달랐다. 처음 읽었을 땐, 등장인물과 줄거리를 신경 쓰느라 배경을 놓쳤다. 하지만 재독 할 땐, 줄거리를 알고 있어서 등장인물의 심리나 배경 위주로 보게 되었다. 작가가 풀어놓은 장치들이 보였다. 허투루 설정해놓은 게 없었다. 그 뒤로 헤르만 헤세의 《데미안》을 다시 펼쳤다. 일부러 천천히 읽었다. 특히 헤르만 헤세의 문장은 많은 생각을 하게 했다. 《햄릿》을 읽을 때보다 더 속도를 늦췄다. 문장 하나하나를 꼼꼼하게 읽었다. 줄거리만 따라가면서 읽었을 때와는 전혀 다른 느낌이었다. 진짜 중요한 문장에 밑줄이 그어져 있지 않았다. 그동안 글자만 읽는 독서를 하고 있었다는 생각이 들었다.

그날 이후로 독서 방법을 바꿨다. 하나는 조금 빠른 속도로 읽고 다른 하나는 아주 느리게 읽었다. 읽지 않은 책들이 많아서 다독을 포기할 수는 없었다. 하지만 깊이 있는 독서도 필요했다. 속독한 책 중에 마음에 드는 책을 표시했다. 그런 책들은 다시 읽었다. 천천히 읽는 책은 또 다른 매력으로 다가왔다.

재독을 좀 더 재미있게 할 방법을 생각했다. 무엇보다 고전을 다시 읽는 재미가 있었다. 곰곰이 생각하다가 독서 모임을 하나 만들었다. '민음사'라는 출판사에서 나온 전집이 대략 360권 정도가 된다. 여기서 나온 고전만 천천히 읽어도 좋겠다는 생각이 들었다. 이름을 생각했다. 그러자 문득 떠오른 이름이 있었다. '민음사피아'였다. 민음사 더하기 유토피아의 줄임 말이다. 굳이 해석하자면 민음사 책을 읽으면서 유토피아 같은 삶을 살겠다. 이런 나름의 거창한 이유가 있었다. 내가 생각한 거지만 꽤 마음에 들었다. 이름이 정해지자 속도가 빨라졌다. 포스터를 만들고 블로그에 공지로

띄웠다. 그러자 평소 민음사 책에 관심이 있던 사람들이 비밀댓글을 달기 시작했다. 언젠가 나의 멘토가 이야기했었다. 한 사람이라도 있으면 강의든 모임이든 시작해야 한다고. 소심했던 나에게 용기를 주는 말이었다. 일단 부딪혀보기로 했다. 생각보다 많은 사람이 참여해 주었다. 지금은 나를 포함해서 8명이 함께 책을 읽고 있다. 일주일에 한 번씩 줌으로 모인다. 매주 목요일 새벽 5시 반에 줌으로 시작한다. 천천히 읽기 위해 매주 100페이지로 분량을 정했다. 하루에 20페이지씩 천천히 읽어나가면 된다. 회원들의 살아온 이야기를 들을 수 있어서 좋았다. 내가 미처 체크 하지 못했던 부분들을 다시 볼 수 있어서 유익했다. 책은 혼자 읽을 때도 좋지만 함께 읽으면 더 많은 매력을 발견할 수 있다.

책을 빨리 읽을 때는 볼 수 없었다. 문장 뒤에 숨겨진 작가의 의도를. 특히 고전은 메타포(비유)가 많다. 천천히 읽으면 하나씩 풀어내는 재미가 있다. 그러기 위해선 결국 시간을 두고 꼼꼼하게 읽어야 한다. 차를 타고 목적지로 가면 빨리 갈 수 있지만, 주변 풍경을 보기 힘들다. 천천히 걸으면 도착은 늦겠지만 주변에 피어난 꽃도 보고 풀도 보고 곤충들까지 만날 수 있다. 햇볕이 얼마나 따스한지 오롯이 느낄 수 있다. 책도 마찬가지라는 생각이 든다. 책 속에 피어있는 꽃, 바람, 나무, 구름을 제대로 보려면 천천히 읽어야볼 수 있다. 늘 빠르게만 돌아가는 세상이다. 하지만 책 읽는 속도는 내가 충분히 결정할 수 있다. 오늘부터라도 느리게 읽는 연습을 해보면 어떨까. 또 다른 세상이 눈앞에 나타날지도 모른다.

2-6. 인생을 창조하는 에너지 _ 이은정

막내아들 지후가 4살 때. "지후야, 눈 감아볼래?" "네!" 말하기가 무섭게 눈을 감는다. "일단 마음속으로 먼저 생각해 보는 거야." 미소 지으며, 끄덕끄덕한다. "자. 나는 어떤 사람일까? 앞으로 어떻게 크고 싶지? 지후에게 가장 소중한 건 뭘까? 생각해 보자." "생각했어요." "그래? 궁금하다." "난 이런 사람이 되고 싶다고 생각하며 하나 뽑아볼래?" 고민하더니 카드 하나를 뽑는다. "이게 뭐예요?" 옆에 있는 누나에게 읽어달라고 요청했다. "사랑. 사랑은 가슴을 채우는 특별한 감정입니다. 엷은 미소, 친절한 말 한마디, 사려 깊은 행동, 혹은 따스한 포옹을 통해 당신은 그것을 표현할 수 있습니다." 지후는 신나서 펄쩍펄쩍 뛴다. "사랑. 사랑. 사랑." "지후야, 너는 사랑이 많은 아이로구나. 지후가 원하는 사람이 될 거야. 엄마가 마법을 부렸거든." 현재, 중2가 된 지후는 사랑이 충만한 아이로 폭풍 성장했다. 집을 나가고 들어올 때마다 체온 인사(뽀뽀)를 한다. 내가 아플 때면 밤새 간호해 준다. 8년째 감사 노트를 쓰고 있다. '힘들었지만 포기하지 않고 목적지까지 걸은 나, 감사합니다.' 글을 읽을 때 어떻게 읽느냐에 따라 성장한다. 문장 하나하나를 의미 있게 해석하면, 긍정적인 결과를 끌어들인다. 몸과 마음은 함께 움직이니까. 글을 읽는 것도 마찬가지다.

　어떻게 하면 잠재된 의식과 능력을 쉽게 끄집어내지? 어떻게 하면 인간이 기존 질서와 규범으로부터 자유로워질 수 있을까? 어떻게 하면 인류가 모두 자유롭고 풍요로운 삶을 창조하고 유지할 수 있을까? 이것이 내 삶의 모토이자, 내가 추구하는 학문의 이슈다. 고민하고 연구한 결과, 드디어 완성이다. 시너지 카드. 율곡 선생의 자경문(自警文-스스로 경계하여 조심하는 글)을 활용했다. 입지, 과언, 정심, 근독, 독서, 소제욕심, 진성, 정의지심, 감화, 수면, 용공지효, 그리고 성장. 내 삶을 지혜롭게 볼 수 있도록 도와주었다. 물론 아주 획기적이지도 않고, 그저 상식적인 결과일 수 있다. 하지만 당연한 것이 오히려 평상시에는 잘 보이지 않는다. 적어도 나는 그랬다. 사소한 일들에 가려 전체적인 큰 그림을 놓치는 상황이 왕왕 일어났다. 율곡 선생의 자경문은 이런 나에게 나무도 보면서 숲도 볼 수 있게 해 주었다. 그렇다. 처음에는 단순한 도구였다. 해를 거듭할수록 다양한 문제에 대한 해결책을 제시해주었다. 힘들고 무기력해질 때, 앞이 캄캄해질 때마다 이 카드를 집어 들었다. 카드를 뽑아 천천히 성찰해본다. 지금 무엇을 해야 좋을지 일깨워 준다. 살아갈 동력을 끌어올려 주는 에너자이저이자, 내 삶의 내비게이션. 한마디로 나의 인생 성장을 위한 도구였다. 성장 파트너가 있다는 게 힘이 되었고, 내 안의 무한한 가능성을 끄집어내기에 충분했다. 날마다 내게 새로운 영감을 던져 주는 고마운 존재. 매일 아침, 또는 시간을 내어 카드를 뽑는다. 천천히 읽고, 그날의 실천 계획을 기록한다. 자기 전 명상하며 하루를 돌아본다. 일상을 대하는 시각이 달라졌다.

초등학교 수업 시간. 한 아이가 벌떡 일어나더니, 교실을 왔다 갔다 한다. "철민아, 무슨 일이니?" "네. 졸려서요." "그랬구나." "아까 '수면' 카드를 뽑았어요. 낮에 졸음이 와서 눈꺼풀이 무겁거든 일어나 두루 걸어 다녀서 정신을 깨어있게 해야 한다고 하잖아요. 졸리니까 일어나서 움직인 거예요." "우와. 대단한데. 졸지 않으려고, 바로 실천에 옮기다니, 선생님이 한 수 배웠는걸." 시너지 카드의 키워드는 질문-학습-실천이다. 첫째, 카드를 뽑는다. 질문에 답해 본다. 둘째, 자경문의 뜻을 배운다. 나의 현재 상황을 점검한다. 셋째, 카드에서 제시하는 액션 플랜을 행동으로 옮긴다. 카드와 함께 꿈을 꾼다. 그리고 읽기를 통해 미래를 상상한다. 답답할 때나 문제가 안 풀릴 때면 카드를 뽑아 든다. 천천히 읽고, 생각해 보고, 답해 본다. 나만의 문장이 창조된다. 마음속을 들여다볼 때 비로소 사고가 확장되니까.

큰딸 하늘이가 초등학교 6학년 때. 5~6학년 전체 대상, 인성교육 프로젝트. 무려 20학급이었다. 프로젝트가 진행되는 1년 동안 친구들 사이에서 엄마가 자주 입에 오르내렸나 보다. '천사 선생님'이라는 지위보다 '엄마'를 원했던 사춘기 소녀. 중학생이 되면서 일이 터졌다. 동생들을 내팽개치고, 친구들과 떼로 어울려 다녔다. 집에 들어오는 시간이 늦어지고, 짜증내는 횟수가 늘었다. 큰아이라 기대고 있었나 보다. 기다렸지만, 돌아오지 않았다. 더. 더. 더. 어긋나기만 할 뿐. 그렇게 큰아이의 중2를 맞이했다.

공부하지 말고 책 읽기를 권했다. 아니 명령이었다. 한 달에 100권. 닥치는 대로 읽게 했다. 수업 시간에도, 집에서도, 어디에서도. 읽은 책은 간단하게라도 서평을 쓰게 했다. 10개월이 지났다. 1천 권을 읽어 내다니, 대단하다. 두꺼운 책을 2시간이면 읽어 내려간다. 책력도 생긴 것이다. 서평의 수준도 상당하다. 그리고 중3. 서양 고전 10권을 10번씩 재독하기로 했다. 5권은 내가 골랐고, 5권은 큰아이에게 선택권을 주었다. 결국 약속을 잘 이행했다. 고1이 되었다. 이번에는 동양고전 10권. 역시 해내었다. 서두르지 않고 묵묵히 해낸 하늘이가 대견했다. 지금도 서평 노트들을 보물처럼 간직한다. 그중 100권을 추려 서평집을 내 주기로 했다. 아직도 못 내고 있지만. 나에게는 많은 배움의 순간이었다.

처음 시작은, 정신 차리게 할 요량이었다. 쉽게 손에 잡히는 책을 먼저 읽혔다. 천천히 읽고 실천하는 하늘이에게 압도되었다. 서평을 보고 알았다. 문장 독서가 힘이 있음을. 지금은 전공 서적을 깊이 있게 읽는다. 원서며, 동시에 의학서적. 책 읽기의 경험이 하늘이에게 힘이 되리라 확신한다. "엄마, 꼭 성공해서 돌아갈게요." 잘 해내고 있는 큰아이가 대견하다. 온 마음을 담아 응원한다.

"엄마, 엄마, 엄마!" 허둥지둥 부른다. "숨넘어가겠다. 컴 다운, 컴 다운. 무슨 일인데?" "엄마 책에 인생 명언이 많아요! 전체필사는 너무 힘들었어요. 대신에 기억하고 싶은 문장을 중심으로 필사를 했어요. 자, 이것 봐요. 뭐, 내 인생 명언이랄까." 순간 울컥했다. 부분 필사를 한 것이다. 어린 줄만 알았던 둘째가 중1 때였다.

책 속 문장에서 인생을 찾아냈다. 이렇게 멋진 일이 일어나다니!

　군대에서 독서 코칭 할 때다. 느리게 책을 읽히기 위해서 낭독을 시도했다. 눈으로 읽는 경험과 소리 내서 책을 읽는 경험은 무척 달랐다. "강사님, 어려운 책도 슬슬 읽혀요." "졸리지 않고 완독할 수 있었어요." "책 읽기가 즐거워요." 등 반응은 그야말로 뜨거웠다. 한번은 마음에 남는 문장을 적어보게 했다. 물론 책을 들추며 적는다. 현재 군에서의 생활과 전역 후의 삶을 연결해서 생각해 보도록 유도했다. 자신에게 질문하고, 글로 적고, 말로 표현하는 시간. 질문이 허용되니, 토론 시간이 지혜롭고 창조적이었다. 그냥 읽기만 했을 때보다 더 진지했다. 한 장병이 전했다. '여자 친구에게 편지 쓸 때 활용했더니, 멋진 글이 되었어요. 아마도 책을 천천히 읽으며 그 안의 메시지를 찾으니까 가능했던 것 같아요.' 라고. 앞으로는 한 줄의 문장에 대해서 많은 질문을 하고, 때로는 나 자신을 향하여 질문도 하는 걸로 약속했다. 그렇다. 낭독으로 작가의 의도 파악, 토론으로 생각의 확대, 내면화 활동으로 질문의 소중함을 경험했다. 질문을 하면 새로운 지식과 지혜도 배운다. 그런 정신과 문화를 향유하는 사회이기를 소망한다.

　글을 읽을 때 정신을 집중하면 숙명까지도 바꿀 수 있다. '정신

일도 하사불성.' 정신을 잘 다스리면 나의 소망도 현실로 이루어 낼 수 있다. 큰아이도 해냈고, 둘째와 막내도 해냈다. 나도 그랬다. 정신이란 곧 잠재력. 나부터 무의식을 믿고 이해하고 제대로 활용 하여 잠재능력을 발현하자. 집중하고 몰입하면, 인생의 미래가 결 정될 테니까. 지식을 통한 깨달음이 무의식에 내면화될 수 있도록 천천히 읽고, 매 순간 질문해 본다. 내 안의 무궁한 가능성을 발휘 하여 인생을 창조하리라. 정말 멋진 일이다.

2-7. 느리게 읽는 행복 _ 이현경

저녁마다 책을 펼쳤다. 아이에게 책을 읽어주기도 하고, 아이는 아이대로 나는 나대로 책을 읽기도 한다. 그림책에서 꽃 이름을 배 웠다. 고들빼기나 씀바귀 꽃 이름이 입에 붙지는 않았지만 한 번씩 소리 내어 읽어 보았다. 어린이 동화책에서 친구나 가족에게 용기 를 내서 말하는 걸 배웠다. 머리카락을 날리며 뛰어다니는 아이들 의 모습, 주변을 관찰하며 기록한 내용이 쓰여 있었다.

하루에 한 페이지라도 읽었다. 책을 읽는 시간은 의미 있는 일로 나를 채우는 일이다. 하루의 틈새 시간을 찾아 나는 오늘도 독서 그릇을 채우고 있다.

아이들을 더 잘 키우기 위해서 독서논술교사로 직업을 바꾸었다. 두 아이를 직접 키우면서 내 일을 하니 보람이 있었다. 그러나 새로운 직업에 적응하며 독박육아를 하다 보니 직장을 그만둔 일이 후회되기도 하였다. 아이들에게 잔소리를 하고, 남편에게 짜증을 내기도 하였다. 이렇게 하다가는 집안 분위기가 엉망이 되겠다는 생각이 들어 책을 꺼내서 읽었다.

아파트 단지 안에 초등학교가 있다. 아파트 아이들 대부분이 같은 학교에 다닌다. 어떤 학원 다니는지, 누가 누구와 친한지 하나 건너 물어보면 알 정도다. 집에서 독서 교실을 열어 아이들을 가르치는 일을 하고 있으니 동네 사람의 시선이 신경 쓰였다. 엄마가 독서논술교사이니 아이들이 책도 잘 읽고 공부도 잘해야 한다는 부담감이 생겼다. 아이들을 잘 키우고 싶다는 생각이 컸다. 아이를 잘 키우기 위해 육아서부터 읽었다. 책을 읽다 보니 자꾸 반성모드가 되었다. 책에는 아이를 잘 키운 엄마도 많았고, 책 육아를 성공적으로 한 엄마도 많았다. 나도 그 집 아이처럼 키우고 싶다는 생각이 들었다.

책에 나와 있는 대로 따라 했다. 아이가 책을 읽어달라고 하는 날은 목이 쉬도록 읽어주고, 집안 곳곳에 책을 늘어놓았다. 잠자리 독서로 한 권 더 읽어달라고 외치는 아이 목소리에 뿌듯해하며 늦게 잠이 든 적도 많다. 늦게 잠든 다음 날에는 피곤한 몸으로 하루를 보냈다. 독후 활동 자료를 모아서 아이에게 내밀었다. 내 아이는 누구보다도 잘 키우고 싶었다. 자꾸 욕심이 나면서 아이에게 기대하는 바도 커졌다. 그런데 욕심이 커질수록 아이와의 관계는 멀어졌다. 아이는 엄마의 욕심을 눈치 챘는지, 서서히 어떠한 의무나 책임을 져야 하는 게 힘들다는 반응을 했다. 엄마표 책 육아를 하는 사람들처럼 책 탑 쌓아 보기도 하고, 거실의 모든 벽을 책으로 채우기도 하였다. 아이는 책을 좋아했으나 부담감을 느끼기 시작했다. 엄마와의 책 읽기는 좋아했지만, 책으로 하는 활동이나 글쓰기는 힘들어했다. 엄마가 선생님이라고 해서 아이가 저절로 책 읽기를 잘하는 건 아니었다.

따라하는 책 읽기는 나와 아이의 인생을 해치는 일이다. 모든 책 읽기는 자신만의 방법이 있다. 어떻게 해야 책을 좋아하면서도 잘 읽을 수 있을까? 문제를 느낀 순간부터라도 제대로 천천히 읽어야 할 일이다. 다른 사람들을 따라하는 것보다 독서 그릇을 채우는 방법으로 방향 전환을 했다. 아이가 천천히 읽을 수 있게 아이만의 속도를 맞추었다. 있는 그대로 인정했다. 책 육아하면서 어떤 결과물을 보여주기보다는 아이가 읽고 싶은 책을 읽게 하였다. 주변의 시선에 대한 부담을 내려놓았다. 연령별, 학년별 추천 도서에 얽매

이지 않고, 아이가 관심 있어 하는 주제를 찾았다. 수학에 관심이 있으면 수학 동화를 빌려 와 읽게 했고, 친구들 또래 관계에 관심이 많은 시기에는 학교 이야기를 주제로 한 책을 읽게 하였다.

2019년 6월, 《엄마와 아이가 함께 하는 독서 습관》 모임을 시작했다. 엄마도 책을 읽고, 아이도 책을 읽는 독서 모임이다. 아이에게만 책을 읽으라고 하지 않고, 엄마도 책을 읽었다. 책을 좋아하는 아이로 만들기 위해서는 독서 환경이 중요하다. 아이가 자주 생활하는 공간에 독서 환경을 조성하기 위해서 거실을 서재처럼 만드는 것이 유행하기도 하지 않았던가. 아이가 자주 있는 공간에 책을 두고, 책 읽기 좋은 환경을 만드는 것은 중요하다. 또 독서하는 사람을 주위에서 자주 만나면 독서 동기를 만들어 준다. 물론 엄마, 아빠가 책을 많이 읽는다고 아이가 저절로 책을 좋아하지는 않는다. 하지만 책에 대한 긍정적인 분위기를 만들어 줄 수는 있다. 거실을 서재처럼 만들기 위해 텔레비전 없애지는 않았지만 독서 환경을 만들어주고자 노력했다. 집 안 곳곳에 책 바구니를 두어 아이가 읽을 책을 두었다. 옆집 아이가 읽는 책을 권하지 않았다. 엄마는 엄마대로, 아이는 아이대로 읽고 싶은 책을 읽었다. 다른 사람의 시선은 신경 쓰지 않고 느리게.

아이들과 나는 느리게 책을 읽는 세 가지 방법을 찾았다. 첫째,

마음에 드는 주제를 정했다. 봄이 다가오는 시기에는 봄꽃에 관한 책을 읽고, 새 학기에는 또래 친구에 관한 책을 읽었다. 이 방법은 주제를 찾아 읽는 거다. 아이들은 천천히 책을 읽으며 자신이 좋아하는 것을 탐색하였다. 계절에 맞는 책을 여러 번 읽거나 관심사에 맞는 주제 독서를 하였다. 만들기를 좋아하는 아이들이 있고, 곤충이나 과학에 관심이 있는 아이들이 있다. 각자에게 맞는 작고 소중한 책 주제가 있다. 당장 배경지식을 늘리는 게 목적이 아니다. 좋아하는 주제에 몰입하다 보면 즐거운 경험이 쌓이고 책을 좋아하게 된다. 책을 읽는 목표가 공부를 잘하거나 책을 많이 읽는 게 아니었다. 아이들은 책을 읽는 즐거움을 경험했다.

둘째, 책을 많이 읽는 것보다는 책 속 문장 하나하나의 재미를 찾았다. 하루에 몇 권, 한 달에 몇 권 읽는 것보다는 마음에 드는 내용을 찾는 책 읽기였으면 했다. 추천 도서 목록을 생각하지 않고 좋아하는 그림과 흥미를 우선시하도록 노력했다. 다른 집 아이가 학년보다 수준 높은 책을 읽는다고 해도 신경 쓰지 않고 아이가 좋아하는 재미를 찾았다. 책이 선물이라는 느낌을 전달했다. 서점에 가서 아이가 직접 책을 고르게 했다. 학교 추천 도서로 엄마가 읽으라고 건네준 책이 아니라 자기가 고른 책이기에 소중하게 생각했다. 책을 천천히 읽으면 깊이 읽게 되고, 의미가 눈 속으로 들어온다. 느리게 읽으니 행복했다.

셋째, 작은 기록을 했다. 아이가 책을 읽고 생각나는 부분을 말로 하면, 아이의 말을 메모장에 적어두었다. 나도 책을 읽다가 기억하고 싶은 내용이 있으면 독서노트에 적거나 블로그에 옮겨서 서평을 적었다. 지금껏 눈으로 많이 읽었으니 이제 기록을 남기면 얼마나 좋을까 싶었다. 서평을 쓸 때는 시간이 많이 걸렸다. 읽은 책 중에 몇 권 밖에 서평을 쓰지 못하였다. 블로그에 처음 서평을 쓸 때는 하루가 꼬박 걸렸다. 책 페이지마다 노란색으로 그어 놓은 밑줄, 포스트잇이 가득했다. 그래도 내가 책을 읽고 쓴 글을 누군가 다른 사람이 읽어준다는 게 기분이 좋았다. 놓치고 싶지 않은 것들이 많았다.

느리게 읽는다는 말이 부끄럽지 않다. 천천히 읽을수록 깊이 생각할 수 있다. 주인공 감정에 공감하며 나도 그런 적이 있다고 끄덕이고, 이야기 속 근심, 걱정이 해결되어 안도하기도 하였다. 등장인물이나 과학적인 배경지식에 대해 파고들기도 했다. 아이의 속도에 맞지 않는 어려운 책을 권하고 있는 것은 아닌지 항상 생각했다. 엄마가 더 읽어주기를 원하는 아이에게는 계속 책을 읽어주었다. 읽기 독립이 되었거나 학교에 입학했으니 혼자 읽으라고 밀어붙이지 않았으며, 학년에 맞는 추천 도서를 강요하지 않았다. 아이만의 속도가 있기에 천천히 읽을 수 있도록 도와주었다. 아이들에게 학교 공부나 교과 과목을 선행하게 하거나 문제 풀이만을 강요하지 않았다. 느리게 책을 읽어도 아이들 관계에 조바심이 나지 않았다. 학교 받아쓰기나 단원평가 점수가 낮아도 책을 잘 읽고 있어서 괜찮다는 믿음이 생겼다. 아이들은 책장에서 책을 자유롭게 꺼내 읽으며 즐거워했다. 느리게 읽기 위해서는 욕심을 버려야 한다. 아이들이 스스로 책을 좋아하는 아이라는 생각을 하게 하는 걸 목표로 했다. 천천히 책을 읽으면서 아이들 교육에 대한 가치관도 바뀌었다. 아이들에게 화내지 않는 엄마가 되어가고 있다. 이런 과정을 반복하면서 책 읽기의 행복함을 누리고 있다.

느리게 책을 읽으면서 바쁘고도 고단한 일상을 달래었다. 책을 읽을 때마다 일상이 소중하다는 걸 느낀다. 책을 읽고 나만의 문장을 별도로 기록하였다. 꾸준히 나만의 문장을 모으고 있다. 한 권의 책에서 한두 가지만 얻었어도 책을 잘 읽은 거다. 소소한 점들이 꾸준히 쌓이면 선으로 이어진다고 하지 않았는가. 좋은 책을 읽을 때는 문장의 마침표를 세어가며 떨림을 저장했다. 평범하지만 치열하게 작은 기록을 남겼다. 인생이 조금 고달프더라도 아름다운 것처럼 느리게 읽는 책 읽기도 그러하다.

2-8. 책 읽기 위해 떠나는 여행 _ 정원희

일 년에 백 권 읽기, 새해 결심이었다. 매주 2권 이상의 책을 읽어야 백 권을 채울 수 있다. 결심을 한 첫해에는 성공하지 못했다. 두 번째 해에는 겨우 백 권을 넘겼지만, 백 권이라는 숫자만이 남았다. 제목도 기억나지 않는 책이 많았다. 다음 해에 다시 목표를 정했다. 같은 책 두 번씩 읽기, 두 번째 읽고 있는데도 새로운 내용이 많이 보였다. 한 권의 책이 완성되기 위해 많은 책과 참고 자료들, 작가의 무수한 경험들이 뭉쳐진다. 천천히 읽어야 그것을 가질 수 있다.

"다시 읽지 않을 거면 왜 줄을 긋는 것입니까"

책쓰기 수업을 진행하시는 이은대작가님의 말씀이 귀에 쟁쟁하다.

줄을 긋고, 포스트잇으로 표시를 해 두어도 다시 돌아보지 않으면 소용없다. 책을 읽으며 배우고, 깨달음을 얻는다. 그 다음엔 행동이다. 한 권의 책을 읽으며 아주 작은 변화 하나만이라도 가지며 진화할 수 있다면 그 책을 읽는 이유가 된다. 사회생활을 처음 시작하던 20대에 여성 성공자들의 스토리가 있는 책을 많이 읽었다. 그들을 닮고 싶었다. 그들의 습관을 배워 멋진 사람이 되고 싶었다. 누구든 장점 한 가지씩은 가지고 있지 않은가? 그런 것들을 배워가며 어른이 되었다.

몇 년 전 봄, 운전을 하고 부산을 가는 길에 라디오에서 차분하게 여행을 이야기하고 있는 한 작가의 이야기를 듣게 되었다. 그는 책을 읽기 위해 여행한다고 했다. 볼륨을 조금 더 높였다. 같은 책이라도 읽는 곳이 어디냐에 따라 느낌이 다르다고 했다. 책을 읽는 곳의 공기, 바람, 사람들의 소리들이 합쳐져 만들어지는 책 읽기를 이야기한다. 잠깐이었지만 그 작가의 말이 잊혀 지지 않았다.

'맞아, 나도 그런 시간을 위해 여행을 하는 거지. 같은 책을 들고 각각 다른 곳을 여행하며 읽어보면 어떨까?'

다 읽지 못할 것을 알면서도, 여러 권의 책을 여행 가방에 꼭 챙겨 넣는다. 이제는 전자책을 꺼내 읽으면 되니, 여행할 때는 태블릿을 꼭 챙긴다. 새로 만나는 도시에서 서점과 도서관을 찾아가는 것을 좋아한다. 현지어로 되어 있는 책을 만지고, 책장을 넘겨본다. 손끝에 느껴지는 종이의 촉감도 좋고, 오래된 책에서 나는 냄새도 좋다. 읽지도 않을 책을 참 많이 사기도 했다. 특히 하드커버의 요리책을 많이 사서, 돌아오는 가방의 무게를 허용량 이상으로 넘기는 일이 많았다.

라디오에서 우연히 들은 작가의 이름이 정확히 기억나지 않아, 책 제목을 이리저리 바꿔 넣어가며 책을 찾았다. 방송국에 전화라도 해서 물어보고 싶었는데, 어떤 방송이었는지도 알 수 없었다. 그저 기억 속에 남는 건 '도시', '문장' 두 단어가 전부였다. [도시를 걷는 문장들] 강병용, 작가와 책을 드디어 찾았다. 바로 주문을 하고 책이 도착하기를 기다렸다.

책을 읽고 난 이후 독서의 목표를 숫자로 정하는 일은 그만두었다. 책을 읽는 목적과 방법이 달라지니, 오히려 더 많은 책들을 만날 수 있게 되었다.

책 쓰기 수업을 들으면서 독서의 이유를 다시 배우게 되었다. 쓰기 위해 읽는다. 이은대 작가님은 문장 독서를 강조하신다. 모방과 창조를 하는 것이다. 책을 읽으면서 좋은 문장을 찾는다. 밑줄을 긋거나, 문장 노트에 옮겨 적는다. 그 옆에 나의 문장을 꼭 다시 쓴다. 단어 하나를 바꾸더라도 반드시 내 것을 만들어 본다.

집 여기저기에 책이 놓여 있다. 화장실, 침대, 식탁, 소파, 책상에 각각 한 두 권의 책이 있다. 어디서든 책을 펼칠 수 있으면 좋겠다. 잠시 짬이 생겨도, 한 시간쯤 아무것도 하지 않아도 되는 시간이 생겨도 앉은 자리에서 손이 닿을 수 있는 곳에 있는 책을 집어

든다. 도서관에서 책을 빌릴 때 색인 스티커의 색이 다른 책들을 골라 여러 권 빌린다. 트렌드, 마케팅, 육아, 여행, 그리고 가끔은 소설 등 각 분야의 책을 편식하지 않고 읽으려고 노력한다. 또한 새로운 분야에 궁금한 점이 있으면 한 분야의 책을 여러 권 골라서 읽기도 한다.

"엄마, 왜 저렇게 엄마라고 쓰인 책이 많아요?"

책장에 있는 책들 – 들어주는 엄마, 엄마 수업, 엄마학교, 사랑 받는 엄마, 최고의 엄마 – 을 보며 정원이가 묻는다.

"엄마도 엄마가 처음이라서 그랬어. 좋은 엄마가 되고 싶은데 어떻게 하는지 잘 몰라서 말이야"

어느 날 갑자기 엄마가 되었다. 한 분야의 일을 시작하기 위해서 우리는 몇 달에서 몇 년을 배워야 그 시작을 할 수 있다. '엄마'가 된다는 것은 매우 중요한 일이고, 어려운 일임에도 불구하고, 잘 알지 못한 채 엄마가 되는 경우가 대부분인 것 같다. 궁금했다, 좋은 엄마가 되려면 어떻게 해야 하는지. 잘 몰라서 걱정이 되기도 했다. 배우고 싶었다, '엄마'라는 제목의 책을 골라 계속해서 읽어 나갔다. 책 읽는 속도를 줄이고 천천히 내가 그리는 엄마의 모습을 상상하면서 읽었다. 정답은 아닐지라도 모범답안은 얻을 수 있었 다. 해야 할 것보다 하지 말아야 할 것에 대해 더 염두에 두었다. 책으로 먼저 엄마가 된 사람들을 만나니 엄마가 되는 시간을 감사하는 마음으로 맞이할 수 있었다.

독서 하면서 알게 된 새로운 곳을 가보고 싶은 여행지 리스트에 넣는다. 그렇게 정해진 여행지를 더 알기 위해 그 지역의 역사, 음식, 문화와 관련한 책을 집중적으로 읽기 시작한다. 여행을 준비하면서 떠나는 여행은 아주 중요한 과정 중에 하나이다. 우리는 한 번의 여행으로 세 번의 여행을 떠나게 된다. 여행을 준비하면서 떠나는 여행, 현지에서 직접 체험하는 여행, 그리고 그 시간들을 추억하는 여행이다. 실제로 여행을 준비하면서 더 많은 여행을 한다. 책에서 살펴보고, 메모해 둔 곳을 막상 여행에서 모두 다닐 수는 없지만, 독서를 통한 상상속의 여행은 더 풍요로울 수 있다. 독서를 앉아서 하는 여행이라고 말하는 이유가 바로 이 때문이 아니겠는가?

지금 가까이 있는 책 한 권을 펼쳐, 책 속의 주인공이 있는 곳으로 상상의 여행을 떠나보자. 책 속의 문장이 이끄는 대로 천천히 길을 걷고, 이야기 나누고, 멋진 풍경들을 바라보는 시간을 음미할 수 있을 것이다. 어쩌면 책장을 넘기다가 어떤 한 페이지에 머물러 있을 수도 있다. 마치 길을 걷다가 마주한 아름다운 모습 때문에,,,, 슬로 리딩은 책을 통해 여행하는 최고의 방법이다.

2-9. 매일 천천히 읽으며 성장한다 _ 김성미

매년 적게는 100권 많게는 130여 권의 책을 읽어왔다.

학창시절에는 문학소녀를 꿈꾸며 문학작품을, 청년이 되어서는 보다 나은 삶을 꿈꾸며 자기계발서를, 결혼 후에는 신앙 서적을 주로 읽었다. 임신 후에는 태교법부터 목욕시키는 법까지 소개되어 있는 책을 읽기 시작하면서 육아서에 흠뻑 빠져 지냈다. 아이가 자라면서 내 뱃속에서 나왔지만 나와는 너무 다른 생명체를 이해하고 싶어 심리서를 펼치기 시작했다. 아이는 물론 내 내면도 궁금해 몇 년간 심리서를 열심히 읽었다. 심리서를 읽는 사이에 종종 지겹다는 느낌이 들 때면 소설이나 에세이도 많이 읽었다. 소설을 읽다가 난 왜 허구의 이야기를 읽으며 이렇게 시간을 허비하는 것인가 싶은 생각이 들면 자기계발서를 펼쳐 들고 공부하듯 책을 읽었다.

늘 책을 읽고 있는 내 모습을 보며 주변 엄마들이 대단하다 했다. 아이를 키우며 책을 읽을 시간이 있다는 것도, 매년 많은 양의 책을 읽고 있다는 것도 신기하다고 했다. 나도 신기했다. 어쩜 그렇게 많은 책을 읽고 있는데 기억에 남는 게 하나도 없는 건지. 책을 읽는 건지 그냥 보는 건지 한심했다. 내 필요 때문에 책을 읽기 시작했지만, 어느 날부터인가는 다른 사람들이 책 많이 읽는다니까, 멋있다니까 책의 권수를 채우기 위해서 읽는다는 느낌이 들었다.

전과 다름없이 책을 읽어가던 어느 날, 미니멀 라이프에 대한 책을 읽고 있는 내게 남편이 말했다.

"책을 그렇게 많이 읽으면 뭐해. 변하질 않는데."

"무슨 소리야? 엄청 변했는데! 난 정말 내면이 많이 바뀌었다고! 그리고 책을 뭐 꼭 변하려고 읽나? 책이 얼마나 재미있는데! 재미있게 읽음 됐지 사람이 꼭 바뀌어야 하는 건 아니잖아!"

남편의 비아냥에 발끈한 나는 두 배로 버럭 해주었지만 사실 속으로는 뜨끔했다. 늘 이렇게 읽기만 해도 되나 싶은 생각을 해왔는데 남편이 딱 그 부분을 지적했다.

책을 잠시 내려놓고 주변을 둘러보니 정말 지저분했다. 정리해야 한다는 생각이 들어 정리에 관한 책을 몇 권 째 읽고 있지만 정작 주변은 정리가 되지 않고 있다. 겉으로는 아무렇지 않은 척하면서도 책을 읽어도 변하지 않는다는 남편의 말이 너무 정확했기에 마음이 쓰였다.

무언가 찝찝한 기분을 안은 채 난 계속 책 읽기를 이어갔다. 여전히 틈나는 대로 책을 읽고, 책을 덮고 나면 잊어버리기를 반복하며 책을 계속 읽어갔다.

어느 날, 문구점을 둘러보는데 맘에 쏙 드는 바인더가 눈에 들어왔다. 내가 들고 다니는 투박한 바인더와는 다른 얇은 두께에 예쁜 그림이 그려져 있는 바인더였다.

'독서 노트로 쓰면 되겠네.'

생전 쓰지도 않던 독서 노트라니. 핑계가 좋다는 생각을 하면서 계산했다. 일단 사기는 했는데 뭘 써야 할지 감이 잡히지 않았다. 나름 독서노트이니 책 제목과 저자 이름을 쓰고 한참을 빈 종이를 노려보기만 했다.

'이게 뭐 그렇게 큰일이라고 망설이고 있는 걸까?'

그렇다. 나 혼자 볼 노트인데, 난 그냥 편히 내가 쓰고 싶은 것을 쓰면 된다. 내가 무엇을 쓰던 아무도 뭐라 할 사람 없다. 쓴 내용이 정 맘에 들지 않으면 노트 한 장 떼어 버리면 되는 거고, 독서 노트 말고 다른 노트로 사용해도 되지 뭐.

가볍게 생각을 하고 나니 노트가 다시 보였다. 써놓은 책 제목 옆에 책표지를 출력해 붙이면 더 좋겠다는 생각이 들었다. 좋았어! 책표지를 출력해 붙이고 나니 뿌듯하다. 이제 이 기분을 이어 무엇이든 써보기로 한다. 읽은 페이지를 쓰고 인상 깊었던 문장을 써본다. 책에 좋은 문구가 너무 많다. 이걸 다 쓰다가는 팔목이 나갈 것 같지만 그래도 첫 독서 노트니까 한번 다 써보기로 마음을 가다듬으며 쓰고 또 쓰고, 쓰고, 쓰고 또 써본다. 책에서 소개해주는 또 다른 책들도 꽤 많다. 책의 제목들을 쭉 훑어본다.

'이 책은 읽은 책인데 이런 좋은 말이 쓰여 있었단 말이야?'

'아 이 책은 읽으려다가 포기한 책인데 다시 읽어봐야겠다.'

'어, 이 책은 작가가 정말 특이한 것 같던데, 이것도 적어놔야지.'

본문에 인용된 책의 제목만을 적는데도 내가 읽었던 책, 읽고 싶었던 책, 포기한 책 각각의 추억들이 떠오르며 즐거워진다.

책 한 권을 열흘 걸려 읽었다. 평소의 내 독서 습관대로였다면 하루 이틀 정도 짬짬이 내용만 읽고 끝이었을 것이다. 하지만 이번엔 책을 읽고, 내용을 메모하고, 인용된 글들을 따라 써 보고, 발췌에 쓰인 책 제목을 정리했다. 블로그에 리뷰까지 쓰면서 책을 마무리 하니 책을 읽었던 과거와 정리하고 있는 현재와 새로운 책을 읽을 미래가 함께 한자리에 모인 신비로운 기분이 들었다.

이제는 책을 천천히 읽는다. 사냥하듯 후딱 읽고 넘어가는 독서가 아니라 씹고, 씹고 또 씹어가며 책을 읽는다. 중고서점에 최상급으로 팔기 위해 책을 읽으면서도 조심조심 읽었던 내가 책에 과감히 줄을 긋고 별표를 하고 생각을 쓴다.

반면 중요한 부분만 대충 읽고 넘어가는 책도 더 늘어났다. 내게 가치 있는 책과의 만남에 긴 시간을 들이고 다음에 만나거나 아예 만나지 않아도 될 책에는 미련을 가지지 않는다. 긴 시간을 함께한 책과의 헤어짐이 아쉬워 노트에 정리하고 블로그에 정리하고 나면 이제 정말 이 책은 내 책이 된 것 같다.

이제는 알 수 있을 것 같다. 내가 왜 그렇게 책을 열심히 읽어대면서도 변화가 없었는지. 이 책 저 책 많은 책을 만났지만 깊이 만나지는 않았던 것이다.

물론 겨우 책 몇 권을 깊이 만났다고 해서 인생이 확 바뀔 만큼 놀라운 변화가 있는 것은 아니다. 하지만 차근차근 변화되고 있는 것은 느끼고 있다. 택배 상자를 들고 들어오다가 청소 관련 책에서 보았던 내용이 생각나 자리에 앉기 전에 우편물 상자를 분리해서 버리고 들어온다. 새벽에 일어나 늘 커피 한 잔부터 마셨던 내가 커피를 타다가 건강 관련 책에서 본 내용이 생각나 따뜻한 차로 커피를 대신한다. 이런 소소한 변화들이 모여 큰 변화를 만들어 줄 것이라 믿는다.

오늘도 난 천천히 책을 읽고 메모한다. 마음에 와 닿은 문장을 되뇌며 하루를 산다.

이렇게 난 오늘도 책을 통해 또 한 뼘 성장했다.

2-10. 등불이 되어준 단어와 문장 _ 홍지연

20대 때 우연히 듣게 된 라디오에서 흘러나온 퀴즈가 흥미로워 계속 기억하려고 여기저기에 같은 질문을 한 적이 있다. 상대방에게 갑자기 물어봤을 때 바로 떠오르는 사자성어가 본인의 속마음이라고 했다. '고진감래' 짜장에 들어갈 야채를 볶을 땐 최대한 힘나는 노래를 켰다. 한꺼번에 많은 양을 볶아야 할 때면 온 힘을 내야 했다. 노래 하나를 계속 듣는 건 지루하다고 생각했지만 10분 동안 연속으로 웍 질을 해야 할 때 들었던 노래는 힘이 나는 노래여야만 했다. "하늘은 언제나 나의 편, 하늘은 언제나 나의 편" 힘차게 외치는 가사를 들었던 건 어쩌면 계속 주문을 외운 게 아닐까 하는 생각이 든다. 언젠가는 좋아질 거라는 사자성어를 항상 마음에 담아놓았던 것처럼. 느린 음악보다는 빠르고 신나는 노래가 더 기운 나는 것처럼. 이왕이면 밝은 노래를 들으려 한다. 매장 주방 안에서 식사를 한 뒤 플라스틱 의자에 앉아 냉장고 문에 기대어 눈을 붙였다. 맞은편 선반 위에 올려진 탁상 달력에 적혀있던 문장이 위로를 해준 적이 여럿 있다. 아침마다 날짜에 맞게 넘겨놓고 문장을 한번 쓱 보고 와닿으면 두고 아니면 아닌 대로 그림을 보며 하루를 시작했다. 퇴근을 하기 위해선 마감청소를 해야 한다. 아침 장사준비를 할 때처럼 에너지를 쏟아야하기 때문에 청소전에도 문장을 한 번 더 봤다. 힘을 내야 할 때마다 노래가사가 힘 이 되어 주었고 달력의 문장이 등불이 되어 주었다.

과제를 올리던 일상 속 인스타를 하면서 뭔가를 더 올려야겠다는 생각이 계속 들었다. 질보다 양이라고 일단 많이 올려보라고 했지만 잘하고 싶은 욕심에 올리는 건 더디기만 했다. 자꾸 손이 가는 것을 올리라고 했고 그게 어플을 활용한 이미지 편집과 영상 편집이었다. 많은 사람들의 게시물을 보다보니 눈높이만 높아진 듯 했다. 이제 걸음마를 시작하면서 뛰고 있는 사람들을 바라보며 부러워했다. 그러면서도 뭘 팔아야할지 항상 고민도 함께 하고 있었다. 마주한 현실을 벗어나게 해 준 게 이미지 편집이었고 영상편집이었다. 기다리고 있는 강의들과 과제들을 뒤로하고 인스타 라이브에서 알려준 어플 편집방법을 활용해 일상의 사진과 영상을 편집하기 시작했다. 편집한 걸 인스타에 올리고 나면 뿌듯했다. 어플

편집이 익숙해졌을 때쯤 인스타 안에 릴스라는 부분이 생겼다. 다양한 가수들의 음악을 핸드폰으로 찍은 내 영상과 사진에 담을 수 있다는 사실이 흥미로웠다. 과제는 어플을 이용해 편집했다. 주로 이미지나 영상 속에 문장을 넣어보려고 노력했다. 뭐하나 뾰족하게 제대로 하는 게 없는 것처럼 느껴졌던 하루였지만 인스타에 게시물을 올리고 나면 나도 꽤 괜찮은 사람처럼 느껴졌다. 음악을 들어보려고 릴스를 누르고 핸드폰을 쓸어 올리다보면 예전에 어떤 마음으로 영상을 만들었는지 떠오른다. 문득 1년전 영상을 보기위해 인스타의 피드를 내려가 보면 와닿았던 문장이 영상과 함께 있다. 노래 가사가 내 얘기 같았고 문장도 공감이 가고 필요해서 만들었던 영상이었다. 그때에 비하면 지금은 그때만큼 불안하진 않아졌다. 많이 배워서 선택할 폭이 많아지기까지 했다.

새롭게 시작하고 싶어 했던 공부들이 녹록치 않아 답답한 마음에 아침마다 달렸었다. 오며가며 늘 그 자리에 있던 나무들을 무심히 지나쳤던 것 같은데 인스타를 하면서 조금씩 휴대폰 렌즈에 담기 시작했다. 아파트 현관 옆 열매를 주렁주렁 달고 있던 나무도 올해엔 꽃이 피기 전 모습과 꽃이 핀 모습도 눈에 담을 수 있게 됐다. 꽃잎이 떨어진 자리에 열매가 달리겠네 하며 바라 본 후 가볍게 뛰고 걷고 온다. 작년에 나는 결제한 강의들과 과제들, 읽어야 하는 책들을 쌓아놓고 인스타 라이브방송을 쫓아다니고 강의들을 들으러 다니느라 작은 방안에선 항상 분주하기만 했다. 그러면서도 불안한 마음에 깊게 잠들지도 못했다. 문득 떠오른 책 두권이 생각나 빌려왔고 〈대충독서〉에서 이어령 교수님이 말했다는 글을 보고서야 안심 하게 됐었다. "끝까지 안 보고 보고 싶은 부분만 봐도 된다."라는 말이 내가 듣고 싶은 말이었던 것인지 그 문장이 눈에 들어왔고, 〈여덟 단어〉라는 책에 "만물은 준비되어 있으니 나만 성의를 다하면 된다."라는 〈맹자〉에서 나왔다는 문장을 보고서야 조급해졌던 마음을 다잡을 수 있었다. 이번엔 잊지 말고 기억해야지 싶어 사진으로 찍어 인스타에 올렸다. 1년이 지난 올해 봄 〈이어령의 마지막수업〉이라는 책을 통해서 다시 눈물 한 방울에 대한 많은 생각을 하게 됐다. 힘들다고 징징대고 싶지 않았고 눈물 흘리고 싶지 않았다. 흘리지 못한 많은 눈물들이 방울이 되고 소리를 내어 음향이 된다는 글이 노래처럼 들려왔다. 인스타 라이브방송을 통해 이미지와 영상을 어플로 편집하는 방법을 배웠다. 독일에 사는 아이 셋 엄마인 손피디라는 닉네임의 손선희라는 사람에게 시간과 공간을 뛰어넘어 사진과 영상 이라는 매개체로 배움을 이어나갔고 어떻게든 활용해 보려고 노력했다. 독일시간 아침 6시에 그녀가 인스타 라이브를 켜면 한국시간 오후 2시에 있는 나는 온 신경을 그 라이브방송에 쏟았다. 그녀가 내밀어준 손을 놓치고 싶지 않았다. 그 라방을 알려준 소연쌤과도 계속 인연을 이어가고 있고 글 쓰고 책 쓰는 곳의 일원이 되었다. 들었던 강의 내용을 글로 표현하지 않고 영상 만들 때 활용해보려고 궁리를 했었기 때문에 시간이 지날수록 뜨끔한 마음이 커졌다. 1년 동안 글과 그림, 영상을 통해서 표현하는 방법들을 배운 덕분에 생각을 표현하는 수단을 많이 알게 됐다. 이젠 예전처럼 부럽기만 하지 않다. 부러워서 조금씩 따라했던 것들이 기록으로 남아 나에게 자신감을 가져다주었다. 우연히 들어갔던 라이브방송들을 통해 많이 배웠고 우연히 알게 된 분들을 통해 많이 자극받고 성장 할 수도 있다는 걸 알게 됐다. 그리고 꾸준히 그걸 영상으로 남기며 SNS를 할 것이고 많은 분들이 인스타를 하면 좋겠다고 생각한다. 인스타가 어려우면 틱톡도 괜찮다. 짧고 재미있게 접근 할 수 있는 플랫폼으로 새로운 한걸음을 시작해보면 좋겠다. 만들기 쉬워야 지속 가능하다. 거창한 거 말고 일상에서 만난 문장과 찍어놓은 사진을 올려 플랫폼에 있는 음악을 선택해 올리기만 해도 좋겠다. 잠시 멈춰 직접 그 속에 들어가 함께 즐기면 좋겠다.

Slow Walking······

인생, 조금 천천히 살기로 했다

제3장

슬로우 워킹

제 | 3 | 장
슬로우 워킹
Slow Walking

3-1. 슬로우 워킹은 삶에 대해
무엇을 말하는 은유일까? _김종태

'어이, 발리발리!' 아니, 그게 아니고요, '빨리빨리!' 에요. 아무리 고쳐줘도 '발리, 발리' 였다.

아마도 1977년인 것 같다. 서울 영등포에 있는 L제과의 변전실에 근무하던 때의 일이다. 우리나라에서는 처음으로 웨하스 과자를 만드는 컨베이어 기계 설비를 설치했다. 독일에서 수입했다. 독일 기술자들 서너 명이 와서 일할 때 나도 그들과 합류했다. 언어가 통하지 않으니 불편한 점이 많았다. 고등학교에서 독일어를 배웠지만 내가 사용한 독일어는 '할로우', '구텐 모르겐', '구텐 탁' 정도. 나머지는 손짓 발짓. 그런데 일하다 보니 웃으면서 주고받은 한 가지 통하는 언어가 있었다. '빨리빨리'였다. 내가 가르쳐 준 것도 아니었는데, 그들은 이미 알고 있었다. 어떻게 알았을까. 한국에 와서 다른 사람을 통해 배웠던지 아니면 오기 전 한국인의 문화적 특성에 대해 미리 배워 왔을지도 모르겠다.

우리 국민의 특성, '빨리빨리', 이것이 나쁜 것일까? 좋은 것일까? 강준만 교수는 이렇게 말한다.

"빨리빨리는 역동성과 조급성이라는 두 얼굴을 가지고 있다. 그것은 빠른 변화에 발 빠른 적응력으로 단기간 내 경제성장을 이루게 했다. 하지만 삼풍백화점과 성수대교가 무너지는 참사도 불러왔다."

내가 생각하기에도 그런 주장과 해석이 어느 정도 맞는 것 같다. 그러나 사람 개인과 국민의 특성을 두고 윤리적 관점에서 일방적으로 좋다거나 나쁘다거나 할 수는 없을 것 같다. 경우에 따라 좋기도 하고, 나쁘기도 할 것이기 때문이다. 이를테면 양면성이다.

'빨리빨리'의 반대는 '천천히'이다. 이것에도 양면성이 있을 것이다.

'슬로우 워킹' 이것은 좋고 나쁨이라는 윤리적 판단의 주제는 아니고, 그런 관점에서 풀어가려는 것도 아니다. 다만 그것이 인생과 삶에 어떤 은유적 메시지를 가져다주는가를 잠시 생각해보려 한다.

얼마 전 '천무'라는 서평단 모임에서 엘링 카게의 『남극으로 걸어간 산책자』라는 책을 읽고 블로그에 서평을 올렸다. 저자는 이 책 앞부분, '언어'라는 주제에서 '걷는다'는 말의 산스크리트어를 이렇게 소개했다. '가타'(gata)는 '우리가 걸어온'이라는 과거시제를, '아나가타'(anagata)는 '우리가 아직 걷지 않은'이라는 미래시제를, '프라티유트판나'(pratyutpanna)는 '우리 바로 앞에 존재하는 것'이라는 뜻으로 현재시제를 지칭한다.

세계에서 가장 오래된 언어 중 하나인 산스크리트어의 '걷는다'는 말의 그와 같은 시제성을 감안하면, 그 언어는 우리들의 삶이나 인생을 은유적으로 함의하고 있는 것임을 알 수 있다. 우리는 누구나 과거에서 현재로, 현재에서 미래로 가고 있기 때문이다. 아니

걷고 있다. 오늘도. 우리 인생을 빨리 걸어갈 것인가, 천천히 걸어갈 것인가 하는 것은 선택의 문제이다.

슬로우 워킹이 우리의 삶을 더욱 윤택하고 풍요롭게 할까? 아니면 그것이 남과 시대에 뒤처지게 할까? 문제는 걷는 사람의 생각 혹은 관점에 따라 다를 수 있을 것이다. 빨리빨리에 양면성이 있듯이, 천천히도 그럴 것이니까. 이를테면 사안이나 경우에 따라서는 신속하게 일을 처리해야 할 것이다. 그러나 우리의 삶이나 인생 자체를 걷기(walking)에 비유한다면 슬로우 워킹이 퀵클리 워킹보다 훨씬 더 윤택하고 풍요롭게 할 것이다. 왜 그럴까?

첫째는 여유를 주기 때문이다.

나는 1년 반 전부터 아주 바쁜 삶을 살았다. 아침 7시부터 밤 12시 넘어서까지 하루 종일 컴퓨터 앞에 앉아서 이런저런 강의를 들었다. 내야 할 과제를 준비했다. 강의안을 준비하고 발표하기도 했다. 그렇게 나를 몰아쳤다. 물론 의도적으로 그렇게 한 것이기에 후회도 불평도 없다. 그럼에도 내 안에는 스트레스와 부담이 가득 찼다. 뿐만 아니라 '내가 왜 이렇게 힘들게 살아야 하나?', '꼭 이렇게 살아야 하나' 하는 갈등도 있었다. 그러면서도 가능하면 습관적으로 하던 한 시간 정도의 산책은 유지하려고 애썼다. 바쁠 때는 못하기도 했다. 그러다가 산책할 때면 마음의 여유가 생겼다. 편안했다. 즐거웠다. 이처럼 산책은 삶을 슬로우 워킹하게 한다. 그 자체로 의미 있는 것이기도 하지만 다른 일과의 관계에서 한 템포 늦추어 주면서 여유와 쉼을 준다. 육체적으로만이 아니라 정신과 마음에서도.

둘째는 솔루션을 얻기 때문이다.

지난 1년 반 동안 많은 공부와 여러 가지 수료과제를 준비할 때에 혼자 풀어야 할 일들도 많았다. 뭔가를 기획해야 했고, 어떤 내용으로 과제를 준비해야 했고, 그렇게 준비한 것을 어떻게 발표해야 할지에 관해 여러 가지 생각과 문제들이 있었다. 얼른 답이 나오지 않았다. 그럴 때면 걸었다. 걸을 때 해결책으로 떠오르는 것이 많았다. 그것을 스마트폰 메모지에 적은 일이 한두 번이 아니었다. 엘링 카게도 그래서 '나는 문제가 생길 때 걸음으로써 해결한다'(p.114)고 했을까. 많은 철학자들도 걸으면서 새로운 아이디어를 떠 올려 새로운 사상을 전하거나 그들의 책에 썼다.

셋째는 내 삶과 인생에 대한 물음과 성찰이다.

워킹에는 과거, 현재, 미래라는 삶의 은유적 시제성을 포함하고 있다. 우리는 이전에 걸어왔고, 지금 걷고 있고, 앞으로 걸어갈 것이기 때문이다. 이렇게 걷는 행위 자체가 "나는 어디서 오며, 어디로 가고 있으며, 어디로 갈 것인가?"에 대한 인생과 삶의 근본적인 질문을 은유적으로 반영하고 있다. 혼자 걸을 때면 이와 같은 질문들에 대해 자연스럽게 생각할 수 있다. 걷다 보면 이와 같은 본질적인 질문에 현명한 답을 찾을 수 있다. 내 안을 들여다보면서.

넷째는 새롭게 보고 더 풍성한 삶을 살 수 있다.

몇 시간이면 충분히 날아갈 수 있는 거리를 걸어 다니는 사람들이 있다. 성지순례나 트레킹 하는 사람들이다. 나는 아직 한 번도 그렇게 해 본 적이 없다. 엘링카게의 글을 읽고 가장 기억에 남는 문장은 "걸을 때 삶은 길어진다"(p.24)는 것이다. 같은 거리를 자동차로 가면 창가로 비치는 주변의 건물이나 자연경관이 빠른 속도로 지나간다. 그런 것들이 내 기억에 얼마나 남을까. 무슨 의미가 있을까. 그러나 천천히 걸으면서 만나는 사람과 이야기하고, 보이는 자연환경과 대화하다 보면, 평소에 생각지 못했던 것이 떠오르고, 사상은 깊어져 그만큼 내 삶은 늘어나는 것이다. 이렇게 슬로우 워킹은 그동안 보지 못했던 것을 보게 하고, 누리지 못했던 것을 경험하게 할 것이다.

등산의 의미가 더 높은 곳으로 가고자 하는 삶의 투쟁으로 인간 내면의 심리를 반영하는 것이라면, 슬로우 워킹은 "나는 어디서 왔으며, 어디로 가고 있으며, 어디로 갈 것인가?"를 자연스럽게 생각하게 해 주는 은유적 소재이다. 그것은 영원한 현재의 삶을 더욱 풍요롭게 한다. 현재라는 기준에서 볼 때 이미 걸어온 과거는 없고, 앞으로 걸어갈 것도 없다. 존재하는 것은 현재뿐이고, 그것은 영원한 현재, 현재의 영원이다. 슬로우 워킹은 "영원한 현재의 나"를 더욱 풍성하게 살게 해 주는 시간이다.

3-2. 주변의 변화가 보이기 시작했다 _ 김태영

책 출간 이후 바쁜 날들이 계속되었다. 가족들 식사도 대충 챙겼고, 빨리빨리 라는 말이 입에 붙기 시작했다. 친정, 시댁 할 것 없이 어떤 자리에서든 시간 없다는 말을 달고 살았다. 가족들의 서운함이 늘어갈 즈음 코로나로 집에만 있던 아이들이 학교에 가기 시작했다. 살 것 같았다. 책상 앞에 있어도 중간중간 아이들 챙겨주다 보면 집중력이 떨어져 늘 시간에 쫓겼기에 학교 갈 날만 손꼽아 기다렸다. 등교 후 오미크론 확진자가 늘어간다는 뉴스가 보도될 때도 우리 집은 괜찮을 거라며 크게 신경 쓰지 않았다. 아니 생각하고 싶지 않았다.

"엄마! 학교에서 코로나 확진이 많아졌어. 이러다 나도 걸릴까 봐 걱정이야! 이제 겨우 학교 가기 시작했는데 걸리면 어떡하지? 불안해 죽겠어!"

"마스크 잘 쓰고 조심하면 괜찮을 거야. 코로나가 한창일 때도 잘 피해갔잖아. 위생에 더 신경 쓰고, 애들끼리 몰려다니지 말고! 알았지?" 불안해하는 첫째에게도 괜찮을 거라며 신경 쓰지 말라고 했다.

"엄마! 나 아무래도 이상해. 오미크론 증세가 목부터 아프다고 하는데 갑자기 목이 따끔따끔, 혹시 양성이면 어떡해? 이제 겨우 학교 가기 시작했는데 또 못가는 거 아냐?"

"미리 걱정하지 마. 환절기라 목감기일 수도 있으니까." 현택이는 자신의 목이 아픈 게 화가 났는지 짜증내면서 말했다. 개학날만 기다렸기에 격리되면 또다시 등교를 할 수 없는 것이 싫었던 것이다.

2줄이 나왔다. PCR검사에서도 양성으로 확인됐다. "당분간 네 방에만 있어. 아직 가족들은 안 걸렸으니까. 되도록 거실은 나오지 마라."

아이와 격리가 시작되었다. 좁은 집에서 격리가 이루어지기란 쉽지 않은 것은 당연했지만 아프다는 아이 이마를 짚어주지 못하고 식사도 문 앞에 두어야 하는 현실이 슬펐다. 차라리 가족 모두 같이 걸려서 한꺼번에 격리가 되는 것도 나쁘지 않겠다는 생각이 들었다. 말이 씨가 되었는지 격리 이틀 만에 나에게도 증세가 나타났다. 밤새 앓으면서도 신속항원 검사받으러 갈 일이 걱정되었다. 한 발자국 나가는 것도 이렇게 힘든데 검사받으러 갈 생각에 제대로 잠을 이루지 못했다.

"내일 병원 가봐. 이번 주부터 동네병원에서도 신속항원 결과가 인정된데. 그나저나 당신까지 양성이면 예린이랑 나는 거실에서 생활해야겠네." 당연한 말인 줄 알면서도 서운하게 느껴졌다. 양성이 나오자 증상은 더 심해졌다. 목 아픔, 오한, 두통, 후각 상실, 소화불량과 속 쓰림 등. 말로만 듣던 증상이 내게도 나타나기 시작했다. 함께 검사를 받았던 딸은 다행히도 음성이 나왔다. 이제는 딸과도 격리를 해야 했다. 남편과 딸은 거실에서 생활 후 학교로, 회사로 출근했다. 낮에만 잠시 거실로 나와 환기를 하고 바깥바람을 쐴 수 있었다. 예린이가 학교에서 돌아오면 방으로 들어왔다. 숙제를 하고 간식을 먹는 소리가 들려왔다. 나갈 수가 없다. 잘 다녀오라며 안아줄 수도 없다. 가족과도 이별하게 만드는 무서운 바이러스임을 익히 알고 있었으나 직접 경험하니 씁쓸했다. 엄마가 집에 있어도 혼자 간식을 챙겨먹어야 했고, 배가 고파도 아빠가 올 때까지 기다리는 걸 보는 것이 속상했다. 곁에 있어도 안아줄 수도 없는 괴로움이 컸다. TV에서나 봤던 상황들을 직접 겪고 나니 알 수 있었다. 가족의 소중함, 건강에 대한 소중함을. 끝날 것 같지 않았던 시간을 지나 격리가 해제되었으나 잔기침과 두통은 쉽사리 사라지지 않았다.

일주일 만에 만난 햇살은 따사로웠다. 그런데 한 발 걸으니 현기증이 났다. 겨우 7일을 격리했을 뿐인데 어느새 몸의 기능이 저하된 것일까? 이번 기회에 조금씩 천천히 하라고 신호를 주는 것이라고 생각하기로 했다. 한발 한발 내딛어본다. 몸이 붕 뜬 기분이다. 내 다리 같지가 않다. 더 세게 힘주어 바닥에 닿는 기분으로 내디뎌보았다. 허벅지, 무릎, 종아리, 발목까지 하나하나의 근육의 움직임이 느껴졌다. 다이어트 할 때는 빨리 걸어야 운동 효과가 있었기 때문에 늘 쫓기듯 걸어 다녔으나 자가격리 기간 동안 외출을 못한 이후로는 조금만 빨리 걸어도 피곤함이 몰려왔다. 천천히 걸어보았다. 어느 부위에 힘이 들어가고, 걸을 때 닿는 바닥의 느낌이 다르다는 것을 알 수 있었다. 전에는 천천히 걷는 사람들을 보며 운동효과가 있기는 할까 라며 의문을 가졌는데 지금은 알 것 같다.

천천히 걷다보니 30분이나 걸렸다. 평소라면 10분이면 동네 한 바퀴를 돌았기에 주변의 변화를 느끼지 못했었다. 느리게 걷다보니 주변의 변화가 느껴졌다. 해를 많이 보는 방향과 그렇지 않은 방향에 따라 꽃이 피는 속도가 달랐고, 꽃을 피우기 위해 봉우리 진 모습과, 활짝 피어낸 모습도 보였다. 며칠 전까지 영업을 했던 상점이 비어있다는 것도 알게 되었다. 새로운 가게가 오픈한 것이 보였다. 일주일 만에 상점이 생겼다 없어진 건 아닐 것이다. 다만 빠르게, 정신없이 걷다 보니 보이지 않았던 것일 뿐.

"매매"라고 붙은 종이가 보인다. 문이 닫히기 전, 커피숍에 앉아있는 사람이 없는 날이 여러 날 계속되었고, 주인 혼자서 노트북을 보며 무언가 하고 있는 것이 생각났다. 주변에 커피숍이 많이 있기도 했지만 대형 프랜차이즈 커피숍이 생기고 나서 타격을 입은 듯하다. 다른 곳은 차별화 정책을 펼쳤지만 이곳은 달리 차별화 정책도 없었고, 장소 또한 외져있어서 사람들의 발길이 드물었던 것이다. 대로변에 있는 상가라고 해서 별반 다르지 않다. 장소 이전이라는 팻말이 붙여진 지 2년이 넘었지만 여전히 비어있다. 임대료가 비싸서 쉽사리 들어오지 못한다는 얘기도 들었다. 그 가게를 그렇게 비워둘 것이 아니라 조금이라도 가격을 낮춰서 좋은 상점이 입점이 되면 좋겠다고 생각을 해보지만 그럴 수 없는 주인 입장도 있겠지 라는 생각도 해본다. 그러나 비워져 있는 모습을 보면 내 마음이 텅 빈 기분이 들어 고개를 돌리고 싶어진다. 그럼에도 새로운 건물은 계속 지어지고, 또 새로운 가게가 오픈이 된다. 커피숍 바로 옆에 또 다른 프랜차이즈 커피숍 오픈이라는 플래카드가 눈에 들어왔다. 상도덕에 어긋나는 건 아닐까? 주인은 어떤 마음일까? 막을 방도는 없었던 것일까? 등 자본주의 사회가 경쟁에서 살아남는 것이라지만 바로 옆에 같은 가격, 같은 메뉴를 가진 커피숍이 생긴다면 주인입장에서 얼마나 속이 상할까? 소비자 입장에선 선택의 기회가 많아져서 좋지만 자영업자 입장을 생각해보면 매일매일이 전쟁이겠다는 생각이 든다.

커피숍을 보니 어릴 적 부모님이 음식점을 하다가 잘 안되어 정리할 때의 기억이 오버랩이 되기도 했다. 예기치 못한 여러 상황으로 아무것도 가지고 갈 수 없이 그대로 두고 문을 닫고 나가는 사장님의 심정이 어땠을지 슬로우 워킹이 아니었다면 생각해 보지 않았을 것이다. 천천히 걷다 보니 예전에는 보이지 않았던 고통 받고 있는 사람들의 얼굴이 보였다. 코로나로 인해 많은 사람들이 피해를 보았다고 말을 하지만 매일 오고 가면서 보았던 카페나 가게들이 불이 꺼지고, 붙어있는 종이를 보면 남의 일 같지가 않다. 여유도 시간도 내가 만들어내는 것이다. 이 모든 것은 마음먹기에 따라 다르다. 동전의 양면성처럼 상황이 같더라도 바라보는 시각에 따라 다른 것을 잊고 살았다. 코로나가 위기라고 생각했다. 그러나 누군가에게는 기회가 되기도 했다. 마스크 사업, 택배, 배달을 하는 플랫폼은 대박을 터뜨리기도 했고, 물리적인 거리로 만날 수 없는 사람들을 온라인으로 만날 수 있게 되었다. 코로나가 걸리기 전엔 기침만 해도 불안했다면 걸리고 나니 안심이 되기도 했다. 차로 편하게 다니지 못한다고 투덜거렸던 마음이 내 몸 성하여 걸을 수 있는 것에 감사하는 마음으로 바뀌기도 했다. 걷지 않았던 사람은 조금만 걸어도 피곤함을 느끼는데 평소 많이 걸어봤던 사람은 근육이 단련되어 건강하기 때문이다. 천천히 걷다보니 사람들 마음이 보인다. 손님이 없어 길 가는 사람들을 멍하니 쳐다보는 주인 얼굴들을 보면서, 뚜벅이라서 고맙고 감사함을 느껴본다. 부디 자영업자 분들 마음까지 놓치는 않았으면 한다. 마음이 다치면 몸까지 아프기에 몸과 마음을 잘 추슬러서 다시 재건하길 바란다. 그리고 천천히 걸으면서 새로운 희망도 품었으면 좋겠다.

희망을 품으면 모든게 감사하고, 천천히 걸으면 보이지 않았던 것들이 보이기 시작한다. 아장아장 걷는 아기들의 모습도 보이고 놀이터에서 활기차게 노는 어린 친구들의 모습도 보인다. 오늘따라 수업을 마치고 집으로 돌아올 때의 걸음이 가볍다. 오늘은 우리 아이들을 한 번씩 안아주고 싶다. 오늘도 잘 걸어와서 고맙고 감사하다고.

3-3. 속도 낮추어 행복과 즐거움을 챙겼어요 _ 박소연

저는 걷는 속도가 빠릅니다. 앞만 보고 걷습니다. 심지어 운전할 때도 저속보다 과속이 익숙합니다. 그래서 저에게 붙여진 별명이 있습니다. 멧돼지입니다. 목표물을 발견하면 옆도 뒤도 보지 않고 앞만 보고 달린다고 하여 지어졌습니다. 해야 할 것이 정해지면 빠른 속도로 목적지까지 가는 것이 정상이라 생각했습니다. 천천히 걷는다는 것은 나에게 낙오되거나 뒤처지는 느낌입니다. 누구보다 빠른 걸음으로 한 발이라도 먼저 가야 합니다. 그러다 보니 늘 급해지고 주변을 둘러볼 새도 없습니다. 무슨 일이든 천천히 하지 못하는 편입니다.

이런 점을 고쳐보려고 마라톤을 시작했습니다. 매일 아침 같은 시간, 같은 속도로 쉬지 않고 40분을 꾸준히 뜁니다. 처음 10분은 다리도 뭉치고 몸도 무겁고 숨도 차서 조금만 뛰고 그만둬야겠다는 생각이 듭니다. 어느새 데드포인트 지점을 넘어서면 숨도 차지 않고 힘들지도 않습니다. 이것을 몇 번 경험하며 천천히 같은 속도로 유지하면서 연습했습니다. 천천히 뛰기 시작하면 늦을 것 같은데 골인 지점에서 보면 급하게 뛸 때와 별로 차이가 없습니다.

천천히 걸으면 보이는 것들이 많습니다. 그중에 특히 사람이 눈에 들어오기 시작합니다. '코로나19'라는 전염병이 전 세계를 강타했습니다. 매장을 찾던 손님들의 발걸음은 뚝 끊기고, 서로 마주 보며 이야기하는 것은 무서운 일이 되었습니다. 버스나 은행처럼 밀폐된 공간 안에서 기침이라도 하면 시선이 집중되기도 했습니다. 처음에는 그냥 이러다가 말겠지 했습니다. 하지만 '코로나19'는 더 넓은 공간으로 퍼져갔습니다. 공포는 더 심해졌습니다.

외부에서 활동하던 사람들은 점점 내부로 들어오고 심지어 대기업에서도 재택근무를 시행했습니다. 강의하던 사람들은 모든 강의 일정이 취소되었습니다. 저도 예외가 아니었습니다. 오프라인 창업 강의도 취소되었고 모든 일정이 정지되었습니다. 어릴 적 정전된 마을이 생각났습니다. 그렇게 막막하게 시간이 흐르던 중에 변화가 일어났습니다. 오프라인에서 만나던 사람들은 온라인에서 만나기 시작했습니다. 나도 가만히 있을 수 없어 2020년 3월 'MKYU'라는 온라인대학에 입학하게 되었습니다. 그곳에서 미래를 공부하고 팬데믹에 대처하는 방법을 배웠습니다. 온라인 공간에서 적응하기 위해 빠른 속도로 SNS를 익혔습니다. 자신을 알릴 수 있는 공간인 '인스타그램'도 배웠습니다. 싫다 좋다 따질 여유가 없었습니다. 배우고 익히고 활용하기를 반복하였습니다. 주위 사람들은 곧 좋아질 텐데 뭘 그리 유별나게 구냐며 싫은 표현도 하였습니다. 페이스북도 해보지 않았던 나로서는 인스타그램에 적응하는데 힘들었습니다. 남들보다 더하지 않으면 따라갈 수 없다는 생각에 밤낮 가리지 않고 버튼을 눌러보았습니다. 주변 사람들이 보는 시선은 더 따가워졌고 하는 수 없이 화장실 갈 때나 옷 갈아입을 때처럼 혼자 있을 때 집중할 수 있었습니다.

인스타그램 속에서 더 많은 사람을 만나고 더 많은 정보를 나누려면 빨리 서둘러야 했습니다. 팔로워 수가 어느 정도 되어야 내가 올린 피드가 보이게 되는 구조였습니다. 인스타그램 1기 동기들은 열심히 하였습니다. 시간이 지날수록 동기들과 나는 활동 지수와 팔로워 수에서 차이가 나기 시작했습니다. 마음이 급해졌습니다. 쉬지 않고 팔로워 신청을 하러 다니면 늘 수 있는데 그러지 못하니 답답했습니다. 이런 내 모습을 보고 가족들은 우스갯소리로 스마트폰 중독되면 어떡할 것이냐고 묻기까지 했습니다. 우여곡절 끝에 인스타그램 라이브를 고정으로 해보겠노라 다짐했습니다. 100일이면 뭔가 달라지지 않을까 하는 생각에 100일 라이브를 선언했습니다. 눈이 오나 비가 오나 쉬지 않고 했습니다. 지금은 라이브를 하는 사람이 많지만, 그 당시에는 자신을 드러내는 것에 익숙지 않아 라이브가 흔하지 않았습니다. 저 또한 막상 하려고 하니 떨리고 부담스러웠습니다. 하지만 가만히 있으면 아무것도 되는 것이 없었습니다. 그렇게 100일 라이브를 하면서 많은 사람과 알게 되고 사연들을 듣게 되면서 우리는 서로 친해지기 시작했습니다. 온라인에서 만나 친해질 수 있다니 놀라웠습니다.

그리고 또 욕심이 생겼습니다. 오프라인에서 하던 모든 일을 온라인으로 갖고 오고 싶어 졌습니다. 쉴 새 없이 배우고 익혀서 온라인 강의를 오픈하게 되었습니다. 첫 번째 강의는 인스타그램 기초강의였습니다. 어떻게 사진과 동영상을 올리는지 알려주었습니다. 두 번째로 영상 편집 강의를 하였습니다. 영상을 찍는 방법과 어떻게 편집하는지 알려주는 강의였습니다. 세 번째 강의는 '씽크와이즈'였습니다. 바쁜 일정을 정리하고 알차게 시간을 관리할 수 있는 프로그램 강의였습니다. 빡빡한 일정을 강행했습니다. 그런 일정 속에서 나 외에 다른 곳을 볼 겨를이 없었습니다. 그래서 매일 하던 라이브 방송을 줄였습니다. 월요일과 금요일 오전 열 시, 일주일에 두 번으로 정했습니다. 배우는 것에도 소홀하지 않았습니다. 시간이 조금이라도 나면 강의를 수강했습니다. 한 달에 강의를 열두 개까지 수강한 적도 있습니다. 강의로 배운 것을 익히고 반복해서 바로 사용했습니다. 그리고 다시 그것을 인친들 에게 가르쳐 줬습니다. 오프라인에서 20년 전부터 해오던 온라인 창업 강의도 오픈했습니다. 앞만 보고 달렸습니다.

매일 달리던 댓글이 줄어들기 시작했습니다. 알아보니 인스타그램을 그만두신 분도 있었고, 생각해보니 그들에 대해 아는 것도 별로 없었습니다. 미안하기도 하고 한심하기도 했습니다. 나밖에 몰랐다는 생각이 들었습니다. 인친 한 분이 저에게 물었습니다.

"선생님, 어떻게 유명한 사람 한 명도 모르세요?"

그제야 알았습니다. 인스타그램을 키우고 활동하기 위해 앞으로만 달렸을 뿐 주변을 돌아본 적이 없었습니다. 심지어 그 많은 사람이 나에게 댓글을 남겼는데도 나는 답글 조차 하지 않았습니다. 피드 방문도 거의 하지 않았습니다. 답글 하지 않는 나의 피드에는 댓글은 줄었고 나에게 찾아오시던 분들은 그냥 하트만 누를 뿐 영혼이 느껴지지 않았습니다. 그냥 형식적인 일상이 반복되었고 그런 생활들에 무료해진 인친들은 인스타그램을 떠나는 사람도 있었습니다.

피드 올리는 것을 멈췄습니다. 그동안 댓글을 달았던 분들에게 답글을 달기 시작했습니다. 그들이 어떤 글을 올리고 어떻게 생활하는지, 무슨 생각으로 지내고 있는지 천천히 들여다보았습니다. 그동안 부모님 상을 치른 분, 친구를 떠나보낸 분, 사고로 몸이 아파 병원에 있는 분 등 사연이 다양했습니다. 반성했습니다. 앞만 보고 달린 나 자신이 이기적이라는 생각밖에 들지 않았습니다. 천천히 속도를 낮추었더니 세상이 보이기 시작했습니다. 그리고 주변의 사람이 보이기 시작했습니다. 그들을 위해 무엇을 해야 할지도 보였습니다. 지금은 인친들과 속도를 맞춥니다. 그들과 소통하고 함께 웃고 고민하고 나눕니다. 행복합니다. 전진만 하던 생활과는 비교가 되지 않습니다. 빨리 가려고 할 때는 인친들이 짐스러워 보였는데 속도를 조금 낮추어 보니 그들이 아주 고맙습니다. 요즘은 그들을 볼 때마다 '귀인'이라는 말을 자주 합니다. 얼마나 감사하고 고마운 분들이 많은지 모릅니다. 삶의 속도를 낮추었더니 행복합니다.

3-4. 나만의 활력 비결 '만보 걷기' _박수미

요즘 걷는 사람들이 많아졌다. 코로나 때문에 실내 운동이 힘들어진 사람들이 야외에서 할 수 있는 운동이기 때문일 것이다. 걷기는 발 편한 운동화 한 켤레면 지금 당장 시작할 수 있다. 걷기의 힘은 대단한 것 같다. 무거워진 몸을 일으켜 걸으러 나오자 새로운 세상이 펼쳐졌다. 주변 꽃과 물속에 노는 오리들을 보면서 천천히 산책하듯이 걸었다.

생각에 빠지며 걷는 날도 있고 주변의 변화를 찾으며 걷는 날이 있고 친구와 수다 떨며 걷는 길도 있다. 걷는 시간이 나에게 활력을 주었다. 움츠러진 나를 세워줬다. '만 보 걷기'를 마음먹은 것은 그냥 목표 없이 걸으며 나태해질 나를 알아서다. 어떻게든 만 보를 채우려고 하니 시간이 날 때마다 밖으로 나가게 되고 사람들을 보며 자연을 보며 새로움을 찾을 수 있었다.

나는 만 보 걷기를 매일 하고 있다. 아파트 입구에 있는 해반천을 따라 김해 연지 공원까지 걷고 오면 7,500보 정도가 된다. 나머지 2,500보는 점심시간에 식사 후에 매장 주차장이나 매장 내부를 손님 없을 때 일부러 걷는다. 평소에 얼마나 걷지 않았는지 올 1월 10일부터 식단 조절과 만 보 걷기만 했는데 20일 만에 13킬로가 감량되었다. 그리고 2주간의 식단을 마치고 일반식으로 돌아왔는데도 계속 유지 중이다. 갑자기 살이 빠졌는데도 살이 처지지 않고 탄탄함도 가질 수 있었던 걷기의 매력을 제대로 느끼고 있다.

저녁 시간 해반천은 식사를 마치고 건강을 챙기기 위한 사람들이 나와 있다. 귀여운 강아지와 산책하는 사람, 씽씽카를 타는 아이를 데리고 온 부모님, 동네 친구와 수다를 떨며 걷는 주부, 추운 날씨에 모자에 장갑에 완전히 장착하고 나오신 어르신, 다들 코로나로 마스크를 끼고 자전거 도로와 걷는 도로를 사람들을 피해서 서로가 닿지 않게 조심하며 각자의 길을 각자의 속도로 가고 있다. 어느 날 내 눈에 도란도란 엄마와 딸이 얘기하며 걷고 있는 모습이 보였다. 얼마나 살갑고 다정한 모녀인지 그 뒤를 따라가며 걷다 앞질러 가면서도 그 모녀의 이야기를 나도 모르게 귀 쫑긋하며 듣는다. 남의 이야기를 듣는 것은 참 재미있다.

갑자기 저 뒤에 걸어오는 딸과 친정엄마가 생각이 났다. 멈춰 서서 뒤를 돌아보니 저만치서 팔짱을 끼고 뭐가 그리 재밌는지 딸은 외할머니를 보며 조잘거리고 친정엄마는 활짝 웃고 계신다. 내가 예쁘게 본 그 모녀처럼 친정엄마와 딸도 참 행복해 보인다. 슬며시 걸음을 늦추고 엄마와 딸과 보폭을 맞춰 걸었다. 아이는 할머니께 학교 이야기, 드라마 이야기를 집으로 돌아오는 길까지 지치지 않고 조잘거린다. 아무것도 아닌데 뭔가 행복하다. 이제는 같이 가는 사람과 함께 가고 있는지 천천히 주변을 살피며 걸을 줄도 알게 되었다.

걷기는 운동도 아니고 시시하다고 생각한 적이 있다. 매일 꾸준히 걸어서 건강해진 경험을 해보니 지금은 아무것도 없는 상태에서 무언가 시작하기 딱 좋은 운동이라는 생각에 사람들에게 걷기의 좋은 점을 전파하는 걷기 전도사가 되었다. 걷기는 제약이 없다. 가까운 공원이나 집 앞 아파트 주위라도 바로 나가서 걸을 수 있고 비 오는 날은 실내에서 걸어도 된다. 나는 같은 풍경이 매일 미세하게 바뀌는 자연에서 걷는 걸 더 좋아한다.

매장에 중년의 여자 손님이 오셨다. 이런저런 살아가는 이야기를 하다가 자연스럽게 건강에 관한 이야기를 하게 되었다. 요즘 걷기로 살도 빼고 활력을 찾았다는 내 이야기를 들으시고 어떻게 걸었는지 식단은 어떻게 했는지 궁금해하셨다. 건강이 나빠졌는데 병원에서 걷기를 해보라고 추천받았다고 하셨다. 아이들이 다 커서 취업한다고 멀리 살고 남편은 출근했고 혼자 낮에 있으니 무기력해지셨다고 했다. 혼자 밥을 먹으니 식구들과 식사할 때와 달리 밥도 대충 먹고 청소도 싫고 귀찮아졌다 하셨다. 식구들이 함께 있을 때는 쓸고 닦고 식사 준비하고 해도 하나도 안 힘들었는데 지금은 왜 이런지 모르겠다고 하셨다. 병원에서 운동하라고 했는데 어떻게 할지 모르겠고 혼자 공원에서 걸어봤는데 살도 안 빠지고 심심하고 재미없다고 하신다. 나는 너무 걱정되었다. 나는 살이 많이 찌고 건강관리를 하지 않아 무기력한 경험을 해 봤기에 그분의 심정이 이해되었다. 손님은 직장을 다니지 않는 주부라고 하셨다. 나는 해가 떠 있는 낮에 김해 연지 공원을 걸어보시라고 추천해 드렸다. 그 공원은 가운데 호수가 있고 제철 꽃이 가득 심겨 있고 낮에 스피커에는 잔잔한 클래식도 흐른다. 아직은 초봄이라 저녁에 걸으면 추웠다. 그래서 공원에 낮에 햇볕을 받으면서 걸어보시라고 추천해 드렸다. 느리게 여유롭게 꽃도 보고 물도 보고 햇볕 샤워도 하면서 노래도 듣고 하면 정신건강에도 좋을 거라고 추천했다. "큰 맘 먹지 말고 운동한다고 생각하지 말고 그냥 운동화 신고 집 밖으로 나오세요. 어느 날 꽃도 보이고 주변도 보이고 그 재미에 또 걷고 체력이 쌓이면 운동도 하고 싶고 모든 일에 의욕도 생길 거예요."라고 말했다. '해야지' 하는 표정의 손님, 손님은 집으로 가시려고 차 문을 여시다가 머뭇거리시더니 "나 집에서 계속 노는데 해반천 걸을 때 같이 걸으면 안 돼요? 혼자서는 안되던데." 조심스럽게 물으셨다. 맘이 아팠다. 혼자는 재미도 없고 의욕도 없어 지속하지 못할 것 같다고 했다. 나는 시간을 규칙적으로 내지 못해서 대답을 못 했다. 계속 맘에 걸린다. 걷기를 시도해 보시고 이제는 나처럼 활력을 찾으셨길 바란다.

걷기의 장점이 있다. 건강을 위해서든 다이어트를 위해서든 일단 한 걸음 걷기 위해 밖으로 나오는 것 하나로 따라오는 좋은 것들이 많다. 처음에는 걸으러 나오기까지 힘들지만 일단 나와서 걷다 보면 떠오르는 생각들이 많아 주입되는 정보들에서 벗어나 내 생각을 할 수 있다. 그리고 차를 타고 다니면 보이지 않던 동네 풍경과 자연이 눈에 들어오며 여유로움을 느낀다. 그 계절 그 시간에 존재하기 위한 식물들을 보며 계절의 변화도 느끼고 어떤 날은 자연의 아름다움에 감탄하기도 한다. 과식한 날은 7~8천 보를 걷고 돌아오면 가벼워진 몸으로 기분 좋게 잠자리에 들 수도 있다. 가족과 소통에 걷기가 한몫을 하기도 한다. 세 아이 중 한 아이와 걷는다. 온 가족이 북적거리는 집에서 하지 못했던 이야기를 나누며 서로의 생각을 듣기도 한다. 아이는 오롯이 자기만 봐주는 그 시간이 좋아 서로 엄마를 따라 나오려고 한다. 남편과 진지한 이야기를 하고 싶을 때도 걷기를 추천한다. 가볍게 산책하면서 이야기를 나눈다. 옆에 지나가는 아이들과 자전거를 타는 가족들을 보며 우리 부부는 우리 아이들과도 저렇게 행복한 시간을 만들고 싶다는 공통의 생각을 한다.

미운 사람을 생각하고 혼자 걸으며 실컷 욕하다 보면 돌아오는 길에 나는 잘하고 있었나 생각이 들기도 하고 어떤 미움은 몇 날을 걸어도 없어지지 않지만, 풍경에 취해 걷다 보면 어느새 긍정의 생각들로 채워 집으로 돌아오기도 한다. 나만의 비결 '만 보 걷기' 나는 오늘도 걷는다.

3-5. 숨쉬기 운동 보다 걷기 _송주하

    평소 숨쉬기 운동만 한다. 워낙 움직이는 걸 싫어하는 편이라 일할 때 빼고는 집에만 있다. 요즘은 핸드폰 애플리케이션의 기능이 좋다. 내가 몇 걸음을 걸었는지, 잠을 얼마나 깊게 잤는지 알 수 있다. 애플리케이션에 표시된 걸음 수를 보면, 나의 하루는 정지상태에 가깝다. 걷는 게 좋다는 건 알지만 다른 일을 하다 보면 늘 놓치기 일쑤다.

    걷는 걸 싫어하니 쇼핑도 간단하게 한다. 여러 군데 둘러볼 열정이 없다. 한군데 들어가서 마음에 드는 게 있으면 굳이 다른 곳을 둘러보지 않는다. 예전에, 친구가 옷을 사는데 따라가자고 한 적이 있다. 쇼핑을 그렇게 최선을 다해서 하는지 몰랐다. 쇼핑몰 전체를 돌았다. 옷을 일일이 다 입어보았다. 결정을 못 하자 다시 한 번 더 돌았다. 다리가 아팠다. 하지만 그녀는 쉽게 결정하지 못했다. 해질 때가 되어서야 겨우 쇼핑을 마쳤다. 그 후로는 누군가가 옷을 사러 가는 곳에 절대 따라가지 않는다. 쇼핑 성향이 이렇게까지 다를 수 있을까 싶었다. 나는 그만큼 걷는 게 싫었다.

    일요일 저녁. 하루 동안의 걸음 수가 겨우 200걸음이다. 그걸

본 남편이 이래서는 안 되겠다고 내 손을 잡아 이끈다. 주섬주섬 옷을 챙겨 입고 따라나섰다. 아직은 밤공기가 제법 차다. 집 근처에 있는 공원으로 가려면 약간 비탈진 곳으로 올라가야 한다. 아이와 남편은 앞서 걷는다. 나는 계속 걸음이 느려진다. 조금 걸었을 뿐인데 숨이 차기 시작한다. 늘 만 보 정도를 걷는 남편은 끄떡없다. 아이도 지치는 기색이 없다. 공원에 도착했다. 가쁜 숨을 몰아쉬었다. 운동하는 사람이 몇 명 보였다. 밤이라 그들의 얼굴은 제대로 보이지 않았다. 공원 가장자리는 큰 트랙이 있어서 걷기 운동을 하는 사람들이 많이 이용한다. 중간쯤엔 배드민턴을 칠 수 있는 공간이 있다. 그 옆으로는 시에서 만든 운동기구들이 놓여있다. 자전거도 있고 윗몸일으키기를 하는 기구도 있다.

다리운동을 하거나 물구나무를 서게 하는 기구도 보인다. 공원 구석 쪽에는, 산에서 내려오는 물을 받는 약수터가 있다. 물이 어찌나 찬지 얼음물보다 더 시리다. 예쁜 계단을 몇 걸음 내려오면 원형으로 된 뜰이 나온다. 거기엔 여러 개의 벤치가 있다. 공원이 생긴 지 오래돼서 큰 나무들이 많다. 이름은 다 알지 못한다. 나이테가 제법 굵다. 그 나무 주변으로 키 작은 꽃나무들도 많이 보인다. 얼마 전에 왔을 땐, 내가 좋아하는 천리향 향기가 진하게 났었다. 돌계단 주변으로는 잔디도 예쁘게 깔려있다. 낮에 보면 싱그러운 초록이 기분을 좋게 한다.

오자마자 벤치에 누웠다. 아이와 남편은 나를 끌고 운동기구가 있는 쪽으로 가려고 했다. 하지만 꼼짝할 수가 없었다. 도저히 안 되겠다 싶었는지 금세 포기하고 간다. 벤치는 이슬이 약간 맺혀 있었다. 한참 눈을 감고 있다가 숨이 편안해지자 눈을 떴다. 하늘에 별이 유난히 많이 보였다. 그동안 하늘도 안 보고 살았구나 싶었다. 별도 제각각이다. 크고 밝은 별도 있고, 희미해서 눈을 찡그려야 겨우 볼 수 있는 별도 있다. 저 멀리 비행기가 지나간다. 비행기 불빛이 별이랑 섞여 조화롭다. 어디로 가는 걸까. 밤하늘을 미끄러지듯 가는 비행기를 한참 동안 바라보았다.

이어폰을 꺼내서 음악을 켠다. 이 세상엔 참 좋은 음악들이 많다. 야외에서 듣는 음악은 맛이 다르다. 좀 더 깊고 진한 여운이 있다. 주변은 고요하고 하늘은 높다. 첫 번째 곡으로 '우리 사이 은하수를 만들어'를 클릭한다. 한동안 드라마 '검블유'에 빠져있었다. 남자 주인공 '박모건'이 마음에 들었다. 한 장면을 보고 또 보았다. 그가 나올 때 이 곡이 항상 흘러나왔다. 방영된 지 몇 년이 지났지만, 최근에서야 보게 되었다. 드라마 캐릭터를 이렇게 깊이 좋아해 보긴 처음이었다. 이 음악과 밤하늘이 유난히도 잘 어울렸다. 기계음이 많이 들어간 음악은 운전할 때 신난다. 하지만 자연에 있을 때는 기계음보단 사람 목소리가 잘 들리는 음악이 좋다. 몇 번이나 반복해서 듣고 있을 때쯤 아이가 왔다.

큰 트랙을 따라 한 걸음씩 걷는다. 음악 소리에 맞춰 발이 속도를 맞춘다. 이게 '평온'이구나 싶다. 어느 책에선가 그런 이야기를 본 적이 있다. 가만히 앉아있으면 뇌가 활동을 적게 한다고. 걸을 때 비로소 뇌가 함께 움직이고, 그때 생각이란 걸 더 활발히 할 수 있다고 한다. 늘 앉아만 있어서 그럴까. 가끔 머릿속이 멍해질 때가 있다. 그럴 땐 한 번씩 걸어야겠다는 생각이 들었다. 걷는다는 게 극히 자연스러운 일인데도 나에겐 어색하기만 하다. 아이는 나의 걸음이 답답한지 빨리 오라고 손짓을 한다. 보폭을 조금 크게 해본다. 그러다 이내 지친다. 뭐든지 자기만의 속도로 가면 된다. 나에게 맞는 걸음으로. 그러다가 익숙해지면 그때 속도를 올리면 된다.

왼쪽 다리가 불편한 남자분이 보였다. 아내인 것처럼 보이는 여자분이 오른쪽을 지지하고 있다. 그녀의 품에 무게 중심을 싣고 한 걸음씩 걸어간다. 자세히 보니 왼쪽 손도 마비가 온 듯했다. 시선을 두는 게 괜히 미안해서 빠른 걸음으로 지나쳤다. 언제 저렇게 되셨을까. 아내는 또 얼마나 놀랐을까. 나도 남편이 아팠던 적이 있어서 더 마음이 쓰였다. 변해 버린 몸을 이끌고 세상 밖으로 나올 때까지, 남자분에겐 얼마나 큰 용기가 필요했을까. 지나가는 사람들이 모두 자신을 볼 텐데 말이다. 그럼 에도 불구하고 운동을 결심한 건, 오른손을 잡아주는 아내와 아이들 때문은 아니었을까. 남편을 잡은 아내의 손은 사랑이었고 응원이었다. 살고자 하는 의지가 그의 뒷모습에서 느껴졌다.

조금 있으니 아주머니 한 분이 빠른 속도로 지나쳐간다. 내가 걷는 속도의 5배는 되는 듯하다. 언뜻 보면 달리는 것 같기도 하다. 짧은 시간 안에 최대의 효율을 노리는 걸음이다. 할 일 많은 우리 엄마들의 모습과 닮았다. 일도 하고 집 안 청소도 해야 한다. 빨래도 돌려야 하고 깨끗하게 털어서 건조대에 말려야 한다. 식구들을 위해 장도 보고 밥도 한다.

설거지까지 하면, 하루 스물네 시간이 모자라다. 그 빡빡한 일정 속에 운동까지 해야 하니 저렇게 걸음이 점점 빨라지지 않았을까 싶다. 내가 한 바퀴를 도는 동안 아주머니는 어느새 사라지고 없었다.

아까 내가 앉았던 벤치에 중년의 여성분이 혼자 앉아있는 게 보였다. 일행은 없는 듯했다. 어두운 곳에 앉아 무언가를 골똘히 생각하고 있었다. 트랙을 돌면서 눈이 계속 그쪽으로 향했다. 한 바퀴를 돌고 오는 동안에도 같은 자세로 앉아있었다. 긴치마를 입고 있는 걸 봐선 운동을 하러 온 것 같지는 않았다.

무슨 생각을 저리도 골똘히 하는 걸까. 고민이 있는지, 두 손으로 머리를 감싸고 있었다. 뭔가 해결되지 않는 문제들이 그녀를 힘들게 하는 것 같았다. 고민 없이 사는 사람이 과연 있을까. 약수터 물을 한 모금 마시고 온 사이, 다른 곳으로 힘없이 걸어가는 그녀의 뒷모습이 보였다.

아들과 같은 또래의 여자아이도 만났다. 귀여운 방울로 머리를 양쪽으로 야무지게 묶었다. 빨간색 원피스가 마치 인형 옷 같았다. 붙임성도 좋아서 우리 아들에게 금방 '오빠' 하고 아는 척을 했다. 아이들은 신기하다. 금방 친구가 되었다.

전부터 알고 지낸 사이처럼 이야기하고 같이 술래잡기했다. 집으로 갈 시간이 되자 인사를 하고 헤어졌다. 아들은 못내 아쉬운지 내일 또 오면 안 되냐고 계속 묻는다. 이럴 줄 알았으면 전화번호라도 알아둘 걸 그랬나 싶었다. 다음날도 아들 성화에 못 이겨 그곳을 갔지만, 그 아이는 다시 볼 수 없었다.

'인간은 걸을 수 있는 만큼만 존재한다' 사르트르가 말했다. 천천히 걸어보니 사람이 보였다. 서로에게 힘이 되는 부부를 만났고,

하루를 알차게 살아가는 우리네 엄마의 모습도 보았다. 혼자 고민하는 누군가도 만났다. 그리고 천진난만한 아이들의 웃음까지. 평생을 숨쉬기 운동만 하고 살아왔다. 하루 30분이라도 걸어야겠다는 다짐을 한다. 공원에 올라올 때보다 바람이 차가워졌지만, 머릿속은 오히려 선명해졌다.

3-6. 아름다운 발걸음 _ 이은정

전화벨 소리에 깼다. "여보세요." "언니! 북한산 가자. 9시. 불광역. 2번 출구. 김밥은 내가 사 간다." 추석 연휴. 오랜만에 늦잠 자려했는데, 후배가 산에 가잖다. 그녀와 처음 산행이다. 가벼운 마음으로 걷기로 했다. 가슴이 벅찼다. 27년을 알고 지냈다. 가족이나 다름없다. 그때까지만 해도 그녀가 걷기를 좋아하는지 전혀 몰랐다. 기대된다.

"호로로. 오로로. 코로로로로." "뽀글뽀글. 지글지글." "달그락. 달그락." "부스럭. 부스럭."

텀블러 3개. 따듯한 물, 차, 커피. 생수와 찐 고구마. 귤과 오이. 그리고 냉동실에 잠자고 있던 떡까지 준비했다. 아침부터 바쁘다. 우리 집 일산에서 불광역까지 가려면 여러 번 전철을 갈아타야 한다. 정신없이 등산복을 입었다. 바람막이 하나 더. 배낭에 바리바리 담고, 출발.

"어! 등산화 아니잖아." "이게 편해, 괜찮아. 이거 신고 청계산도 다녀오고 설악산도 다녀왔어." "조금만 헛디디거나 미끄러지면 크게 다칠 것 같아. 그리고 보니 등산복도 아니네!" "이게 편하다니까. 등산복 입고 유난 떠는 게 싫어." "유난이 아니라 만약의 상황에 대비하자는 거지." "에이, 얼마나 다르겠어. 난 그냥 이렇게 입고 등산하는 게 편해." "언니, 좋은 코스 안내해봐." "북한산 둘레길. 7구간. 이 구간은 초보가 가도 무리 없는 쉬운 길이야." 아이들과 여러 번 다녀왔다. 대중교통으로 이용하기도 수월하다. 조금 힘들다 싶으면 언제든지 바로 내려올 수 있다. 그래서 부담 없이 걸을 수 있다.

우리의 발걸음은 '장미공원'으로 향했다. 문제가 생겼다. 2번 출구로 나왔는데 장미공원 입구가 보이질 않는다. 땀이 삐질삐질 나고, 등산복이 축축하다. 시작도 안 했는데. 최대한 무리하지 않고 멋진 전망을 즐기리라 기대했건만. 벌써 헉헉거린다. 다시 불광역으로 되돌아왔다. 천천히 살피니 표지판 발견. '북한산 둘레길 800m.' 다시 출발했다. 종종 등산복을 입은 사람들도 보였다. '휴,

다행이다. 이제야 제대로 가는구나.' 그동안 둘레길 가까운 곳에 주차하고 산행해서 그런지 길을 헤맸다. 후배가 괜찮다고 위로해 주었다. 겉옷이 버거웠다. 날은 선선한데도.

아침부터 바쁘게 움직인 탓일까, 길을 헤매서일까, 허기가 졌다. 장미공원 쉼터에서 우리는 고구마를 하나씩 까먹었다. 숨을 고르고, 스트레칭을 했다. 장갑을 끼고, 스틱도 조절했다. 준비 완료! 시작은 계단이었다. 제법 길이 잘 닦여있었다. 큰 어려움은 없었다. 우리의 발걸음은 구기동 방향으로 가는 길을 선택했다. 옛성길 구간. 조금은 숨 가쁘게 오르막길을 오르니 소나무 숲이다. 돗자리를 폈다. 김밥, 과일, 차. 꿀맛이었다. 아쉬웠지만, 느낌을 오롯이 안고 산행을 시작했다. 오를수록 산의 공기와 나무의 향기에 취했다. 이야기 삼매에 빠지며 걷다 보니, 어느새 향로봉을 지나, 비봉. 보아도 또 보아도 경이롭다. 신비로운 자태에 찬탄하며 사진도 찍었다. 바람이 너무 세서 낮은 바위로 내려와 편편한 바위에 앉았다. 등산화를 벗고 양말을 벗었다. 숨을 들이마시고 내쉬었다. 물 한 모금 마시니, 마치 신선이 된 것 같다. 주섬주섬 챙기고 다시 출발. 사모바위, 승가봉을 지났다. 계속 내려갔다. 우리가 선택한 빠른 길. 어머나! 문수봉으로 향하고 있었다. 가도 가도 끝이 없었다. 돌아가려니 엄두가 나질 않는다. 결국 한참을 오르고 내리기를 반복.

드디어 문수봉에 도착했다. 경이로움에 감탄했다. 일단 발길을 멈추었다. 그 자리에 서서 아름다움과 마주했다. 위에서 내려 볼 때, 오르면서 볼 때, 아래에서 볼 때 사뭇 달랐다. 산의 장엄함, 평등함, 그리고 호혜와 겸손을 배웠다. 어쨌든, 멈추니 보였다.

뭔가를 잘하려고 할수록 꼬일 때가 있다. 그 순간 박차고 일어나 무조건 걷는다. 용천과 발가락에 힘을 주고 천천히. 걷다 보면 불필요한 생각은 저절로 떨어져 나간다. 누군가에게 답을 구하지 않아도 스스로 답을 찾는다. 어느 날, 안 선생님이 제자리 걷기를 권했다. 제자리에서 천천히, 아주 천천히 걸어보라고 했다. 한번 제대로 해 보았다.

주먹을 가볍게 쥔다. 양팔은 차렷 자세. 고개는 정면을 응시한 채, 두 발로 서 있다. 땅과 닿아 있는 두 발바닥의 체온을 느낀다. 땅이 미지근하다. 오른발을 들려고 마음먹는다. 이제 한 걸음 떼어볼까?

두 발을 붙이고, 무릎을 붙인다. 아랫배에 지긋이 힘을 준다. 어깨 힘을 빼고, 얼굴에도 힘을 뺀다. 고개는 정면을 바라본다. 주먹을 살며시 쥔다. 왼발에만 힘을 주고, 오른발에는 힘을 뺀다. 오른발의 뒤꿈치를 바닥에서 뗀다. 발가락을 뗀다. 오른발 무릎을 구부려 천천히 들어 올린다. 여전히 왼발에만 힘이 있고, 오른쪽 발은 힘이 빠진 상태다. 왼쪽 발바닥에만 더 힘을 주면서 자세를 유지한다. 다시 천천히 오른쪽 다리를 밑으로 내린다. 발가락 먼저 살며시 땅에 대고, 뒤꿈치를 댄다. 아직은 왼발에만 힘이 있다. 이제 두발에 똑같이 힘을 주고, 맨 처음 자세로 돌아간다. 같은 요령으로, 오른발에만 힘을 준다. 왼발에 온전히 힘을 뺀다. 뒤꿈치를 먼저 들고, 발가락을 뗀다. 왼쪽 무릎을 구부려 올린다. 잠시 멈추었다가, 서서히 발가락을 먼저 바닥에 대고, 뒤꿈치를 댄다. 천천히 두다리에 힘을 준다. 이제, 두 발에 들어가는 힘이 같다. 호흡한다. 집중하고 있는 내가 순간 드는 생각. '뭐야, 이거 생각보다 쉽지 않네?'

놀라웠다. 한 걸음 떼는 속도가 마치 Slow Motion이다. 순간순간 몸과 마음 상태를 느꼈다. 최대한 몸의 움직임과 느낌, 감각을 놓치지 않으려고 애썼다. 막상 집중하기 시작하니 평소 모르고 지나쳤던 것들이 새롭게 인식되었다. 그렇다. 못 보던 것들이 눈에 보였다. 다양한 소리가 저절로 들린다. 입안에 침이 돌고, 몸 안의 세포가 봄꽃 피듯이 튀어 오름을 느낀다. 그러면서 아랫도리, 다리 쪽으로 기운이 팍 채워진다. 동시에 떠오르는 여러 생각이나 감정이 바람처럼 물처럼 자연스럽게 흘러간다. 이 작은 한걸음에 많은 것이 담겨 있다니, 경이롭다. 겨우 한쪽 발을 한 번 떼었다가 내려놓았을 뿐인데 말이다. 내가 보였다. 살아오는 동안, 많은 감각과 느낌을 놓치고 살아왔음을 새삼 알아차린다. 이 순간 일어나는 모든 것들에 온전히 집중하는 느낌도 알게 되었다. 더불어 그렇게 집중하고 나니 머리가 맑아졌다. 기분도 좋아지고, 몸과 마음이 가벼워졌다. 오롯이 집중하니 불필요한 생각, 판단, 감정에서 순간 벗어났기 때문이리라.

과거에 음악을 듣거나 다른 생각 하면서 걸은 적이 있다. 당연하다고 생각했다. 갑자기 무언가를 놓친 것 같았다. 마음을 달리 먹었다. 걸을 때 걷는 것에 집중했다. 몸과 마음이 편안하다. 등줄기를 펴고 배에 힘을 주고 걸었다. 신선한 에너지가 몸뚱어리 구석구석까지 가득 채워진다. 정신은 명료해지고, 생각은 단순해진다. 중요한 것과 중요하지 않은 것도 구분된다. 순간적인 판단력과 직관력이 생기니, 작은 암시도 쉽게 알아차리게 된다. 행동도 진취적으로 바뀌었다. 천천히 호흡하며 걷기만 했을 뿐인데, 내 기분이나 감정을 긍정적으로 창조할 수 있다. 천천히 걷기의 위력이다. 그래서 무언가 막힐 때는 무조건 걷나 보다. 발바닥 용천에 의식을 집중하면, 얼마 지나지 않아 이글거리던 머릿속 생각들이 발바닥으로 툭 떨어진다. 걷다 보면 불필요한 생각은 어느새 사라진다. 복잡하던 머리는 시원하고 상쾌해진다. 비로소 세상과 사람이 보이기 시작한다. 생활 속에서 천천히 걷는 습관을 들이는 건 행운이다.

저녁 6시. 지는 해가 보인다. 좀 있으니 어둑어둑해진다. 한순간에 두려움에 압도되었다. 천천히 걷기에 몰입하다 보니 시간 가는 줄 몰랐다. 갑자기 걸음이 빨라졌다. 헤드 라이터가 없으니, 깜깜해지기 전에 하산했어야 했다. 하지만 우리는 산새를 느끼고, 공기를 음미했다. 아름다움에 취했다. 그리고 마음껏 웃었다. 우리 발 밑에 행복이 있었으니까. 기억에 남는 산행이었다.

행복해서 웃는 게 아니라 웃다 보면 행복해진다는 말을 '걷기'에 그대로 적용해 보았다. 행복한 느낌으로 걸었더니 행복해졌다. 설령 행복한 일이 손톱만큼도 없다 할지라도. 행복을 선택하였다. 그랬더니 그 선택이 나의 인생을 행복하게 만들어준다. 건강을 원하기에 건강하게 걷는다. 평화를 원하기에 평화롭게 걷는다. 아름다움을 원하기에, 바른 자세로 천천히 걷는다. 모든 것은 내가 선택하는 대로 이루어진다고 확신한다. 이 명백한 진리를 하루에도 몇 번씩 떠올린다. 몸과 마음이 동의하면 기운은 저절로 따라온다. 걷기만 잘해도 삶이 달라지니, 해 볼 만하지 않은가.

3-7. 그래, 그냥 걸어보자 _ 이현경

주말에 한강공원을 걸었다. 빠르게 걸을 때는 몰랐는데 천천히 걷다 보니 사람들과 자연이 보였다. 공원에 나온 다른 가족들이 보이고, 나뭇잎의 색깔이 보이고, 나무에 걸린 연이 보였다. 전에는 걷기를 좋아하지 않았다. 가까운 거리도 차를 타고 다니고, 계단 대신 에스컬레이터를 이용했다. 차 안에서 책을 읽는 게 더 좋다고 생각했다. 걷지 않아도 문제 해결이 되는 세상이니, 걷기 위해서는 의식적으로 걸어야 했다. 의식적인 걷기를 이끈 동기는 건강 때문이었다. 몸이 아프면서부터 걷기를 선택했다. 걷다 보니 나를 둘러싸고 있는 환경이 보이기 시작했다. 집 밖을 나서면서부터 한강공원에 이르기까지 주변을 둘러보게 되었다. 책 속 활자와 모니터 화면을 바라볼 때는 정면만 쳐다보았는데, 걸을 때는 주위를 살펴본다. 저 멀리 뛰어가는 아이를 바라보니 아이의 옷자락이 바람에 날리는 게 정겨웠다. 운동화를 신고 아이를 따라 걸었다. 걷기만 해도 기분이 좋아졌다.

집이라는 공간에서 매일 같은 습관을 반복하며 지내곤 하였다. 나에게 집은 직장이자 가족을 챙겨야 하는 곳이다. 독서논술교사로 일을 하니 방 한 칸을 독서 교실로 하게 되었다. 오후가 되면 독서 교실에서 아이들과 책에 대해 이야기를 했다. 어린이 책을 읽고 글쓰기와 토론을 하였다. 일이 끝나면 집은 다시 가정이 되었다. 아이들 밥을 챙기고 숙제를 봐주었다. 24시간 집에서 생활하는 나는 전업주부이자 워킹 맘이다. 집은 가정을 지키는 공간이면서 나의 일터였다. 하루 종일 집에서만 생활하다 보니 어느 날 허리가 아프기 시작했다. 조금 아프다 괜찮아질까 싶었지만, 허리와 등, 목에서 어깨까지 몸 근육의 반이 아팠다.

집을 나서지 않아도 바깥 공간과 연결이 되는 세상이다. 온라인과 SNS 덕분에 직접 만나지 않아도 사람들에게 안부를 묻고 서로의 생각을 나누는 것도 가능하다. 블로그 글을 쓰고 댓글을 남겼고, 단톡방에서 이야기를 나누었다. 다른 사람이 모집하는 프로그램에도 참여하였다. 바깥에 나가지 않아도 모든 게 가능했다. 단한 가지 가능하지 않은 게 있었다. 몸을 움직이는 일이었다. 자연 속에서 숨 쉬고, 몸을 움직이는 일은 집 안에서 움직이며 생활하는 것과 차원이 달랐다.

매일 바쁘게 살지만 앞으로 나아가지 않는다고 느꼈다. 독서는 술교사로 일을 하고, 아이들을 돌보면서 엄마로서의 책임도 다하려고 하지만 같은 자리를 맴도는 것 같았다. 책임져야 하는 무게가 무거웠다.

'언젠가는 여유가 생기겠지. 아이들이 크고 나면 남편이랑 편안하게 여행 다닐 수 있겠지.'

다가올 미래에 뭔가 달라지기를 바라며 하루하루를 살았다. 하지만 시간이 지날수록 해결해야 할 문제들은 계속 생겨났다. 아이들이 커갈수록 친구, 학업, 생활습관 등의 문제가 생기기도 했고, 부모님은 해가 갈수록 연로해지셨다. 나와 남편의 몸도 예전 같지 않다. 몇 년 동안 허리가 아픈 나는 치료를 해 볼 생각도 못 하고 있고, 벌써 여러 개의 약을 챙겨 먹는 남편도 마찬가지. 이러다가 병원 신세를 지면 어떻게 하지라는 생각이 들면서도 생활에 변하는 게 없었다. 열심히 경제 활동을 하고, 아이들을 돌보며, 부모님을 신경 써야 하는 시기에 덜컥 아플까 봐 걱정되었다. 노후 준비도 못 했는데 어리기만 한 아이들에게 남겨줄 것도 없는데 걱정이 태산이다.

주말에 집을 나서기로 하였다. 나에게 걷기는 낯선 것이었다. 나는 활활 타오르는 불이 아닌 깜부기불처럼 항상 비실비실했다. 몸이 더 아프지 않기 위해 걸었다. 집 밖을 나서는 것은 힘들었지만 한 번 걷다 보니 걷는 속도와 방향을 내 마음대로 정할 수 있어서 좋았다. 빠르게 걸어보기도 하고, 천천히 걸어보기도 하였다. 팔을 휘두르며 빠르게 걷는 것보다 천천히 주위를 둘러보는 게 더 좋았다. 그동안 걷지 않았을 뿐이지, 걸을 수 있는 길은 이미 있었다. 나뭇잎은 서서히 자신의 색깔을 바꾸며, 향기를 내뿜었다. 나도 그 속에 들어가고 싶었다. 나만의 색깔을 내면서 함께 어우러지고 싶었다. 나뭇잎이 색깔을 내는 것처럼 나의 색깔을 찾으며 나는 어떤 사람인지 계속 탐구했다. 길을 걸으며 배웠다. 몸이 아프지 않기 위해 걷기 시작하였는데 나를 찾기 시작했다.

공원에 주로 갔다. 아이들과 배드민턴을 쳤고, 공놀이도 하였으며, 돗자리를 들고나가서 잔디 위에 펼쳤다. 공원에 나가면 아이들에게 너그러워진다. 집에 있을 때 쉬지 않고 하던 잔소리가 멈추었다. 공원에서 걸으며 아이들과 이야기를 나누었다. 숙제는 했는지 물어보거나, 밥을 빨리 먹으라는 내용은 아니었다. 아이가 자연을 바라보는 시선에 나의 눈도 향한다. 구름의 모양을 보고 이야기를 하고, 나무를 보고 대화를 한다. 천천히 걸으며 아이의 시선을 따라간다. 천천히 걸으니 비로소 보인다. 나의 몸을 움직여 자연과 연결되는 느낌을 받는다. 천천히 발걸음을 움직였을 뿐인데 몸이 조금 상쾌하다.

공원에 나가면 새초롬하던 아이도 언제 그랬냐는 듯 발걸음이 가볍다. 아이의 발걸음을 따라 걷는다. 걷다 보면 아이의 걷는 모양이 보이고, 걷는 소리가 들린다. 폴짝폴짝 뛰기도 하고, 돌을 줍기도 한다. 천천히 따라 걷는다. 느릿느릿 걸을 때 내가 가는 방향을 가늠할 수 있다. 지금 가고 있는 방향이 맞는가?

우선 천천히 걸었다. 걸으면서 대화를 한다. 거창한 발걸음이 아니다. 소박하다. 아이들과 공원에서 걸을 때면 방향을 정해두지 않는다. 오늘은 이쪽으로 가볼까 싶어 걸어가 보고, 다음 날은 반대 방향으로 가보기도 한다. 먼저 뛰어가는 아이들이 깔깔거린다. 물수제비의 개수를 세기도 하고, 물가에 앉은 이름 모를 새를 보고 반가워한다. 방향을 정해두지 않고 걸었지만 걸어가 봐야 이 방향이 마음에 드는지 알게 된다. 혹시 이 방향이 아닌 것 같으면 돌아오면 된다. 인생도 그런 것 같다. 방향을 정해두고 걸을 수 없다. 삶의 방향이 맞는지 우선 걸어가 보는 거다. 그 방향이 아니면 되돌아오면 된다. 걷다 보니 허리도 조금씩 좋아지고 일상에 활력도 생겼다.

시간을 내어 걷기에 도전했다. 집 밖으로 나갈 때는 망설였지만 나가는 것을 선택하자 기분이 좋아졌다. 이런 걷기 덕분에 하루를 행복하고 힘차게 보낼 수 있게 되었다. 천천히 걸으며 마음속으로 기도를 한다. 내가 언제 기도하는 삶을 살아본 적이 있는가. 걸을 때만이라도 기도하고 싶었다. 속도를 내며 종종거릴 때는 허세가 들어갔다. 샅샅이 살피듯이 세상을 바라보며 걸으니 겸손해졌다. 걸을 때는 속도와 방향을 조절할 수 있다. 이 방향이 맞는지, 저 방향이 맞는지 모르겠다. 우선은 내가 가고 싶은 방향으로 걸어 본다. 그러다가 아닌 것 같으면 돌아오면 된다. 걷는다는 것은 제한적이기도 하다. 무한정 걷는 게 아니라 어느 순간 돌아서 와야 하는 거다. 돌아올 집이 있어서 다행이다. 천천히 걸으며 주위를 살핀다. 내가 생각하는 방향이 아니라도 우선 걷는다. 그 방향이 아니면 어떤가. 돌아올 집이 있기에 언젠가는 출발지로 다시 돌아오게 되어 있다. 그래, 그냥 걸어 보자.

38. 생각의 시간을 버는 시간-천천히 그냥 걷기 _정원희

아이가 다섯 살쯤이었을 때다. 자신의 주장이 강해지고, 떼쓰는 일이 잦아졌다. 화도 많이 내는 것 같았다. 부모님과 함께 살고 있었기 때문에, 어른들 앞에서 아이를 혼내고 나무라는 것도 조심스러웠다.

"정원아, 만약에 화가 나거나 짜증나는 일이 있으면 우리 밖으로 나가자"

"엄마한테 화가 나는 일도 괜찮고, 너의 뜻대로 되지 않아서 힘이 들 때도 우리 밖으로 나가는 거야, 알겠지?"

"응 알겠어. 엄마. 그렇게 할게"

이런 약속을 했다.

화를 내고, 울고, 소리를 지르면 부정의 에너지가 쏟아져 나온다. 그렇게 나온 에너지들은 한동안 집안에 머물게 되는데, 천정도 낮고 꽉 막힌 아파트에서는 그 공기가 쉽게 사라지지 않고, 안에서 계속 맴돌게 된다. 해소가 되지 않은 채 각자 방문을 닫고 들어가 버리면 안 될 것 같은 생각이 들었다. 그래서 나쁜 에너지를 집 밖에서 툴툴 털어버리고 싶었다. 부정의 감정이 생기려고 할 때 탁 트인 공간으로 나가 잠시 시간을 가져보는 것이다.

어느 날 식탁에서 밥을 먹던 정원이가 방으로 가더니, 내 옷과 자신의 옷을 가지고 나왔다.

"엄마, 입어, 나가자."

잠시 당황했지만, 이내 우리가 한 약속이 생각이 났다.

밥 먹다가 어디 가냐며, 부모님 두 분 다 말리셨지만, 바로 그때여야 했다. 시간이 필요하다고 판단이 되는 그 순간. 겉옷을 입고 나간 우리는 한동안 말이 없이 아파트 단지를 돌았다. 세 바퀴는 넘게 돈 것 같았다.

"엄마, 나한테 사과해. 엄마가 아까 나한테 그렇게 이야기해서 나 속상했어."

"엄마가 미안해. 정원이가 그렇게 속상할 줄 몰랐어."

"괜찮아, 엄마. 나도 아까 짜증내서 미안해."

이렇게 하고 나면, 마음속에 있었던 부정의 감정을 모두 날리고 집으로 들어갈 수 있다. 손을 잡고 다시 아파트 단지 한 바퀴를 돌았다.

"엄마, 이제 들어갈까?"

"그래, 그러자, 춥다."

이렇게 집으로 들어가면, 친정엄마는 둘이 씩씩거리며 나갔다가 시시덕거리고 들어오는 우리가 이해가 안 된다는 표정으로 바라보신다. 잠시 나가 천천히 걸으면 아무것도 하지 않을 수 있는 시간을 벌 수 있다. 소통하기 위해 우리는 서로 이야기를 나눈다. 듣고, 말하고, 주거니 받거니 대화를 한다. 그러다가 서로의 주장을 한다, 듣지 않고, 나의 이야기만 한다. 목소리가 높아지고, 화를 낸다.

"한 마디만 더해봐!"

이 한마디가 더 큰 화를 부른다. 목구멍까지 차고 올라오는 그 말을 멈추어야 할 때가 있다. 다행히 그 말을 하지 않았지만, 자리에서 의자를 박차고 일어나 방으로 들어가 방문을 세게 닫는다, 집 안에 흐르는 정적, 나머지 가족들의 불안해하며 눈치를 살핀다. 아무것도 하지 말아야 할 때 밖으로 나가 잠시 천천히 걸어보면 좋겠다. 걷다 보면 내가 원하는 답을 듣기도 하고, 하고 싶은 말을 쉽게 꺼내기도 한다.

행복에 관한 연구를 하는 서울대학교 심리학과 최인철 교수의 연구에 의하면 걷기, 말하기, 먹기, 놀기는 높은 행복감을 주는 단일 행동들이다. 이 모든 것의 종합선물세트는 '여행'이다.

여행을 하면 '걷기'를 많이 하게 된다. 아침 산책을 좋아한다. 낯선 곳에서의 아침 산책을 더 좋아한다. 아침 산책을 여유롭게 할 수 있다는 것은 바쁜 일과를 살지 않아도 된다는 이야기이다. 대게는 한 시간 내외로 걷게 되지만, 출근 준비를 하고, 등교를 돕고, 황급히 집을 빠져나가야 할 때는 단 십 분의 시간이라도 마음을 낼 수 없는 게 현실이다.

'아침 산책하실 분 여섯 시에 로비로 내려오세요.'

함께 여행하고 있는 이들에게 남기는 굿모닝 메시지이다. 꼭 내 룸메이트가 아니어도, 일찍 잠이 깬 사람들과 새로운 동네를 돌아보는 것을 즐긴다. 특히 밤늦게 목적지에 도착해 깜깜한 도로에서 바로 숙소로 들어간 경우에는 낯선 곳에서의 아침이 더더욱 기대된다. 지도를 켜지 않는다. 방향만 정하고 간다. 마을의 개선문을 지나고, 멋진 교회 건축물을 맞이하게 된다. 막 구워내는 빵 냄새를 따라 골목 안쪽으로 들어가기도 한다,

크로아티아 벨라 루카 어촌 마을에 머물렀을 때였다. 아침 산책을 나갔다가 아침에만 잠시 열리는 시장 구경을 하게 되었다. 여행 중에 만나게 되는 뜻밖의 행운이다. 막 잡아 올린 생선, 직접 수확한 과일, 채소들을 가지고 나와 잠시 동안 모두 팔면 이내 정리를 하고 상인들은 떠난다. 낮 시간에는 그 시장이 열렸던 자리는 텅 비어 있기 때문에, 아침에 그곳을 보지 못한 사람들에게는 아무 의미도 없는 공간으로 지나치게 된다.

매일 같은 길을 걸을 필요도 없다. 문을 열고 나가며 왼쪽으로 갈 것인지, 오른쪽으로 갈 것인지를 정한다. 골목을 걸으며 수많은 갈림길을 만난다. 함께 가는 사람들의 의견을 묻기도 하고, 이정표를 보고 가기도 한다. 또는 내 마음속의 막연한 끌림으로 방향을 정하기도 한다, 한 곳에 며칠간 머무는 여행을 추천한다. 매일매일 다른 길을 천천히 걸어야 비로소 보이는 것이 있다. 아침 산책은 일상을 살아가는 현지인들을 관찰해 보기에도 좋은 시간이다.

코로나로 세상이 멈추었던 그날부터 내가 살고 있는 마을을 여행하기 시작했다. 마을 여행은 한 달간 계속되었는데, 매일 다른 길을 걸으며 인스타그램 라이브 영상으로 남겼다. 자동차로만 다녔던 길에서는 보이지 않았던 곳들을 여행하는 재미가 좋았다. 한 달의 시간이 지나고 다시 같은 곳을 여행해도 또 다른 새로움이 있었다. 봄을 넘어 어느새 여름으로 가고 있는 자연의 배경이 달라지고 있었기 때문이다.

완유당의 테라스에는 러닝머신이 한 대 있다. 비 오는 날 패널 지붕을 때리는 소리를 들으면서 러닝머신 위에 서서 걷는 것을 즐긴다. 천천히 걷다가 빨리 걷다가, 경사를 높였다 내렸다 조절해 가면서 걷는다. 제자리에서 걷고 있으니 주변을 돌아볼 여유가 생긴다. 배경화면이 바뀌지 아니니 내면을 돌아볼 수 있는 기회가 생긴다.

혼자 걸으며 나만의 시간을 가져보자. 오롯이 나의 시선으로만 세상을 바라보고 즐겨보자. 매일 지나던 그 길도 오늘만은 다르게 느껴질 것이다.

3-9. 숲길을 아이와 걷는다 _ 김성미

"오늘은 숲속 산책 가면서 수다 엄청 떨어야지!"

다미가 차에 타며 이야기한다.

"다미야, 요즘은 숲속 산책 재미있어?"

"당연한 거 아냐? 나 숲속 산책 가고 쉬는 시간에 노는 재미에 학교 가는데?"

문득 5년 전 아이가 처음 학교에서 뒷산 산책을 다녀온 다음 날 폭탄선언을 했던 일이 생각난다.

"엄마 나 학교 가기 싫어."

순간 머릿속에 이 학교에 보내기 위해 동네 초등학교와 동사무소에서 아동 학대범 취급을 받으며 각종 서류를 내고 또 내고 했던 기억과 몇 개월 동안 예비 학부모 교실을 다니며 미리 교육을 받던 힘들었던 기억들이 파노라마처럼 지나갔다.

입학하느라 얼마나 공을 들였는데 3일 만에 학교에 가기 싫다니, 끓어오르는 분노를 꾹 누르며 최대한 친절하게, 하지만 진지하게 물었다.

"왜?"

"나 정말 정말 숲속 산책 가는 거 싫어!"

으응? 겨우 그거였니?

겨우 산책하러 가기 싫어서 학교 가기가 싫은 거니?

다미네 학교는 주 1~2회 전교생이 학교 뒷산으로 아침 산책을 간다.

비가 오면 우산을 쓰고 더우면 부채를 들고, 눈이 오면 장갑을 끼고 산책을 간다.

산책이라곤 가끔 아이스크림 사 먹으러 동네 슈퍼 정도 나가는 게 전부인 다미에게는 한 시간 가량 숲속을 다녀오는 일정이 다소 부담스러웠나 보다.

아이가 폭탄선언하던 날, 힘들면 오늘은 교실에서 쉬게 해달라고 선생님께 부탁하겠다며 설득하여 아이를 학교에 내려다 주고 돌아오는데 문득 다른 아이들은 산책 시간을 어떻게 보낼까 궁금했다.

학교 앞에 차를 세워두고 차 안에서 잠복을 하였다.

숲속으로 산책하러 가는 아이들이 각반 선생님과 함께 계단을 내려온다.

약간 표정이 무거운 아이들도 있었으나 대부분의 아이들은 펄쩍펄쩍 뛰며 신나게 내려온다.

드디어 다미네 반이 나오고 아이의 표정을 보니 눈은 찡그리고 있는데 계속 옆 친구와 수다를 떠는 모습이 억지로 끌려 나온 모습은 아니다. 과연 잘 다녀올까? 걱정을 안고 집으로 돌아왔다.

다미는 그날 저녁 숲속에서 많은 돌멩이와 풀들을 주머니에 가득 넣어 와 자신의 보물 상자에 고이 넣어두고는 다음번 숲속 산책 때는 더 많이 가져오겠다고 다짐하는 모습을 보였다.

아침과는 완전히 상반된 모습을 보이는 이유가 궁금했다. 아이는 쉽게 대답을 하지 못했다. "그냥."이라는 대답만 반복하는 아이에게 더 묻는 것은 그만하고 내가 직접 느껴봐야겠다는 생각을 했다.

며칠 뒤 주말, 남편과 다미와 동생 다호까지 네 식구가 아이들이 아침마다 가는 산책길을 그대로 가보기로 했다. 아이는 신이 나서 펄쩍펄쩍 뛰며 길을 이끈다.

"여기야 여기~"

의외로 평평하기만 한 길이 아니다.

울퉁불퉁한 돌들이 걸을 때마다 꽤 거슬리는 길을 지나, 윙윙 벌들을 키우는 양봉장에 이르니 아이가 말한다.

"엄마 여기서는 뛰면 안 돼. 뛰면 벌이 따라와. 그냥 천천히 지나가면 벌도 안 따라오거든. 그 규칙만 지키면 아무도 다치지 않고 지나갈 수 있어."

의외로 잘 배웠다. 기특하다는 생각을 하다 보니 어느새 살짝 숨이 가빠진다. 그때,

"엄마, 우리가 여기에 오면 꼭 하는 게 있거든."

그곳에는 작은 시냇물이 졸졸 흐르고 있었다.

망설일 것도 없이 물에 발을 살짝 담그는 우리 딸, 그리고 다 이뤘다는 듯 얼굴에 퍼지는 밝은 미소

"그리고 엄마 저기에 우리 비밀의 집이 있어. 비밀이니까 어딘지는 비밀이야. 엄마가 찾아봐"

하며 수풀이 우거진 쪽을 향해 손가락을 뻗는다.

울퉁불퉁한 자갈길을 걸으며 불편하지만 참는 것을 배우고, 양봉장을 지나오며 벌과 함께 살아가는 방법을 배우고, 힘든 길 끝에는 시원한 계곡물의 선물이 기다리는 곳.

짧은 자유 시간 동안 친구들과 언니, 동생들과 자신들만의 아지트를 만들어 소통을 나누는 아이들.

돌아오는 길에 자기 몸보다 큰 무언가를 옮기고 있는 개미들을 만나 한참을 들여다보는 아이의 빛나는 눈을 보니 이곳이 바로 지상낙원이고 이곳이 바로 교실이구나 싶었다.

"다미야 지난번에 숲속 산책 때문에 학교 오기 싫다고 했잖아. 왜 그랬어?"

"응? 내가 그랬단 말이야?"

"그럼~ 너 처음 입학했을 때 숲속 산책 싫어서 학교까지 오기 싫다고 했어."

"음……. 그러고 보니까 그랬네. 그땐 몰랐지 숲속이 이렇게 즐거운 곳인지~"

살짝 엄마 눈치를 보며 돌멩이를 주머니에 넣던 다미가 내 손을 잡아끈다.

"자 선물."

자기가 소중히 모으던 돌멩이 중 가장 예쁘고 동글동글한 돌멩이를 내게 건네주며 씽긋 웃는 우리 딸.

숲속에 오니 이렇게 여유로운 마음까지 생긴다.

입학할 때는 가장 싫은 시간이었던 숲속 산책 시간이 지금은 최고로 좋아하는 시간이 된 이유를 아이와 함께 숲속을 거닐며 알게 되었다.

자연을 사랑하고, 작은 것을 소중히 여길 줄 아는 아이로 키워주는 숲길.

5년 전 기억에서 돌아와 다시 아이와 손을 잡고 같은 길을 걸어본다.

전과 달리 조용히 걷는다. 다미는 어느새 이마에 여드름이 올라오고 있는 사춘기 소녀가 되었고 꽤 많이 변했다. 여전히 아이는 매주 친구들과 함께 숲길을 걷는다. 이 길은 같은 모습으로 우리를 반기고 있다.

내 딸이 나와 같은 나이가 되었을 때도 이 길은 여전할까? 그때는 친구들과 즐겁게 수다를 떨며 걸을 수 있을까? 아니, 친구 대신 지금 우리 모습처럼 자기를 꼭 닮은 아이의 손을 잡고 걸으면 좋겠다.

아무 말 않고 걷고 있지만 우리는 안다. 엄마와 딸이 서로를 얼마나 사랑하는지.

숲의 맑은 공기를 온몸으로 느끼며 생각한다. 숲과 우리는 엄마와 딸 사이 같다고.

3-10. 천천히 보면 많이 볼 수 있다_ 홍지연

어플로 일상을 행복하고 의미 있는 이미지나 영상으로 바꾸고 싶었다. 그렇게 라방에서 내준 숙제를 하면서 인스타에 의미를 넣기 시작했다. 숙제 기록용 인스타에서 나만의 시선에서 다르게 표현한 것들을 보여주는 곳으로 바꿔가면서 나도 차츰차츰 성장할 수 있었다. 당장 돈이 되는 일은 아니였지만 적성에 맞는 일 같단 생각이 들었다. 어떻게 헤쳐 나가야 할지 막막해서 시작했던 온라인 공부였는데 운명처럼 내가 잘할 수 있는 것들과 연결이 되었다.

라이브방송에서 숙제를 내주면 오로지 그것만 붙잡고 있었다. 그렇게 일상을 사진과 영상으로 남겼고 어플로 다시 보며 편집해 내 맘대로 해석했다. 현실을 편집하고 나면 좋았다. 당장 결과를 낼 수 있는 거라고는 그것밖에 없어보였다. 핸드폰 어플로 이미지와 영상편집을 하는 게 유일하게 잘 할 수 있는 일이 됐고, 잘하고 싶어 한 일이 됐다. 그림과 영상으로 표현하는 건 배운 대로 금방 적용한듯하다. 하지만 더 깊이 생각을 하게 하는 글이 항상 기다리고 있었다. 그리고 그걸 표현해야하는 말. 글과 말이 어렵게만 느껴졌지만 SNS를 계속하기 위해서는 해야 하는 느낌이 들었다. 그림과 영상편집을 배우고 적용한 속도에 비해 글과 말은 더디기만 하다. 하지만 이렇게 천천히 가는 것 같아도 기다려주고 응원해주는 분들이 있어 든든하다. 이젠 천천히 가도 두렵지 않다.

mkyu에서 혼자가 아닌 함께의 힘을 느끼며 공부를 하고 있다. 혼자였다면 지나쳤을 과목도 커뮤니티가 있으니 조금씩 듣게 되고 뒤처지지 않는 느낌이다. 처음 SNS공부를 시작했을 땐 빨리 물건을 찾아서 팔아야만 돈을 벌수 있다고 생각했다. 반년동안 내 머릿속은 어떤 제품이 좋을까로 가득 차 있었다. 누군가에게 배운걸 알려주기에 나란 사람은 세상의 기준에 부합하지 못하는 것 같단 생각을 갖고 있었다. 열등감인줄도 몰랐고 직면할 생각도 하지 않았다. 그냥 웅크리고만 있었다.

대학을 자퇴하고 들어간 인력개발원이라는 곳에서 여러 자격증을 취득했고 관련된 회사에서 매뉴얼 수정과 간단한 도면작업을 했었다. 그마저도 경력이 길지 않았다. 2년 정도 일을 하고 결혼을 하면서 손을 놨다. 아이가 어린이집에 들어가면서부터 본격적으로 배우고 일하기 시작했다. 약국알바, 호떡장사, 동창회 사무실, 오피스텔 경리일을 했다. 그러다 동생이 운영하는 매장에서 탕수육을 튀겼다. 학벌도 경력도 별로 없는 내가 할 수 있는 선택의 폭은 작게만 느껴졌다. 그런 작은 생각들을 모아 놓고 잔뜩 움츠려 있었다. 좋아하는 가족에게 인정을 못 받는 것 같다는 생각은 상처가 되었다. 나를 생각해서 해준다는 조언을 들으면 그게 맞는 건지 의문과 함께 초라하게 느껴지는 감정을 동시에 가지기도 했다. 공부를 하면서는 그런 생각들을 조금씩 내려놔야겠다는 생각이 들었다.

사람에 대한 관심도 없었고 이름도 잘 못 외웠다. 어릴 땐 호기심도 많았고 왜라는 말도 입에 달고 살았는데... 반 친구들 이름과 번호를 외우는 것도 좋아했었다. 하지만 돌아오는 건 그들은 나처럼 관심이 없다는 거였다. 흐지부지 넘어 가는 게 쌓이고 쌓여서인지 무뎌졌다. 궁금한 게 없는 게 차라리 속편하겠다는 생각으로 진화했다. 관심도 무관심으로 변하니 그 또한 나를 지키는 방법 같다는 생각에 이르렀다. 하지만 인스타를 하면서 소통을 하기 위해서는 먼저 다가가 문을 두드린 다음 댓글로 인사하고 관심을 표현하라고 배웠다. 로봇처럼 정해진 글이 아닌 상대방의 글을 진심으로 읽고 관련된 댓글을 써야 하는 것이니 속도는 더뎠다.

대신 기억에는 더 남게 되긴 했다. 인스타로 연결된 많은 분들이 새벽기상을 하시기에 나도 해야겠단 생각이 들었다. 하지만 마음만큼 몸은 따라주지 않았다. 혼자 하기 어려워 여기저기 새벽 기상하는 곳을 기웃 거렸다. 그러면서 나란 사람은 가두리가 있어야 할 수 있단 걸 느꼈다. 처음엔 6시에 일어나 줌을 켜고 책을 볼 수 있는 곳을 신청하고 찾아가서 겨우 일어나 책을 봤다. 만들어 놓은 틀에 들어가니 혼자 일어나려고 했던 것 보단 수월했다. 일찍 일어나 책보고 일기 쓰기를 하다가도 주춤해지는 듯하면 인스타에 새벽라이브를 켜시는 분들이 있는 곳으로 갔다. 틀 안에 들어 가 는 건 좋기도 했고 답답하기도 했다. 어떨 땐 내가 기특하다가도 어떨 땐 마음에 들지 않는 내 안에 나와 싸웠다. 그렇게 나를 데리고 산다. 내가 나에게 천천히 가도 괜찮다고 응원한다.

처음 인스타를 시작하고 한걸음 내디뎠을 땐 혼자 고군분투했었다. 눈앞에 있던 이모지 버튼을 못 보고 부러워만 했었다. 딱 한 번 안 눌러본 버튼을 눌렀다면... 한번 더 작은 용기를 냈다면... 부러워만 하기보단 뿌듯했을 거다. 해보지도 않고 부러워만 했기에 나아지는 게 없었다. 도움을 요청하는 것을 부 끄러 워 하지 말자. 쑥스러웠지만 용기 내 물어본 덕분에 지금은 이모지를 실컷 사용하는 사람이 됐다. 천천히 물어봐가며 인스타를 했고, 그 덕분에 나와 같은 사람들도 많이 만나게 됐다. 그분들과 함께 성장하고 있다고 생각한다. 비슷한 시기에 온라인 공부를 시작한 그분들과 함께 오늘은 또 뭘 올리나 생각하며 내 일상을 즐길 수 있게 됐다. 코로나로 변한 세상 속에서 만나기 어려웠을 소중한 사람들을 많이 알게 됐다. 인스타로 메시지를 보내는것도 나에겐 용기였다. 용기를 내지 않았더라면 그분들과 인연이 이어지지 않았을 거다. 작은 용기가 나를 위한 울타리가 되어 주었고 덕분에 무뎌졌던 내 호기심은 다른 방향으로 진화하고 있다.

공부를 하고 인스타를 하면서 도움 주려고 하시는 분들 도 많고 내가 도움 줄 수 있는 분들도 있다는 걸 알게 됐다. 하지만 인스타에서 라이브를 켜기까진 많이 주춤했다. 용기를 내기 위해서는 내가 왜 용기 내는 걸 주저하는지 바라보게 됐다. 인스타를 하고 글쓰기 수업시간에 댓글로 생각도 표현하면서 키보드를 두드리는 훈련을 한 덕분인지 예전처럼 어렵게만 느껴지진 않는다. 가끔은 에라 모르겠다며 생각과 느낌을 인스타나 블로그에 던지기도 한다. 어차피 나를 좋아하는 사람, 싫어하는 사람, 관심 없는 사람으로 나뉘어져있다. 온라인이나 오프라인이나 마찬가지. 사람에 대한 관심을 두지 않았던 건 어쩌면 상처받지 않기 위한 방어 행동이었다. 나도 그들처럼 관심 없는 척 신경 안 쓰는 게 쿨 한 모습이라며 나를 보호했다. 인스타 라이브를 쫓아다니기만 했던 내가 이젠 라이브버튼을 일단 누른다. 내가 먼저 손잡아 줄 수 있는 사람들도 있다는 걸 이제야 알았다. 할 수 있게 된 것이나 먼저 알게 된 걸 라이브로 알려드리는 일이다. 예전보단 나와 사이가 좋아졌고 나에 대해 알게 됐다. mkyu에서 공부를 하기 전 엔 내가 갖고 있지 못한 것만 보였다. 내가 가진 걸 모르고 있었고 표현 할 줄도 나눌 줄도 모르고 살았다. 보이 는 게 다가 아니 라는 걸 내가 바뀌면 내 주변도 바꿀 수 있다는 걸. 천천히 공부하고 나를 바라보고 나서야 한걸음 더 나아 갈수 있게 됐다. 오프라인과 다르게 온라인세상은 더 다양하고 풍부하게 할 수 있는 일들이 많다. 예전엔 몰랐던 세상을 접하고 기회도 많이 있다 는걸 알게 됐다. NFT 메타버스 라는 웹3.0 세상을 먼저 공부하고 주저하는 사람들에게 알려주고 싶다. 여기도 오프라인과 다름이 없다고 한발 같이 내딛어 보자고 말하고 싶다.

Slow Loving……

인생, 조금 천천히 살기로 했다

제4장

슬로우 러빙

제 | 4 | 장
슬로우 러빙
Slow Loving

4-1. 사랑은 상대를 자유롭게 하는 것이다_김종태

사랑이 무엇일까? 사람마다 주장하는 의미가 다 다를 것이다. 주변에서 일어나는 사건을 보면, 어떤 사람들은 '사랑' 에 대해 많은 오해를 하고 있는 것 같다. 예컨대 '스토킹' 이다. 이런 말로 프레임을 씌운다면 당연히 그런 건 사랑이 아닐 것이다. 그런데 본인의 생각은 어떨까. 뉴스에 종종 보도되지만 스토킹 당사자는 그 행위를 사랑이라 착각하는 것 같다. '애착' 도 그 한 예이다. 연인 사이에서 사랑이 왜곡되면 상대에 대해 지나친 집착으로 나타난다. 그것이 사랑일까. 아니다. 자신에게 묶어두려는 왜곡된 사랑이다.

어제 우연히 MBN의 '속풀이 쇼 동치미' 프로그램을 보게 되었다. 이야기의 주제는 '우리 다시 좋아질 수 있을까?' 인데, 내용은 부부 사이의 바람피우는 문제이다. 남편은 아내에 대해, 아내는 남편의 외도에 대해 어느 정도 알아야 하는가이다. 1번 다 알아야 한다. 2번 어느 정도의 비밀은 남겨 놓아야 한다. 거의 반반으로 갈렸다. 나는 2번을 선택했다. 물론 부부 사이에 외도나 바람피우는 것, 그 자체를 찬성하는 것은 아니다. 그러나 그런 문제만이 아니라 서로의 사생활 전반에 대해 시시콜콜 다 알아야 한다는 것이 아니라는 뜻에서 그렇다. 부부가 아무리 한 몸이라 하더라도 한 개인으로서 누려야 할 자유로운 공간이나 사생활이 보장되어야 한다는 생각 때문이다. 나는 이런 자유가 모든 연인관계에서도 적용되어야 한다는 입장이다.

스토킹이나 애착, 집착이나 빨리빨리는 연인관계만이 아니라 거의 모든 인간관계에서 사람의 마음을 조급하게 만든다. 조급증은 본인만이 아니라 인간관계를 더욱 어렵게 만들고 상대를 부담스럽게 한다.

대학과 대학원 시절에 가깝게 지내던 한 친구가 있었다. 그즈음

모 교회의 사역자로 그와 같이 일했었다. 우리는 같은 동네는 아니었으나 비교적 가까운 거리에 살았다. 우리는 같은 버스를 타고 왕복 4시간 이상을 왕래하면서 다양한 이야기를 나누었고, 같은 영어학원도 다니면서 우정이 쌓인 것 같다. 그런데 어느 때부터인지 그가 나와는 멀어지고 다른 친구와 가까이 지내는 것이 아닌가. 처음으로 이상한 감정이 내 안에 생기는 것을 경험했다. 그것이 질투이거나 애착일 수도 있을 것이다. 그때부터는 그 친구만이 아니라 그가 사귀는 다른 친구에 대한 감정까지도 좋지 않았다. 결국 그가 사귀는 다른 친구에 대해 어느 날 감정이 폭발하고 말았다. 약간의 오해로. 그 두 사람은 '친구'를 빼앗긴 자의 우울감이나 상실감이라는 감정을 인지할 수 있었을까.

우리 주변에 이와 같은 잘못된 애착이나 과도한 집착들로 인해 많은 문제들이 발생하고 있다. 엽기적이고 병적인 관계는 말할 것도 없지만 정상에서 약간 벗어난 애착이나 스토커로 인한 사건들이 끊임없이 일어나고 있다. 이런 현상은 부부나 연인 사이에서도 다반사로 생길 수 있다. 이런 것은 상대를 자신에게 묶어두려는 것이다. 그것이 사랑일까. 아니다. 그렇다면 어떤 것이 상대를 덜 조급하게 하고, 슬로우 러빙하게 할 수 있을지에 대해 다음 몇 가지로 정리해 본다.

첫째는 자신의 상태를 분별하는 일이다. 전문가들은 애착과 집착을 구분한다. 정신건강의학과 오강섭 성균관대 의대 교수는 '애착은 밝고 긍정적인 에너지가 강한 반면, 집착은 부정적이고 어두운 느낌이 강하다'고 했다. 그러면서 이 둘은 쉽게 분리되지 않는다고 했다. 어느 것이든 인간관계에 안 좋은 영향을 끼칠 것이다. 내 생각은 이렇다. 애착은 분리불안에서 생기는 자연스러운 현상인 것 같고, 집착은 뭔가에 능동적으로 혹은 의도적으로 집중하는 것이라 할 수 있을 것이다. 전자는 어릴 때부터의 성장과정에서 자신도 모르게 자기 안에 형성된 것일 수도 있다. 그러나 후자는 성인이 되어서 자신의 생각이나 의지에 따라 만들어진 것이다. 따라서 나의 애착이나 집착이 어디에서 어떻게 형성된 것인지 분별하고 조절할 필요가 있을 것이다.

둘째는 사랑이란 완성된 것이 아니라 완성을 향해 나아가는 진행형이라는 것을 기억해야 슬로우 러빙이 될 것이다. 사랑을 다른 말로 하면 상대를 알아가는 과정이라 할 수 있다. 연인이나 부부 사이든 반드시 필요한 것은 '사랑'이다. 그런데 그 사랑이 어떻게 시작되고 어떻게 진행될까. 첫눈에 반해 사랑에 빠졌다고들 하지만 그것이 진정 사랑일까. 사랑의 시작에 불과하다. 진정으로 사랑한다면 상대에게 관심을 표하는 것과 더불어 상대를 알아가는 것에서부터 익어갈 수 있다. 상대는 무엇을 좋아하고 무엇을 싫어하는지, 어떤 환경에서 자랐고 어떻게 성장했는지, 그의 생각이나 가치관은 무엇인지, 그가 하고 싶은 일은 무엇이고 어떤 비전이 있는지, 어떤 음식을 좋아하고 무엇을 취미로 하는지 등등 알아야 할 것이 많을 것이다.

상대를 알아가는 것이 그에 대한 정보를 가진다는 뜻이 아니다. 정보는 상대와의 아무런 인격적인 교류나 대화 없이 그에 대해 종이에 적힌 내용을 습득한 것이다. 그런 정보는 누구한테 들어서 혹은 그와 관련된 어떤 자료를 통해서도 취할 수 있다. 그러나 내가 말하는 것은 그를 직접 만나 인격적으로 대화하고 이야기하는 과정에서 자연스럽게 알아가는 것을 말한다. 그렇게 상대를 알면 이해하게 되고, 이해하게 되면 상대를 받아들이게 된다. 사랑은 이렇게 인격적 교류를 통해 천천히 서서히 완성되어 간다. 나는 이 모든 것을 통합적으로 '사랑'이라 표현하고 싶다.

나는 중매결혼을 했다. 소개받고 1년 반 정도 교제하다 결혼했다. 멀리 떨어져 살아서 서로에 대해 많이 알지 못하고 결혼했다. 서로를 너무 몰라서 생긴 오해들로 신혼 초기에는 많은 갈등과 어려움이 있었다. 일흔에 이른 지금이야 다투는 일이 거의 없지만 지금도 우리는 서로를 알아가는 과정에 있다. 우리는 서로가 서로를 그렇게 좋아해서 결혼한 것은 아니었다. 중매자의 소개에 따라 그 정도면 괜찮다는 정보 차원의 판단을 하고 진행한 것 같다. 그러나 상대를 좋아하면 알아보고 싶고, 알게 되면 이해하게 되고, 이해하게 되면 그를 내 마음에 온전히 받아들이게 된다. 나는 이 전체를 사랑이라 말하고 싶다.

마지막으로는 제3의 관점을 놓치지 않는 일이다. 22년 5월 8일 KBS 12시 정오 뉴스에서 러시아의 푸틴 대통령의 연설이 소개됐다. 우크라이나와의 전쟁을 정당화하고 독려하는 일인 듯 운동장에는 수많은 시민들이 운집해있었다. 푸틴은 '사람이 친구를 위하여 자기 목숨을 버리면 이보다 더 큰 사랑이 없나니'(요15:13)를 인용해 연설하고 있는 게 아닌가? 이런 연설과 인용한 글이 얼마나 설득력이 있을까. 얼마나 많은 러시아 국민들이 그의 연설에 공감할 수 있을까. 러시아 시민들 중에서도 전쟁을 반대하여 생방송 중에 반전시위를 하지 않았던가. 진정한 사랑에는 보편성을 담고 있어야 하는데 푸틴이 언급하는 사랑에는 보편성이 없다. 자기 나라만, 자기 국민들만 생각하는 것이다. 바이블을 곡해하고 왜곡—적용하는 것이다. 보편성, 그 자체가 제3의 관점이다. 서로가 좋으면 그것으로 충족되는 사랑도 간혹 있을 수 있으나 참사랑은 나와 너 안에 갇히는 것이 아니다. 참사랑은 나와 너를 넘어선다. 그것은 넘어선다. 그것은 제3의 관점, 즉 보편성을 지향하는 것이고, 그것은 슬로우 러빙과 잘 어울리는 일이다.

4-2. 좋은 관계는 적당한 거리를 유지하는 것 _ 김태영

"강사님! 저는 미국 버지니아에서 살고 있어요. 글로벌복음 방송국 아나운서로 활동하고 있는데 저희 컨퍼런스에서 특강 하실 수 있나요? 허락하시면 한인신문에도 보도해 드릴게요."

오픈 강의를 마치고 들려온 말이다. 그녀가 던진 말은 많은 사람의 이목을 집중시키기에 충분했다. 나에게도 저런 기회가 주어졌으면. 인연이라면 또 만나겠지? 라는 생각을 하며 나가기 버튼을 눌렀다. 정말 인연이었을까? 들어가는 강의마다 그녀가 있었다. 하지만 따로 친분을 쌓을 기회는 좀처럼 주어지지 않았다.

"하루 30분씩 영어 회화 수업을 들을 사람을 모집합니다. 비용은 12만원이며 1년 동안 빠짐없이 참여하는 사람에겐 장학금도 드려요."라는 내용이 단체 톡방에 올라왔다. 30분간 매일 영어를? 그것도 1년에 12만원이라고? 와우! 이거 괜찮은데? 자세히 알기 위해 그녀의 블로그를 방문했다. 마음이 이끌려서 인 걸까? 신뢰가 갔고 기회라는 생각이 들었다. 1초의 망설임도 없이 신청 버튼을 눌렀다. 평소의 나라면 망설이다 포기했을 텐데 이번만은 마음이 시키는 대로 하기로 했다. 딸과 함께 뉴욕을 가고 싶다는 간절함이 있었기 때문이다. 나는 영린이(영어초보)다. 영어로는 어떤 말도 할 수 없어서 남편 없이는 해외여행은 꿈도 꾸지 않았다. 간단한 회화도 알아듣지 못할 정도다. 번역기가 있어서 가능하다고는 하지만 자유롭지 못하기 때문에 생각하지 않았다. 그런 내가 용기를 낸 것이다. 미국 드라마부터 아이들이 보는 프로그램까지 영어공부를 할 수 있는 방법은 많다. 학원을 다니거나 일대일 수업을 들으면 실력이 빠르게 향상된다고도 했다. 그러나 비용이 비싸다는 이유로 망설이다 말았다. 그러나 이건 매일 줌에서 소수 인원으로 진행하는 것이기에 해볼 만하다고 생각했고, 기회라고 생각했다. 저렴한 비용도 마음에 들었지만, 결석하지 않고 꾸준히 하는 사람에겐 장학금을 준다는 것도 마음에 들었다. 이런 내용의 프로그램은 다시는 없을 것 같았다. 또한, 영어 신생아를 벗어날 수 있겠다는 생각에 설레기도 했다. 등록 후 딸과 함께 뉴욕에 관한 여러 이야기를 나누었다. 딸은 여행하는 꿈을 꾸었다고도 했다. 입금계좌와 시작 일을 알기 위해서 블로그를 방문했다. 내용이 사라졌다. 카톡을 다시 확인해봤다. 역시 삭제된 메시지라고 떴다. '이상하네? 분명 영어 스터디 모집 광고가 있었는데. 나 혼자 김칫국 마신건가? 하긴, 금액이 너무 저렴하긴 했어.' 아쉽지만 다음을 기약하기로 했다.

며칠 후 그녀에게서 연락이 왔다. "선교사 자녀들로 이미 마감이되어더이상받을수없게되었습니다. 죄송합니다. 이번일은제가인원확인을하지않아서생긴일이니다른도움을드릴까합니다. 성경으로하는영어회화모임이있어요. 성경구절을암송하면제가피드백해주는모임이있는데관심있으신가요?"

"저는 교회를 다니지 않아 어려울 것 같습니다."

"그렇군요. 그럼 혹시 영어회화는 왜 신청했는지 물어봐도 될까요? 제가 다른 방법으로 도움을 드릴 수 있을지 생각해보려고 해요. 다시 한 번 죄송하게 생각합니다." 정중했고, 진심이었음이 느껴졌다. 비록 영어 회화 수업은 이루어지지 않았지만 사람까지 놓친 건 아니라 다행이라고 생각하였다. 이후 그녀와 자주 대화를 나누다 보니 관심사가 비슷하다는 것을 알게 되었고, 여러 교육을 함께 들으며 가까워졌다. 선교사 모임, 글로벌 방송의 유튜브 등 내 이야기를 계속해서 소개했고, 저자특강 및 그림책 관련하여 여러 수업을 제안해왔다. 기꺼이 참여하였다. 내가 가진 재능을 알아봐 주는 것에 감사하여 그녀가 부탁하고 함께 하자고 하는 것들에 흔쾌히 수락했다.

"오픈채팅방 같이 운영하실래요? 작가님을 알게 된 지 얼마 안 되었지만 책과 강연영상을 보며 작가님과 같이 해보고 싶다는 생각이 들었어요! 작가님이 원하시면 글로벌 방송에도 작가님 소개 해드릴게요." 감사했지만 선뜻 대답을 못했다. 학년이 다른 아이들 일대일 독서 수업도 버거운 상황에서 매일 2시간씩 강의를 듣고, 후기를 작성하고, 과제까지 하느라 체력이 바닥났기 때문이다.

"대표님 저는 아직 준비가 되지 않았어요. 그러니 계획하신 대로 추진하세요."

인생약방이 개설되었다. 강의를 서고 싶은 사람들에게 강의 기회를 주었고, 좋은 강사를 초빙하기도 했으며, 미국 버지니아 상황을 알려주며 자신이 가지고 있는 역량을 아낌없이 꺼내기 시작했다. 사람들은 그녀의 이력과, 추진력, 사업 등에 관심을 가지며 러브콜을 보내왔다. 그러는 사이 코로나에 확진되었다. 자동격리가 이루어졌는데 마음까지 격리된 것 같았다. 사람들과 만날 때는 잠시 즐겁다가 다시 일상으로 돌아오면 우울해졌다. 매일 올라오는 수백 개의 카톡이 숨을 죄어오는 것 같았고, 익숙하던 것들이 낯설 어지기 시작했다. 이대로 아무것도 할 수 없을 것 같다는 생각에 불안해지기도 했다. 그녀 역시 바빠지면서 더 적극적으로 참여하 는 사람을 지지해주고 있었다. 그 속에서 내 자리가 없어질 것 같 다는 생각에 씁쓸해졌다. "대표님 제가 한국에 들어갈 예정이에요. 그때 제일 먼저 만나요" 한국에 들어온다는 얘기를 먼저 해주고 나 를 먼저 만나겠다는 말이 고마웠다. 나 역시도 그녀가 머무는 동안 도움이 필요할 때를 대비해 스케줄 조정을 해 놓았다. 남편은 내가 그녀에 대한 생각으로 가득 차 있음이 걱정된다며 부담가지 않도 록 하라는 말을 하기도 했다. 그럼에도 어쩌랴. 그녀와 친해지고 싶은 것을.

학창 시절 마음을 얻기 위해 노심초사했던 기억이 떠올랐다. 입 학 후 처음 친하게 된 친구에게 매일 전화를 하고, 편지를 쓰고, 하 교 후 기다릴 정도로 그 친구를 좋아했다. 어느 순간부터 적극적으 로 다가가는 내가 부담이었는지 말을 걸어도 대충 대답을 하고, 전 화를 피하기도 했다. 눈치채지 못했다. 피곤해서 그럴 거라고 생각 하며 내 방식대로 관심을 표현했다. 생일날에는 직접 만든 꽃다발 을 선물로 준비하기도 했다. 그러나 점점 멀어질 뿐이었다. 속상했다. 정성을 기울일수록 더 멀어져 갔다. 3년여 동안 정성을 들여도 끝내 친해지지 못하고 졸업을 했다. 이 친구와의 관계를 생각해보면 진정성을 보인다고 해서 되는 것이 아님을 알게 되었다.

지난 시절을 생각하면서 그녀와 조금씩 거리를 두는 연습을 하고 있다. 싫어하는 행동을 조심하고, 도움을 요청할 때 달려가기로 했다. 과하면 모자람만 못하는 것처럼 욕심을 부린다고 억지로 되지는 않는다. 적당한 거리를 유지하며 특성을 파악하는 것, 그에 맞는 사랑을 주는 것. 너와 내가 같지 않음을 받아들이는 것. 그것이 좋은 관계의 시작이다. 한 발자국 물러서 보고. 돌봐야 할 때와 내버려 둬야 할 때를 아는 것. 그것이 사랑의 시작이다.

43. 나 자신을 알고 인정하니 인간관계가 달라졌습니다 _ 박소연

사람을 좋아합니다. 어린 시절 구슬치기, 고무줄놀이할 때도 동네 친구들은 서로 저와 같은 편이 되려 했습니다. 혹시나 친구들끼리 싸움이 벌어진 날이면 나서서 말리는 것도 나의 몫이었습니다.

주인집 아주머니와 초등학교 선생님들께 성격 좋다는 말을 듣고 자랐습니다. 그래서 내가 최고인 줄 알았습니다.

어느 날 상대에 대한 배려가 없는 나 자신을 발견하게 되었습니다.

중학교 시절 나의 성격은 남성적이었습니다. 우리 학교는 여자중학교였습니다. 친구들은 털털하다며 좋아해 주었습니다. 어떤 친구는 내가 남자였으면 좋겠다고까지 말한 적도 있었습니다. 중학교 2학년 새 학기가 되었습니다. 단짝이 생겼습니다. 처음 짝꿍이 된 도경이었습니다. 우리는 함께 하는 모든 것이 좋았습니다. 수업 시간에 선생님 몰래 샌드위치를 통으로 입에 넣었습니다. 웃음을 참지 못해 들켰지요. 함께 복도에서 손을 들고 벌을 받으면서도 즐거웠습니다. 쉬는 시간에도 늘 붙어 다녔죠. 학교를 마치면 서로의 집에서 함께 밥을 먹고 숙제를 했습니다. 어둑어둑해지면 아쉬운 맘으로 헤어지곤 했습니다. 학년이 바뀌어 우리는 각각 다른 반이 되었고, 새로운 친구들을 만나게 되었습니다. 새 학급에 적응할 때 도경이는 여전히 우리 반으로 달려와서 무엇이든 함께 하려고 했습니다. 반이 다르다 보니 시간이 점점 맞지 않게 되었습니다. 혹시나 새로운 반 친구들과 함께 있는 모습을 보면 도경이는 화를 내며 토라졌습니다. 그때마다 정말 힘들게 풀어주곤 했었습니다. 시간이 갈수록 그녀의 행동이 부담스러워졌습니다. 그때 나는 더 참지 못하고 연락을 끊어버렸습니다. 지금 생각해보면 조금 더 기다려줘도 좋았을 텐데 말입니다.

학창 시절 도경이의 행동이 남의 일이라 생각했습니다. 그 애와 나는 다른 줄 알았습니다. 그런데 상황이 바뀌니까 나도 누군가에게 집착하고 욕심부리고 있었습니다. 연애할 때의 일입니다. 연애는 하더라도 자신들의 생활에 충실해야 하는 것이 맞습니다. 그러나 나는 남자 친구의 모든 일상을 알아야만 했습니다. 처음에는 관심 가져준다고 좋아했습니다. 시간이 지나면서 문제가 생겼습니다. 전화를 조금만 늦게 받아도 꼬치꼬치 물어보고 대답을 성실하게 하지 않으면 서운했습니다. 쉬는 날이면 함께 하는 것이 당연하다고 생각했습니다. 하지만 그는 동성 친구들도 만나고 싶어 했습니다. 푹 쉬고 싶다는 날도 있었습니다. 나의 사랑은 상대방에 대한 배려가 전혀 없었습니다. 그것은 집착이자 욕심이었습니다. 그 사람이 힘들건 말건 나의 기분이 더 중요했습니다. 그렇게 연애를 하는 건지 전쟁을 하는 건지 모르게 시간이 흘렀습니다. 남자 친구가 점점 변하는 것이 느껴졌습니다. 우리는 처음과 달랐습니다. 그러던 어느 가을밤에 문자 한 통을 받았습니다.

"우리 그만 만나자"

밑도 끝도 없는 문자. 이 짧은 문자를 오랫동안 멍하니 보고 있었습니다. 잘못 본건 아닌지. 나에게 보낸 것이 맞는지. 나의 전화를 아예 받지도 않았습니다. 일단 그냥 기다려 보기로 했습니다. 불안했습니다. 문자를 확인했는데도 그를 놓아주지 못했습니다. 이 사람이 아니면 안 될 것만 같았습니다. 매일 전화하고 기다리고 내가 하는 행동은 상대방을 더 지치게 했습니다. 자존심도 상하고 내가 왜 이렇게 하면서까지 사람을 만나야 하는지 속상했습니다. 마음은 '야 너 따위 필요 없어!' 하고 차 버리고 싶었지만, 마음과 달리 행동은 그러지 못했습니다. 곧 더 좋아질 수 있다는 생각으로 기다렸습니다. 서운한 마음이 진정되지 않았습니다. 열이 올랐다 내렸다 하고 심장도 불규칙적으로 뛰었습니다.

기분전환할 겸 친구 미화를 만났습니다. 미화는 대학에서 만나 친하게 지내던 친구입니다. 나의 얘기를 털어놓아도 괜찮을 사람입니다. 미화는 넘겨짚어 생각하지 말라고 조언해줬습니다. 우리는 가벼운 마음으로 영화를 보기로 했습니다. 표를 끊고 입장하는 줄에 섰습니다. 앞에 다정한 연인이 보였습니다. 남자가 여자의 얼굴에 붙은 머리카락을 떼어주고 있었습니다. 오래된 연인 같았습니다. 남자와 눈이 마주쳤습니다. 나에게 문자만 남기고 연락되지 않던 그 사람, 바로 나의 남자 친구였습니다. 다리에 힘이 풀렸습니다. 머리가 하얘지면서 아무것도 생각이 나지 않았습니다. 심장은 마구 뛰었습니다. 영화관 입장은 시작되었고 줄을 선 사람들에 밀려 영화관 안으로 들어갔습니다. 분명히 코믹한 영화였는데 2시간 동안 울면서 보았습니다. 영화를 보며 웃는 사람들의 웃음소리가 마치 나를 비웃는 듯했습니다. 그 자리에서 할 수 있는 것이 아무것도 없었습니다. 사람이 살다 보면 만나고 헤어질 수 있는 일이다 싶지만, 그때는 용납이 되지 않았습니다. 더 용납되지 않은 것은 내 눈으로 확인하고도 끊어내지 못하는 나 자신이었습니다. 결국 끝내자는 문자를 남겼습니다. 곧 전화가 왔습니다. 받지 않았습니다. 나의 마음은 얼음보다 차가운 상태였습니다. 철저하게 혼자 있기로 했습니다. 누구도 만나고 싶지 않았습니다. 혼자 시간을 보내면서 사람들과의 관계 속에서 나의 행동들을 돌아봤습니다. 문제 있는 부분을 해결하고 싶었습니다.

큰 종이 하나를 꺼내놓고 냉정하게 적었습니다. 나는 왜 사람을 만나는지, 사람을 만날 때 무엇이 두려운지, 어떻게 할 때 서운하고 힘든지, 아주 기본적인 것부터 복잡한 것까지 적었습니다. 적다보니 내가 받은 상처보다 다른 사람에게 준 상처가 더 많았습니다. 적어보니 내 모습이 낯설게 느껴졌습니다. 감추고 싶은 부분까지 밤새 적었습니다. 자존감이 낮은 나를 발견하였습니다. 홀로서기도 되어있지 않았습니다. 이런 내가 누구를 배려하고 기다려준다는 건가. 그런 내 모습을 받아들이고 나서야 무엇을 해야 할지가 보였습니다. 다음날부터 《자존감 수업》이라는 책을 시작으로 심리학 박사들이 연구해 놓은 책들을 공부하기 시작했습니다. 어느 것 하나 내 얘기 아닌 것이 없었습니다. 공부할 때마다 무릎을 치며 놀랐습니다. 세상에 이렇게 많은 자료가 있는지 몰랐습니다. 왜 그런 행동을 했는지 이해되었습니다. 나 중심적이던 이기적인 생각들이 보였고, 누구와의 관계 속에서도 기다림이 없었던 모습이 발견되었습니다. 늘 내가 옳았습니다. 모든 문제는 나 자신에게 있었습니다. 나도 모르게 상대를 무시했던 행동들은 내 잘못을 인정한 후에야 사라졌습니다.

지금은 다른 사람의 생각이 궁금합니다. 그들이 말할 때까지 기다립니다. 행동하는 데는 이유가 있습니다. 나만 옳다는 생각을 버리고 나니 상대를 이해할 수 있게 되었습니다. 가끔 남편이 알 수 없는 행동을 할 때는 묻거나 따지지 않고 맛있는 것을 만들며 기다립니다. 나중에 음식을 함께 먹으면서 남편은 그렇게 했던 이유를 설명합니다. 기다려 보니 공감이 되고 이해도 됩니다.

자신을 아는 것이 가장 먼저입니다. 나 자신의 잘못된 부분을 알고 인정하기 시작하면서 나의 생활은 달라졌습니다.

44. 나는 나를 사랑하기로 했다_박수미

책을 읽고 적용할 아이디어를 뽑아오는 과제를 하려고 책상에 앉았다. 몇 번이나 같은 곳을 읽고 또 읽어도 무슨 말인지 집중이 되지 않았다. 겨우 밑줄을 긋고 아이디어를 하나 뽑아 노트에 적었다. 한숨이 나온다. 내 생각이 담겨 있지 않다. 머릿속은 엉클어진 실타래처럼 뒤죽박죽이다.

가족과 수제비 맛집에 갔다. 집에서 엄마가 만들어 주신 거처럼 담백한 맛이 일품인 김밥과 대표 메뉴인 '항아리 수제비'를 시켰다. 아이들, 남편과 친정엄마를 모시고 나온 자리인데 자리를 즐기지 못하고 아이들의 잘 먹는 모습을 무심히 보면서 해산물 가득한 수제비만 꾸역꾸역 삼켰다. 수제비가 목구멍에 차곡차곡 쌓인 거 같았다.

사람들에게 하고 싶은 이야기가 많았다. 좋은 기회에 공저에 참여하게 되어서 글을 쓰려고 책상에 앉았다. 내가 무슨 말을 하고 싶은지 알 수 없는 글로 한글 파일을 채우고 있다. 부끄럽기도 하고 스트레스도 받고 왼손으로 두피를 북북 긁어댔다. 내가 모든 일에 집중을 못 하는 것은 미워하는 마음이 생겨서다. 기분 좋아 웃고 있을 때조차 완벽히 행복하지 않았다. 머리 한구석이 찜찜하고 미워하는 마음이 한자리를 차지하고 있었기 때문이다. 감사한 일들을 떠올려도 감사했던 일이 많았음에도 어떻게 해결할지 모르겠고 그런 시간이 길어질수록 더욱 괴로워졌다.

나는 대인관계가 좋은 편이라 여기고 살았다. 사람들이 어려워하는 사람과도 잘 지낸다. 사람의 좋은 점만 찾아보려는 습관 때문이다. 완벽한 사람도 없지만 모든 것이 최악인 사람도 없다. 내 눈에는 그 장점이 정말 잘 보인다. 그래서 그 부분을 내 맘에 담아두고 사람을 대하면 그 진심이 상대에게도 전달되는 거 같다. 그러나 내가 대인관계가 좋았다고 생각되었던 것은 가끔 보는 사람들에게 해당하는 것이었다. 관계가 좀 힘들면 조금씩 거리를 두면서 보지 않으면 곧 잊히니까 스트레스받을 일이 없었던 거다. 어떤 모임에서 있었던 일이다. 나를 소개하는 시간에 자신의 장점을 이야기하는 시간이 있었다. 사람들과 잘 지낸다는 내 이야기에 한 남자분이 절실한 표정으로 "나는 사람과의 관계가 힘들어서 직장을 그만두고 싶어요. 사람들과 잘 지내는 비법이 있나요?"라고 진지하게 물었다. 그분께 나는 "그 사람의 장점만 보려고 해 보세요~", "아~

네……" 그때의 나는 그분의 심정을 알지 못했다. 내 대답에 그런 말은 나도 하지라는 그 표정을 이해하지 못했다. 몰랐다. 왜냐면 함께 있는 사람과 큰 불화를 겪어본 적이 없어서일 거다. 그분께 쉽게 말한 것이 떠오르자 그분의 입장이 되어보니 미안함이 느껴졌다. 내가 겪어보지 않아서 내 처지에서 쉽게 판단하고 너는 왜 못하냐는 밑 생각을 깔고 있었던 내 태도가 말이다.

무조건 잘 지내고 싶은 사람들이 있었다. 나의 대부분을 맞췄다. 가끔 보는데 나만 참으면 분위기도 좋아지고 모두가 편해지는데 굳이 토 달고 분위기를 흐리게 하고 싶지 않았다. 그런 관계가 10여 년 동안 지속하는 내내 나는 나를 망치고 있었다. 나를 사랑하는 법을 잊어버린 사람이 되었다. 내가 나를 위해 하는 모든 것에 죄의식을 가지기까지 이르렀다. 내가 무엇을 원하는지 잊어버리는 삶은 나를 잊어버림과 동시에 상대에 대한 원망도 늘어갔다. 나의 삶은 서서히 다른 사람이 정해 놓은 데로 사는 삶으로 바뀌었다. 그 모든 원망을 상대에게 돌렸다. 나는 잘 지내려고 하는 데 갈수록 나를 더 무시하는 거 같았다. 내가 내 인생을 마음껏 주무르도록 상대방에게 허락해놓고 상대방 탓만 했다. 지나가는 작은 말 한마디가 내게 비수를 꽂았다. 상처받은 내게 한 분이 말씀해주셨다.

내 주위에 10명 중에는 나를 진정으로 사랑하고 좋아하는 사람은 1명에서 많아야 3명 나에게 관심도 없는 사람은 5~6명 나에게 상처를 주는 사람은 3명 정도 있다고 한다. 이 말을 인지하자 모든 사람이 나를 좋아해 줬으면 하는 나의 마음은 욕심이란 생각이 들었다. 오히려 상대를 바꾸려고 하는 나의 욕심과 집착이라는 생각이 들었다. 그 욕심과 집착은 나를 사랑하는 법을 잊게 했다.

모든 사람에게 다 인정받고 사랑받고자 했던 내가 얼마나 어리석은 생각을 한 것인지 내 이기심이 부끄러웠다. 나부터 TV에 나오는 연예인을 보는 관점이 좋아하는 사람 무관심한 사람 싫어하는 사람이 있다. 내 세상이지만 나만 보길 바라는 것은 욕심이었다는 것이 인지되었다. 그 마음을 알아차리고 나부터 나를 사랑하기로 마음먹었다. 사람들이 나를 좋아하게끔 나를 바꿔 가며 무조건 맞추는 것을 하지 않기로 했다. 큰일 날 것 같았지만 그렇지 않았다. 내 기분을 조심스럽게 표현하자 상대방도 순순히 인정했다. 그가 이럴 거야 저럴 거야 내 맘에서 내 생각이 그렇게 만든 거지 상대방의 잘못이 아니었다. 아직 잘하지 못하지만 내가 원하는 것을 말하는 연습을 일상에서 하고 있다.

나를 사랑하자 조금씩 내 주변이 눈에 들어왔다. 나와 아이들의 관계도 생각해 봤다. 나도 아이들에게 내 생각을 따르게 하고 잔소리와 간섭을 하고 있었다. 아이 스스로 할 수 있도록 기다려 주고 아이의 생각도 들어보고 하지 않고 내 욕심을 아이에게 그대로 원한 경우가 많았다. 숟가락질이 서툰 아이에게 스스로 연습하고 이겨내서 익숙해지게 스스로 잘할 수 있게 믿어주고 기다려 주어야 한다는 것을 안다. 내버려 두는 게 아니다. 직접 해보고 익숙해질 때까지 믿고 기다려 주어야 젓가락 사용으로 넘어갈 수 있는 거다. 사랑이란 일으켜 세워주는 게 아니라 스스로 일어날 수 있다고 믿어주는 거라고 한다.

　나는 아이들과 내 주변 사람들을 사랑이라는 이름으로 괴롭히고 있었다는 걸 알게 됐다. 아이가 스스로 판단하고 자신을 사랑할 기회를 뺏고 있는 건 아니었는지 부끄러워진다. 집착이란 어떤 것에 늘 마음이 쏠려 잊지 못하고 매달리는 거라고 한다. 나는 지금 분노에 집착하고 있는 것은 아닌가 생각해 본다. 그 사람과 관계를 회복하려고 애쓰는 것도 내 욕심이 아닐까 생각도 든다.

　나는 집착과 욕심을 내려놓기로 했다. 그렇다고 마음을 버린다는 게 아니다. 남을 바꾸어 행복한 사람이 아닌 나를 바꾸어 행복한 사람이 되기로 했다. 타인의 마음은 내 마음이 아닌데 그 어려운 일을 왜 하려고 했을까. 나는 나를 사랑하기로 했다.

45. 상처도 있고 사랑도 있다 _ 송주하

낮을 많이 가리는 편이다. 모르는 사람이 있는 자리는 늘 불편하다. 아는 사람 중에, 사람들과 만나서 식사하고 이야기하는 걸 좋아하는 분들도 많다. 그런 모습이 늘 부럽다. 특히 밥을 먹는 건 아는 사람하고만 먹으려고 한다. 모르는 사람이 있으면 소화가 잘 안되는 것 같다. 이런 성격을 고쳐보려고 애쓴 적도 많다. 하지만 지금까지 크게 달라지지 않았다. 남편은 나에게 최고의 친구이자 밥 동무이다. 사업을 하는 남편은 식사 시간이 자유롭다. 하루 세끼를 남편과 밥을 먹는다. 친한 친구를 만나서 밥을 먹는 날도 있다. 하지만 그런 날은 손에 꼽을 정도이다.

언제부터 이런 성격이 되었을까. 아주 어릴 적부터 그랬다. 항상 움츠려 있었다. 얼굴에 있는 흉터가 신경 쓰여서 그랬는지도 모른다. 아니면 새로운 환경에 대해 예민한 성향 탓도 있을 것이다. 한번 굳어진 성격은 쉽게 바뀌지 않았다. 남편이 있어서 외롭지 않았지만, 편안함을 찾을수록 인간관계는 더욱더 좁아져 갔다.

난 예전부터 친구가 많이 없다. 쉽게 마음을 열지 못하는 성격 탓이다. 누군가가 다가오는 게 늘 조심스럽다. 상처를 쉽게 받는

편이라 더욱 그렇다. 결혼하고 난 후, 동갑 친구 한 명을 알게 되었다. 워낙 성격도 밝고 붙임성이 좋았다. 나랑은 다르게 사람들과 이야기도 곧 잘하는 친구였다. 보험회사에 다니던 그녀는 거의 매일 연락했다. 몇 달 동안 우리는 집안 이야기를 나눌 정도로 꽤 친해졌다. 함께 웃을 일이 많았다. 웃음 포인트가 비슷해서 같이 있으면 늘 시간 가는 줄 모를 정도였다. 어느 날, 친구가 말을 꺼냈다. 집에 있는 보험증권을 가져오면 분석을 해주겠다고 했다. 사실 보험 이야기를 꺼내는 순간 부담스러웠다. 주변에 보험을 하는 사람이 많았고 그들은 올 때마다 가입을 권유했었다. 보험이 나쁘다는 말이 아니다. 자신이 할 수 있는 선에서 유지해야 한다. 좋다고 무턱대고 다 가입할 수는 없는 노릇이다. 보험증권을 분석하는 것도 실적에 잡힌다며 부탁을 했다. 그렇게까지 말하는데 도저히 모른 척할 수가 없었다. 집에 있던 증권을 모두 챙겨 그 친구에게 주었다. 며칠 후, 여러 개의 보장 분석 파일을 들고 나타났다. 예상했던 대로 준비가 부족하다는 대답이 돌아왔다. 지금 가입하고 있는 보험을 해지하고 자기 회사의 상품을 하면 좋다는 게 결론이었다. 유지한 지 오래된 보험들이었다. 해지하면 손해가 컸다. 게다가 친구가 분석한 상품은 매달 보험료도 높았다. 여러 가지 이유로 거절했다. 친구는 그날 이후로 연락도 없었고 찾아오지도 않았다. 나를 돈벌이로만 생각했다는 생각이 들었다. 몇 달이 지난 후, 다이소에 들렀다가 우연히 그녀를 만났다. 나와 눈이 마주쳤지만, 그쪽에서 먼저 고개를 돌렸다. 인사라도 하려고 했던 나의 마음에 상처가 났다. 나이가 들수록 조건 없이 누군가를 만나는 게 힘들다는 생각이 들었다. 하나를 받으면 하나를 줘야만 하는 그런 관계가 불편했다. 그런 계산적인 관계라면 차라리 혼자가 더 나았다.

죽마고우였던 친구도 그랬다. 어릴 때부터 함께 커온 소중한 친구였다. 우리는 함께 소꿉놀이했고 학교도 같은 곳을 다녔다. 하지만 사춘기가 되면서 친구는 조금씩 변해갔다. 침을 뱉는 일이 많아졌다. 가방을 보니 담배가 들어있었다. 이건 아니라고 몇 번이나 말했다. 친구는 나의 잔소리가 듣기 싫었는지 짜증을 냈다. 나랑 노는 건 재미가 없다고 대놓고 말을 했다. 보란 듯이 다른 친구와 함께 다녔다. 학교를 마치면 매일 함께 집에 갔었다. 하지만 어느 날부턴가 나는 혼자가 되었다. 친구는 어느새 담배도 하고 술도 마시는 아이로 변해 있었다. 남자아이들과 어울려 다니며 그들만의 세상으로 빠져들었다. 함께한 세월만큼 추억이 많은 아이였다. 하지만 사람의 관계라는 게, 변해버리는 건 순식간이었다. 그 아이에겐 그동안의 시간은 아무것도 아닌 것 같았다. 매일 한 몸처럼 붙어 다니던 친구라서 그 빈자리가 더욱 컸다. 가끔 골목 어귀에서 다른 친구들과 어울려 담배를 피우는 그 친구를 볼 때가 있었다. 눈이 마주치면 무미건조한 표정으로 나를 바라보았다. 우리는 처음부터 몰랐던 사람처럼 서로 다른 방향을 향해 걸었다. 결국, 나는 대학을 갔고 그 친구는 재수한다는 소식을 들었다. 그 아이 집이 이사했다는 소리를 나중에서야 듣게 되었다. 핸드폰이 없었을 때라 연락이 자연스럽게 끊겼다. 그렇게 나의 소중했던 친구는 내 곁을 떠났다.

그래도 25년 가까이 연락하고 지내는 진짜 친구도 있다. 대학교 때 같은 하숙집에서 생활한 친구다. 남편이 심장마비로 쓰러졌을 때였다. 남편을 중환자실에 보내놓고 집에서 연락만 기다리고 있었다. 온종일 아무것도 먹지 못했다. 머릿속이 하얘졌다. 아무에게도 알리지 않았다. 가족들 말고는 이 상황을 몰랐다. 거짓말처럼 그 친구에게 전화가 왔다. 내 목소리를 듣고는 무슨 일인지 물었다. 나는 상황을 간단하게 설명했다. 그리고는 전화를 끊었다. 밖이 어두워지고 있었다. 하지만 불을 켜지 않았다. 몇 시간째 꼼짝하지 않고 앉아있었다. 그때 전화가 울렸다. 중환자실에서 온 전화인 줄 알고 급하게 받았다. 발신인이 아까 그 친구였다. 집 앞이란다. 설마 했다. 포항에 살고 있던 그 친구는 운전이 서툴다. 게다가

일까지 하고 있다. 마치면 아이를 픽업해서 집에도 가야 한다. 그런데 지금 창원까지 왔다니. 믿을 수가 없었다. 운전은 남편이 했다고 한다. 퇴근하는 남편을 붙잡고 다짜고짜 온 것이다. 아이는 영문도 모른 채 운전석 뒤 카시트에 앉아 네 시간을 달려서 온 것이다. 문을 열었다. 남편과 아이는 밑에 있다고 했다. 아마도 힘들어하는 나를 위한 배려였을 것이다. 소고기 죽과 호박죽을 한 손에 들고 왔다. 다른 손에는 두유와 빵이 한가득 들어있는 쇼핑백이 있었다. 두리번거리며 상을 찾아왔다. 그 위에 소고기 죽을 올리고 뜨거울까 봐 작은 그릇에 나누어 담았다. 나 대신 후후 불어 숟가락에 떴다. 그 마음이 고마워서 억지로 한입 먹었다. 하지만 아무런 맛도 느낄 수가 없었다. 그렇게 한참을 앉아 내가 죽 먹는 걸 지켜보았다. 반 그릇 정도 먹었는데 더는 넘어가지 않았다. 그러자 물까지 떠와서는 굳이 마시라고 건네준다. 그날 나는 친구 앞에서 목놓아 울었다. 하지만 조금도 부끄럽지 않았다. 토닥여주는 그 손길이 좋았다. 친구 남편이 출근해야 해서 오래 머무를 수는 없었다. 지금 출발해도 열 두시나 되어야 도착하는 시간이었다. 그걸 알기에 얼른 가라고 친구 등을 떠밀었다.

그때 다시 전화벨이 울렸다. 진해에 사는 친구였다. 신기했다. 다들 어떻게 알고 전화했을까. 전화를 받고 자초지종을 설명했다.

그러자 15분 뒤에 진해 친구가 왔다. 포항에 사는 친구는 안심이 된다고 했다. 바통터치를 하듯 둘은 잠깐의 인사를 나누었다. 그렇게 포항 친구는 떠났다. 진해 친구가 말했다. 어쩐지 전화를 하고 싶었다고. 다들 사는 게 바빠서 매일 전화를 하지는 않았다. 그 친구는 곰탕을 두 세트나 사 왔다. 인정 많은 진해 친구는 나만큼이나 안타까워했다. 남편이 의식 없이 중환자실에 있었을 때라 눈물이 멈추지 않았다. 함께 있어 주는 것만으로도 큰 위로가 되었다.

평소 제일 친하다고 생각했던 친구들이 전화가 온 게 신기했다. 따로 연락한 것도 아닌데 어떻게 알았을까. 사람에겐 보이지 않는 기운 같은 게 있을지도 모른다는 생각이 들었다. 덕분에 억지로라도 밥을 먹었다. 시간이 지나고 생각해 보니 참 고마운 사람들이다. 나는 누군가에게 이런 수고를 할 수 있을까. 왕복 8시간을 차를 타고 오가는 그 수고를 말이다.

사람을 두루 사귀는 것이 중요하다. 인맥이 넓으면 그만큼 얻는 장점도 많다. 나 역시 사람 수에 집착한 적이 있었다. 하지만 이제는 그러지 않기로 했다. 친구의 수가 많은 건 아니다. 하지만 내가 아플 때 기꺼이 달려와 주는 사람들이 있었다. 지금 만나는 소중한 사람에게 최선을 다하기로 했다. 모든 게 그저 자연스러우면 좋겠다. 많은 사람과 소통하는 걸 좋아하는 성향도 있고, 적은 사람이라도 깊게 알아가길 원하는 성향도 있다. 그게 어떤 모습이든 진실하면 되지 않을까. 내가 이 세상을 뜨는 그 순간에, 가슴 깊이 울어줄 수 있는 사람이 있다면 그걸로 충분하다.

46. 천천히 세상과 마주하다 _ 이은정

'아, 이것도 해야 하는데, 저건 대체 언제 하지? 계획만 하고 하지를 않네. 언제 하지? 다른 사람들은 벌써 제출했다는데, 나는 왜 아직 이만큼밖에 못 할까?' 그렇다. 다른 사람들과 나를 비교하기 시작하는 순간부터 무엇인가가 잘못되고 있었다. 잠깐 멈추어야 하는 타이밍이다. 해야 할 과제의 본질에 대해 다시 고민했다. 뭐가 문제일까? 시작하지 않으면서 걱정만 하는 나. 갈피를 못 잡고 남들이 하는 좋은 것들을 따라 하고 싶은 나. 빨리빨리 결과나 성과가 나오지 않으면 굉장히 조급함을 느끼는 나. 내가 원하는 이상은 원대했다. 그런데 작게 시작해 보기로 했다. 두통을 핑계로.

최근, 지인으로부터 함께 프로젝트를 해보자는 제안이 왔다. '학교 밖 청소년을 위한 프로젝트'이다. 조급함을 느끼는 순간, 정신 차렸다. 파트너 강사님들께 도움을 요청했다. 만나서 고민하고, 의견을 나누었다. 지향점을 발견하기 위해 세상을 비틀어 바라보았다. 시각을 넓히니, 어느 순간 우리가 원하는 그 지점에 닿아 있었다. 거창한 무엇인가를 완수하기보다, 내 앞에 놓여 있는 것들을 하나하나 해결해나갔다. 다시 내 페이스를 되찾을 수 있었다. 역시, 스스로에게 집중하는 것이 답이다. '방향'과 '실행'이라는 짱짱한 돛을 달고, 현재 '천천히 세상과 마주하기' 순항 중이다. 그랬다. 지금의 모습에 충실하기로 선택했다. 내 모습을 인정하는 것은 필수. 그러면 다른 사람들도 나를 인정할 테니까.

오래전 고약한 습관이 있었다. '상황이 이래서 이런 결과가 나온 거야.' '내 능력이 부족하니 이런 결과가 당연한 거야.' 이렇게 하니 근본적인 문제 해결은 어림없었다. 그럴수록 머릿속 생각은 많아지고 더 복잡해졌다. 골치 아픈 일로 확대되었다. 하루면 충분히 해결될 문제를 며칠씩 시간을 끌며 고민했다. 사소한 일로도 마음에 상처를 입었다. 결국 몸과 마음에 충돌이 일어났다. 번뇌와 집착도 많아졌다. 순간적으로 판단력이 흐려졌다. 정리할 일들이 때를 놓쳐버렸다. 그뿐이던가. 현재보다는 과거 생각에, 닥치지도 않은 미래에 대한 두려움으로 중요한 일들을 그냥 넘긴 적이 허다

하다. 이런 일들이 반복될 때 왜 힘든지, 왜 안 되는지 원인이 궁금했다. 질문해 보았다. 나는 왜 절호의 기회를 놓치고 나서야 알아차릴까? 결과는 이렇다. '상황을 탓하고 스스로 주저앉으니 원인을 찾을 수 없는 거야. 그래. 현재를 충실히 살아내자. 내가 감당할 수 있는 시간은 지금 뿐이야. 이 순간을 내가 어떻게 살아가느냐에 따라 미래는 얼마든지 바뀔 수 있으니까.' 오늘은 바로 내일과 붙어있는 닮은꼴. 과거의 집착과 미래의 욕심을 내려놓자. 그래야 잘 살 수 있다. 내 판단과 선택을 믿어보자.

학기 초. 두통에 압도되었다. 도저히 고개가 들리지 않는다. 몸을 일으키는 건 무리였다. 아침 챙겨주어야 등교할 텐데. "어디가 아픈데?" 막내 지후가 걱정한다. "머리가 깨질 것 같아." 기어들어가는 목소리로 겨우 말했다. "병원 가요. 알아서 아침 챙겨 먹고, 학교 갈게요. 아프지 마세요. 쪽!" "응. 고마워." 그대로 꼬꾸라졌다. 미세하게 노크 소리가 들렸다. 둘째 초원이다. "엄마, 병원 안 가도 되겠어요?" "응. 좀 자고 나면 괜찮아질 거야." 힘드니까 대충 얼버무렸다. "동생이랑 아침 챙겨 먹고, 학교 다녀올게요. 푹 쉬어요. 쪽!" 미리 체온 인사까지 하고 나간다. '따르릉! 따르릉!' 이번에는 남편의 전화. "많이 아파? 약은 먹었고? 그렇게 아픈데 병원에 가야지. 택시 타고 병원에 갔다 와." 걱정되었는지, 그냥 넘어갈 리 만무했다. "아니야. 자고 나면 괜찮아질 거야."

그동안 주체적이지 못했다. 다른 사람의 생각에 휘말리는 경우가 많았다. 그들이 리드하는 대로 따라가는 것. 그것이 잘사는 길이라 생각했다. 모나지 않고 더불어 사는 길이라고 믿었다. 돌이켜보니, 나라는 존재가 없었다. 결국 나 혼자 남아 있다고 느낀 순간. "쿵" 망치로 한 방. 한동안 멍하게 지냈다. 번뜩 정신을 차리고 보니 현실은 가혹했다. 정말 잘살고 있는 건가 자문자답했다. 나는 누구이고 무엇을 향해 살고 있는지 자각했다. 그러다가도 종종 허전한 기분이 들었다. 아내, 며느리, 아이 셋, 박사, 교수가 되기 위해 얼마나 열심히 살았을까? 다른 무엇도 보려 하지 않고, 한 곳을 향해 달렸다. '인생을 제대로 살고 있는거야, 목표만 달성하면 여유 있게 살아야지.' 하면서 나를 달랬다. 욕심이 많았다. 가만히 있는 게 더 힘들었다. 중학교 때부터. '잠자는 시간은 죽어 있는 것'이라 생각했다. 하루하루 바쁘게 움직였다. 혼자만의 시간이 겁이 났던 걸까. 항상 친구들과 어울렸다. 아니면 무언가를 했다. 사람들이 나를 좋아한다고 생각했다. 자만이었다. 스스로 힘들게 했다. 철저하게 상처받았다. 힘들다고 투정 부리던 때가 있었다. 지금 생각하면 우습다. 한 치 앞도 볼 수 없는 게 인생.

급한 마음, 집착과 욕심 내려놓으니 달리 보인다. 밥 먹는 시간이 아까워 대충 먹는 날이 허다했다. 빠름 빠름으로 혹사시킨 내 몸에게 사과한다. 이제는 나에게 행복을 선물할 수 있다. 내 몸 맘숨에 감사하다. 천천히 여유를 갖고 내 육체에게 영양분을 골고루 주리라. 건강하게 앞으로의 남은 생을 동행하리라. 아프고 나니 깨달았다.

미옥 언니는 긍정적인 힘을 실어준다. "은정씨, 믿어. 그동안 힘들었지. 인생 잘살고 있어. 지금처럼만 살면 돼. 난 항상 은정씨를 응원해. 진심" 그래서 그런가. 몇 년 전까지만 해도 실속 없이 사는 내가 미울 때가 있었다.

요즘은 내 주위의 사람들이 나를 예쁘게 봐주고 인정해 준다. 그리고 관계로 상처받은 나에게 무한 신뢰와 아낌없는 사랑을 보여준다. 그들에게서 많은 활력과 용기를 얻는다. 지금 충분히 괜찮은 인생이다. 나를 인정하고, 조급한 마음 내려놓으니 힘이 난다. 여유가 생긴다.

7년 차 월말 부부. 얼마 전, 남편에게서 전화가 왔다. "곰곰이 생각해 보았어. 내가 그동안 무심했던 것 같아. 미안해. 다시 노력할게. 자기는 처음부터 끝까지 그 자리에 있었는데. 하! 앞으로 잘할게. 그 자리에 있어 줘서 고마워." 순간 당황했다. 남편이 나에게로 돌아오는데, 22년이 걸렸다. '이게 뭐지? 살다 보니 이런 날이 오네!' 주르륵 어느새 눈물이 흐른다. 아이들에게 자랑했다. "얘들아, 아빠가 달라졌어. 아니, 정확하게는 돌아왔어. 엄마에게로!"

'기다림' 아주 고귀한 선택이자, 가장 좋은 선물이다. 다른 이름은 배려가 아닐까. 서로의 삶을 회복하는 자유로움의 선언이리라. 나에게 진정한 자유를 이르게 하는 축복의 통로다. 기다림으로 집착과 욕심을 후 날려버렸다. 강력한 부정적 감정도 같이 날아갔다. 생명 에너지의 흐름이 원래 상태로 회복되었다. 사랑의 기다림으로. 내 양심대로 행동했다. 이 생각은 나뿐만 아니라 남편도 마찬가지다. 우리 부부는 죽이 참 잘 맞는다. 내면의 깊은 자존감에 희망이 생겼다. 평화로운 마음이 이런 것일까. 조급함을 내려놓고 기다림을 선택한 결과다. 마음이 평온해지고, 자기 회복에 이르렀다.

'사람을 얻으려면 마음을 비워라. 그리고 채우면 또 비우라.' 사람들 입에 오르내리는 말이다. 비운다는 게 뭘까. 비우는 게 물질인 경우도 있고, 마음인 경우도 있다. 그나마 물질은 쉽다. 마음을 비운다는 것은 참 어렵다. 기본적인 인간의 욕망이므로. 세상만사, 인간 만사 어려운 게 인간관계이다. 이상하게도 편한 마음으로 비우면, 채워지게 된다. 인간관계든, 금전적이든. 그래서 세상엔 공짜가 없나 보다. 참, 공평하다. 우리 삶이 비우면 채워지고, 채워지면 비우는 과정이라니. 물질적이든 정신적이든 영원한 것은 없다.

조급한 마음 내려놓고 집착과 욕심은 버리고, 현재에 집중하는 순간이 많다. 하루에 한 번 하늘을 본다. 바람에 따라 모양이 변하는 구름의 유연함에 감탄이 절로 나온다. 사랑하는 사람들의 얼굴을 찬찬히 들여다보니 입가에 미소가 번진다. 그들의 소리에 귀 기울이니 가슴이 뻥 뚫린다. 그래, 이제는 삶을 소유하기 위해 몸부림치기보다 조급한 마음 내려놓자. 작은 걸음으로 나누고 비우는 인생에 집중하고 나아가는 것이 더 아름답기에.

47. 소중함을 지키는 용기 _ 이현경

다른 사람의 시선을 신경 쓰며 살았다. 둘째를 낳고 독서논술교사로 직업을 바꾸었다. 초보 교사에서 벗어나기 위해 수업이 많지 않았던 시기에도 주말에 쉬지 않았다. 빨리 성장하고 싶었다. 주변 사람들과 비교했다. 직업이 독서논술교사이니 내 아이들만큼은 독서를 잘하는 아이들로 키울 수 있을 줄 알았는데, 생각만큼 잘 챙겨주지 못하였다. 나만의 생각이었다. 괴로운 마음이 생길 때는 마음을 잠시 옆으로 둬야 하는데 그러지 못했다. 무엇이 소중했던 것인가. 왜 직업을 변경하였는지 생각해 보았다. 아이들을 챙기면서 내 일을 하고 싶다는 이유였다. 스스로 소중한 것을 챙겨야 했다. 소중한 것을 유지하기 위해 누군가를 탓하기보다 나에게 물었다. 바쁘다는 핑계를 대며 아이에게 집착하는 일은 다른 사람의 시선 때문이었다. 집착과 욕심을 내려놓았다. 비로소 다른 사람과 비교하거나 의식하는 감정이 눌러졌다.

SNS를 하는 건 특별한 사람, 그러니까 재주가 뛰어난 사람만의 능력이라 여겼다. SNS는 다른 사람에게 보여주기 위한 것이라고 생각했고, 시간이 아까운 일인 것 같아 멀리했었다. 그러던 내가 책을 읽고 블로그에 기록을 남기기 시작했다. SNS를 통해 어떤 가치를 전달하는 사람이 되어야겠다고 생각했다. 이 세계에 들어와 보니 열심히 사는 사람들, 자기 계발하는 사람들이 넘쳐났다. 나도 저렇게 되었으면 좋겠다고 생각하며, 하나씩 배우기 시작했고 따라 했다. 새벽 기상도 하고, 강의나 프로그램에도 열심히 참여했다. 새벽에 일어나니 시간을 자유롭게 쓸 수 있었다. 참여 가능한 좋은 강의도 많았다. 책을 읽고, 기록을 남겼다. 하루 종일 책상에 앉아서 노트북을 쳐다보았다. 저녁에는 강의를 듣고, 주말에는 책을 읽었다.

그러다 건강이 급격하게 안 좋아졌다. 허리가 아프기 시작했고, 몸 여기저기에 문제가 생겼다. 원인을 알 수 없이 온몸이 아프기 시작했다. 같은 시기에 블로그를 시작했던 사람들이 돈을 버는 과정을 보면서 마음에 상처가 되기도 하였다. 왜 나는 새벽 기상도 꾸준히 못 하고 블로그도 잘하지 못 하는가 자책했다. 무엇보다도 박수를 쳐 주면서도 상처를 받는 나 자신에게 실망하였다. 이런 마음을 가지려고 블로그를 시작한 게 아니었다. 블로그를 비롯해 온라인 활동을 시작한 것은 나의 가치를 찾으려고 하는 거였다. 그런데 가치를 찾으려는 과정에서 소중한 것을 놓치고 있었다. 몸과 마음의 건강을 생각하며 조금씩 내려놓았다. 건강이 안 좋아지면서 자의 반 타의 반으로 시간을 조절하게 되었다. 매일 쓰던 블로그 글도 일주일에 한두 번만 썼다. 여전히 다른 사람의 속도는 빠르게 느껴졌다. 하지만 내가 따라가지 못하면 나를 위한 게 아니라는 생각이 들었다.

커뮤니티에서는 관계를 중요시하지만, 결국 '나' 의 존재가 우선이 되는 게 필요했다. 나다움을 찾고 싶었다. 나는 '보여주기 위한 사진이나 글' 보다는 '가치가 있는 글'이 더 좋았다. 이 두 가지가 다른 것이 아니다. 하지만 마음속에 무엇을 우선시하느냐는 차이가 있다. 다른 사람에게 보여주기 위해 쓰는 글은 쓰지 않기로 했다. 대신에 누군가에게 가치를 전달해 주는 글, 나의 가치를 올려주는 글을 쓰기로 다짐하면서 시간을 조절해 나갔다. 적당하게 시간을 조율하다 보니 오히려 가족과 보내는 시간이 늘어났고, 무엇을 해야 하는지 장기적으로 생각하게 되었으며, 주변 사람들과 비교하지 않게 되었다. 뭐든지 내가 중요하게 생각하는 가치를 전달하는 사람이 되어야겠다고 마음을 먹었다.

코로나 바이러스가 우리 일상에 들어온 지 얼마 안 되었을 때 아버지가 쓰러지셨다. 중환자실을 거쳐 요양병원으로 가셨다. 폐 사진을 보니 온통 하얗게 보였다. 의료진도 이런 폐 사진은 처음 보는 거라고 하였다. 코로나 바이러스 상황이라 면회가 안 되었다. 가족과 함께 하는 시간이 얼마 남지 않았는데도 남은 가족은 할 수 있는 게 없었다. 하는 일이라고는 마스크를 사러 약국에 길게 줄을 서는 것뿐이었다. 아버지는 병상에 누워 계시면서도 가족 걱정만 하셨다. 아버지에게 해 드릴 게 없었다. 아버지는 오히려 가족 걱정을 하셨다. 아버지는 5월 5일 어린이날에 손주들이 보고 싶다고 말씀하셨다. 5월 8일 어버이날에 찾아뵙겠다고 말씀드렸다. 아이가 어린이날 케이크를 사달라고 했었다. 어린이날 케이크를 사면 우리만 먹으니깐 어버이날 케이크를 사서 할아버지와 할머니와 함께 먹자고 했다. 설마 2~3일 안에 더 나빠지실까 싶었는데 아버지는 다음 날 세상의 손을 놓으셨다. 어린이날 케이크든 어버이날 케이크든 모여서 시간을 보내는 것에 의미가 있는 것인데, 손주들을 보고 싶어 하시는 할아버지의 마음은 이해하지 못한 채 어버이날로 만남을 연기했다. 그리고 그 만남은 성사되지 않았다. 며칠만 더 살아계셨더라면, 어린이날에 아이들과 찾아뵈었더라면 하는 후회가 크다. 사랑하고 감사하다는 말. 시간적 여유가 있을 때만 하는 게 아니다. 사랑한다는 표현은 지금 바로 전달해야 한다. 소중한 사람과 함께 할 시간이 늘 많은 건 아니다. 시간이 얼마 남지 않았음을 알면서도 소중한 시간을 내지 못하였기에 눈물이 계속 흐른다.

오후 시간에는 집이 일터가 된다. 방 한 칸이 독서 교실이 되어 아이들과 함께 책을 읽고 이야기를 나눈다. 어느 날 오후 수업이 끝날 때 즈음 초인종이 울린다. 아랫집이다. 진동 벨이 너무 많이 울린다고 하였다. 오늘 수업에 온 아이들이 유난히 시끄러웠는지 생각해 보았는데, 그럴만한 일이 없었다. 문제는 핸드폰이었다. 핸드폰이 유난히 여러 번 울리던 날이었는데 진동이 책상을 타고 전달이 되어 아랫집으로 내려갔나 보다.

아파트는 공공주택이다. 공공주택은 함께 살아가야 하는 곳이며 많은 사람이 저마다의 바쁜 일상을 보낸다. 이런 공간에서 층간소음이란 없을 수가 없다. 지진 대비 내진 설계를 하여 외부의 진동을 흡수하도록 잘 설계된 건물이 아닌 이상 윗집, 아랫집의 소음이 적당히 전해지기 마련이다. 이러한 소음을 견딜 수 없어하는 사람들이 많다. 그 사람들을 탓하려는 게 아니다.

현대인들에게 층간소음은 우리의 일상과 닮았다. 귀를 막는다고 외부의 소리가 안 들리는 게 아니다. 물론 층간소음을 내지 않도록 배려하는 것이 우선이다. 층간 소음을 내지 않도록 노력하는 것이 관계의 미학이다. 괴로움을 호소하는 사람의 마음을 이해한다. 뭘 이 정도 가지고 그러는가 하는 원망은 내려놓았다. 아랫집과 관계가 좋아야 내 일도 계속할 수 있다. 무릎 담요를 접어 핸드폰 아래에 두었더니 한결 낫다. 진작 이렇게 해둘 걸 싶다.

집착과 욕심을 버리고 소중한 것을 지키는 데는 그에 따른 태도가 필요하다. 첫째, 다른 사람과 비교를 하지 않았다. SNS를 보거나 주위 다른 사람들을 보면서 비교를 하게 되면 나만의 속도를 내지 못한다. 나를 존중하고, 남을 신경 쓰지 않고 나로서의 중심을 잡는 게 중요하기 때문이다. 다른 사람을 의식하는 것보다 내가 잘하는 것을 하였다. 독서논술교사인 엄마로 아이들을 옆집 아이와 비교하는 대신 두 아이만의 속도로 최선을 다했다. 둘째, 소중한 시간을 냈다. 내가 사랑하는 사람을 귀중히 대하고, 함께 하는 시간을 존중해야 짧은 시간을 소중하게 보낼 수 있다. 사랑은 관계 속에 존재한다. 사랑을 표현하면 다른 사람을 위로하는 것처럼 보이지만 결국 자신의 마음을 위로하게 된다. 특히 부모님과의 시간은 그리 많이 남지 않았다. 이별의 시간은 예측할 수 없다. 후회가 남지 않기 위해서 사랑을 표현하는 시간을 내야 한다. 셋째, 다른 사람 탓을 하지 않았다. 어떤 일이 발생했을 때 다른 사람을 탓하는 것도 집착이다. 내 책임이다. 관계를 이어 가기 위해 나에게로 시선을 돌려야 한다. 다른 사람이 고통을 받는데 내가 그것을 무시한다면 그 사람을 소외시키는 행동이 된다. 누군가를 탓하는 일이 소외를 불러올 수 있다. 층간 소음을 낸 사람은 난데, 주의를 요하는 말을 들었다고 해서 그 사람을 탓하면 상대방은 말하고 나서 미안한 상황이 된다. 상대방을 미안하게 하지 않도록 배려하는 일이 결국 소중함을 지키는 요소가 되었다.

소중함을 지키고자 용기를 냈다. 소중한 사람들과 함께 하는 시간을 지키려고 노력했다. 다른 사람의 시선보다 내 마음이 중요하다. 마음을 내려놓는다는 것. 그것은 다른 사람과 비교하지 않고, 집착하지 않는 일이다. 내 마음을 내려놓을 때 부정적인 감정에 몰입하지 않고 마음속 빈 공간이 반짝반짝 빛난다. 빛이 되다 말아 흐릿하게 보일지라도 나의 작은 반짝임이 누군가에 닿아 빛나기를 바란다. 앞으로도 더듬더듬 인생을 살아가야 한다. 바쁘다는 핑계에 속아 소중함을 잃지 말고, 기억하고 싶다. 어찌 바쁘고 조급한 상황이 한순간에 사라지겠는가. 그렇다 하더라도 집착을 버리고 느리게 살아야 한다. 욕심나는 마음은 내려놓는다. 마음속 빈 공간이 자리를 잡을 수 있도록 크게 숨을 들이쉬어 본다.

48. 과거의 인연만 붙잡고 있지 않는다 - 새로운 친구 만들기 _ 정원희

나의 에너지원은 사람이다. 사람들과 함께 있어야 충전이 된다. 늘 일과 취미의 사이에서 새로운 사람들을 만난다. 휴대폰에 저장된 전화번호가 천 개가 넘는다. 매일 그들과 소통하지는 않지만,

내가 손을 뻗으면 언제나 닿을 수 있는 사람들이다.

레스토랑에서 바텐더, 소믈리에로 15년의 시간을 보냈다. 하루에도 수십 명의 사람들과 인사를 하고 이야기를 나눈다. 20년 차 강사, 여행 커뮤니티 비즈니스 8년 차, 온라인 오프라인을 통해 매일 세 명 이상의 사람들과 소통한다. 일 년에 천명 이상의 사람들을 만나는 셈이다. 내가 직접 아는 사람들이 아니어도 지인의 소개로 만나서 좋은 친구가 되는 경우도 많다.

인스타그램은 나와 취향이 맞는 친구들을 만들 수 있는 훌륭한 플랫폼이다. 여행가와 와인교육가의 일상으로 소통하는 '여행하는 술샘' 계정, 귀농, 정원의 삶을 주제로 소통하는 '조이스 가든 라이프' 계정이 있다. 한 계정은 떠남의 캐릭터이고, 다른 하나는 머무름을 위한 계정이다. 각각의 관심사 기반으로 서로 팔로우 한다. 현재 내가 하고 일이나 직업과 관련 없이 내가 좋아하는 것을 담으며 부 캐릭터를 만들어가는 재미가 있다. 앞으로 내가 어떤 삶을 지향하고, 어떤 사람들을 친구로 사귀고 싶은지에 대한 마음을 담아 피드를 올리면 된다. 인스타그램 계정을 만들 때 전화번호 정보와 연결하지 말고, 사용하지 않은 이메일 계정을 기본 정보로 만들면 전혀 아는 사람이 없는 동네에 이사 간 것과 같다.

코로나로 우리의 삶의 방식이 많이 바뀌었다. 비대면의 시대라고 했지만 우리를 연결하는 온라인 플랫폼들을 통해 여전히 연결되고 있음을 실감하였다.

코로나 때문에 집에 있는 시간이 길어지면서, 인스타그램 라이브로 매주 여행 이야기를 했다. 매주 같은 시간 내가 여행했던 경험을 나누니, 그 시간에 나를 찾아주는 이들이 생겼다. 여행을 한번도 안 해 본 이들은 나를 통해 여행을 했다. 여행을 다녀온 경험이 많은 이들은 나의 여행에 그들의 시간을 투영시키고 추억하였다.

와인을 주제로 하는 유튜브도 몇 편 찍어 올렸다. 코로나로 외부 강의가 많이 취소되고, 그것을 어떻게 온라인으로 옮겨 올 수 있을지가 고민이었다. 콘텐츠가 같다 하더라도 전하는 플랫폼이 다르고 방법도 다를 것이라고 생각했다. 유료로 해야 할지 무료로 해야 할지, 인원은 몇 명으로 하는 것이 좋을지 고민을 했다. 아직 온라인에서의 고민은 진행 중이다.

줌으로 새벽 영어수업을 시작한 지 이 년이 넘었다. 시작은 이러했다. 여행클럽 회원들은 항상 영어 공부에 대한 로망이 있었다. 사람들과 직접 만나지 못하니 자기 계발을 위한 시간들이 좀 더 많아졌다. 매일 여러 도시를 오가며 장거리 운전은 하던 나도 외출을 최소한으로 줄이니 아침 일찍 일어나는 일이 어렵지 않았다.

영어를 전공한 사람도 아니면서 내가 어떻게 영어수업을 진행하게 되었을까? 나는 해외 언어연수도 한번 하지 않았고, 각종 영어 시험에 대한 성적도 가지고 있지 않다. 다만 국내에서 꾸준히 학원과 라디오 방송을 들으며 영어를 말할 수 있게 된 경험의 이력서가 풍부했다. 그렇게 익힌 영어로 해외에서 일을 하였고, 여행을 하면서 실전 영어를 습득하게 되었다. 내가 말을 하게 된 과정 그대로를 전하면 되겠다는 생각을 했다.

처음에는 클래스 하나로 시작되었다. 첫 번째 클래스는 원래 알고 있었던 여행클럽의 지인들로부터 시작되었다. 입소문을 통해 다섯 개의 클래스까지 만들어지게 되었다. 이 입소문이라는 것도 인스타그램과 같은 온라인 친구들을 통해 전해지고, 디엠으로 문의가 오게 되었다. 처음 일 년은 주말도 쉬지 않고 하다가 2년째가 되면서 주말은 쉬면서 하고 있다. 우리가 영어를 잘 하게 되었는지는 아직 잘 모르겠다. 여행이 시작되고, 영어를 말할 수 있는 환경을 자주 만나면 실력 발휘를 할 수 있겠지.

"아직도 해요?, 이제 영어 잘 하시겠어요"

"아니에요, 그냥 나는 매일 영어 하는 사람이에요"

영어 공부를 하는 학생들은 그저 이렇게 말한다. 꾸준히 스며들도록, 습득되도록 영어 공무를 매일 하고 있는 것이다.

지금까지 우리는 내가 살고 있는 동네, 내가 다닌 학교, 직장을 통해 인맥이 늘려 나가고 친구를 사귀는 것이 보편적인 방법이었다. 때문에 내가 사는 곳이 어디인지, 어느 학교 출신인지가 매우 중요했다. 하지만 코로나 이후 연결의 방법은 다양해졌고, 내가 좋아하는 사람들, 나를 좋아하는 사람들과 커뮤니티를 만들어 나갈 수 있는 방법이 다양해졌다. 클럽하우스, 이 프렌드, 제페토 등과 같은 곳에서 새로운 친구를 사귀고 커뮤니티에 소속되거나 만드는 것은 이제 더 이상 어려운 일이 아니다. 줌을 통하면 수업도 가능하고 미팅도 가능하다. 2020년에는 100명 정도의 사람을 모아 온라인 연말 파티를 하였다. 시간과 비용을 많이 줄일 수 있었다. 에너지의 소모도 적어졌다.

내가 최근에 자주 소통하고 지내는 사람들 중에 스무 살 이전의 인연은 하나도 없다. 과거의 어느 한 시점을 공유한다는 이유만으로 좋은 무조건 좋은 관계가 지속되는 것은 아니다. 어린 시절 전학을 몇 번 해서 초등학교, 중학교, 고등학교 친구들이 이어지지 않았다. 대학도 학부, 석사 박사 각각 다른 학교에서 공부하다 보니 학교의 인연도 다양하다. 새로운 환경에서 새로운 사람을 만나는 것이 익숙하다. 이렇게 사람 부자가 되었다.

온라인으로 시작된 인연들이 하나씩 실제 친구가 되어가고 있다. 코로나로 인해 우리는 비 대면이 아니라 선택적 대면의 시대를 살고 있다. 내키지 않던 모임도, 꼭 만나지 않아도 되는 친구도 우선순위의 뒤에 둘 수 있게 되었다. 미안하지 않아도 되는 핑계가 생겼다. 그렇게 만들어진 시간들이 더 효율적이고 유용하게 쓰일 수 있게 되었다. 무엇보다 나의 삶에 가장 영향력을 미치는 사람들과의 시간들을 선택하게 된다.

내가 이미 가진 것에 집착하지 않아도 된다. 원래 알고 있던 친구와 여행을 함께 떠나지 않아도 된다. 여행지에서 만나게 될 많은 사람들은 내가 아직 사귀지 못한 친구이기 때문이다.

물건이든 사람이든 하나일 때 우리는 온 사랑을 그것에 쏟게 되는 것 같다. 공유의 경제에 살고 있는 우리는 물건에 대한 소유 욕구는 과거에 비해 많이 줄어들었다. 집에 최고급 오디오 시설을 갖추고, 수백수천 장의 CD나 레코드를 소유하는 것이 자랑이던 시절이 있었다. 멜론이나 넷플릭스를 통해 음악을 듣고 영화를 보는 요즘 세상에 내가 그것들을 소유하는 것에 큰 의미를 두지 않고 살아가고 있다. 한두 번의 사용을 위해 구매했던 물건들은 다시 되팔기도 하고, 처음부터 대여해서 사용하기도 한다. 가지지 않아도 사용하는 데에 불편함이 없다는 사실을 알게 되었다. 지금은 아니지만 알 수 없는 미래에 쓰이게 될 물건을 사느라 가졌던 조급한 마음도 많이 사라지게 되었다.

언제나 원하면 가질 수 있고, 만날 수 있다는 것은 풍요로움을 의미한다. 인스타그램의 팔로우를 늘리는 일이 중요하게 여겨지기도 했지만, 그 풍요로움 속의 빈곤보다는 찐한 소통을 할 온라인 생태계가 필요하다는 것도 알게 되었다. '나'를 중심으로 사람들이 모인다. 취향과 관심, 배움의 중심에 내가 있고 그것을 확대해서 커뮤니티를 만들어나가는 일에 관심을 두고 있다. 커뮤니티는 단순히 한 명의 인기 셀럽이 아니라 소속감을 가지는 구성원이 필요하다. 개인의 영향력에 한정되지 않고 구성원들이 함께 사회적 경제적 영향력을 가질 수 있게 되었으면 한다. 이렇게 하여 커뮤니티에 속한 사람들 모두 지속적 성장과 가치 나눔을 실현시킬 수 있는 강력한 공동체가 되었으면 좋겠다.

49. 계속 사랑하고 싶다면 따로 또 같이 _ 김성미

"엄마는 아빠랑 어떻게 결혼하게 됐어?"
알고 지낸 지 8년, 연애 6개월, 함께 산 지 17년.
남편과의 연애 시절 이야기는 말만 꺼내도 왠지 오글거린다. 전우와의 애정 이야기라니 참으로 민망하다.

남편은 같은 대학 선배였다. 같은 동네 사람이기도 했다.

어마한 인기를 몰고 왔던 '접속' 영화 속 동현과 수현처럼 남편과 나는 인터넷을 통해 만났다. 영화와 달리 채팅은 아니고 동호회 활동을 하며 만났다. 당시 남편은 그 모임의 시삽, 즉, 모임 장이었다. 막 인터넷에 재미를 들이던 나는 그 동호회의 신입회원이었다.

마침 동네의 한 카페에서 동호회의 정기 모임이 있다고 해서 호기심에 나가보았다. 모임 장소였던 커피숍은 작은 읍내의 지하에 있던 곳이었다. 햇빛은 들지 않았지만, 왠지 따스한 느낌의 실내장식이 은근히 매력적인 공간이었다. 처음 내가 모임 장소에 들어갔을 때 남편은 내 뒤에서 후광이 비쳤다고 이야기했다. 내겐 들어간 순간 보이던 순박한 표정의 젊은 남자들과 여고생 몇 명이 기억 전부였을 뿐 모임 장이었던 남편은 기억에 전혀 없다. 모임 장인데도 있는지 없는지 모를 정도로 존재감 없던 남자. 바로 그 남자가 내 남자가 될 줄이야.

젊은 시절 우리의 사랑은 뜨겁다 못해 데일 것 같은 사랑이었다.

남편과 다른 여자, 그리고 나와 다른 남자의 사랑이 그랬다. 우리는 각자 다른 사랑을 하고 있었다.

나는 늘 옆에 남자 친구가 있어 남편 같은 사람은 눈에 들어오지 않는 젊고 발랄한 여자였다. 당시 나에게 남편은 동호회에서 몇 번

만났을 뿐인데 결혼하자는 말을 한 이상한 남자였다. 남편은 자신을 받아주지 않는 나를 포기하고 그를 사랑해주는 여자와 연애를 시작했다. 후에 남편은 나에게 끝없이 사랑을 갈구하였으나 쳐다보지 않던 내가 야속했다며 자신을 사랑해주는 여자와 만났다고 했다. 그의 연애는 화통하고 재미있는 친구였던 여자의 집착이 강해지면서 헤어짐에 이르렀고 그쯤 나의 연애는 매우 기복이 심한 남자의 감정에 더 이상 휩쓸릴 기력이 없어 끝이 났다.

나의 힘겨운 연애와 그의 질리는 연애는 술자리의 안주로 삼기에 좋은 이야깃거리였다. 만나서 혹은 메신저로 매일 서로의 이야기를 주고받던 우리는 각자 보낸 긴 시간을 뒤로한 채, 사랑하는 사이가 되었다.

각자 다른 사랑을 하는 모습을 보아 온 우리는 연애를 시작하였지만 막 시작하는 연인의 느낌이 아니라 오랜 기간 같이 산 부부 같은 사이었다. 서로 상대방이 어떤 상황을 좋아하지 않는지 알기에 조심하고 노력했다.

결혼 전 나는 술자리를 좋아하는 사람이었다. 술을 마시고 노는 게 좋았다. 대화하고 잔을 부딪치고 마시고 웃고 떠들고……. 그렇게 시간을 보내는 게 좋았다. 하지만 남편은 정반대였다. 술자리에 앉아있는 건 곤욕이었고, 술을 마시면 온몸이 울긋불긋해졌다. 남편은 늘 나를 기다렸다. 술자리에서 옆자리에 앉아 기다리는 날도 있었고, 차에서 덜덜 떨며 기다리기도 했다. 그땐 왜 그랬나 모르겠다. 스쳐 지나갈 인연들과 노느라 소중한 남자 친구를 한없이 기다리게 했다. 날 기다리던 남편으로서는 결코 그 시간이 기쁘지 않았을 것이다. 오랜 기다림 끝에 얻은 사랑하는 사람에게 이 정도도 못 해주냐는 적반하장에 아무 말도 못 하는 속은 아마도 타들어 갔을 것이다. 하지만 그는 기다렸다.

결혼을 했다.

종종 늦은 밤까지 동료들과 어울리고 들어오는 나와 달리 직장이 집 앞인 남편은 집과 사무실, 교회 외에는 아무 곳도 가지 않았다. 내가 퇴근하는 시간을 기쁘게 기다리던 남편의 모습이 점차 변했다. 어느 날 폭발한 남편과 나는 긴 대화를 나누었다. 부부인데 여가시간은 함께 보내야 하는 게 아니냐는 남편과 부부라고 해서 늘 함께 있어야 한다고 생각하지 않는다는 나. 둘 사이에 큰 벽이 가로막고 있는 기분이었다. 그와의 대화는 별 소득 없이 끝났지만, 그냥 내가 포기하자는 마음을 먹었다.

일을 마치고 동료들과 야식을 먹고 퇴근하던 것을 멈추었다. 남편이 원하는 만큼 옆에 있어 주었다. 남편은 다시 자상한 남편으로 돌아왔다. 하지만 나는 나만의 시간이 필요했다. 전에는 남편이 일방적으로 내게 맞추어주었으나 내가 일방적으로 맞추어주다 보니 못 할 짓이라는 생각이 들었다. 일방적인 관계는 불편함을 일으키고 그 불편함이 지속되면 불쾌함까지 이르게 한다. 불쾌함이 이어지는 가정생활은 의미가 없다는 생각이 들었다. 그렇게 부부의 연을 끊기는 싫었다. 이 가정을 유지하기 위해서는 남편이 원하는 둘 사이의 거리와 내가 원하는 둘 사이의 거리를 점차 맞춰가야 한다는 생각이 들었다.

남편과의 적절한 거리가 필요하다는 생각이 들었다. 남편에게 취미 생활이 있으면 좋겠다는 생각이 들었다. 때마침 평소 기타를 좋아하던 남편은 자그마한 기타를 샀다. 우리가 처음으로 샀던 작은 집 거실 한구석에서 그는 늘 기타를 쳤다. 기타 모임을 나가기 시작하고 모임 후 뒤풀이 자리에 나가기 시작했다. 이제는 내가 그를 기다렸다. 난 그를 기다리는 혼자의 시간이 참 좋았다. 모임에서 그의 동료들의 전화는 불이 난다. 아내들의 전화라고 한다. 친구들은 남편에게 네 아내는 왜 빨리 들어오라는 전화를 안 하냐며 묻는다. 남편은 아내가 제발 나가서 좀 놀다 오라고 한다며 친구들에게 너스레를 떤다.

사실 나는 그에게 욕심이 없다. 그저 평생 아프지 않고 옆에 있어만 주면 좋겠다. 그와 평생을 함께할 사이기에 각자의 시간에도 최선을 다하기를 원한다. 그의 소중한 시간에 그가 좋아하는 기타를 치고, 음악을 들으며 시간을 보내는 것처럼 나의 소중한 시간엔 내가 좋아하는 책을 읽고 글을 쓰며 시간을 보내고 싶다. 아이들과 시간을 보낼 때는 찐하게 함께 보내다가 각자의 시간을 보낼 때는 또 그 시간을 존중해주는 우리로 평생 살아가고 싶다.

함께 있는 시간은 소중하게 공유하되 각자의 시간은 내 것이 아님을 인정하고 지지해주는 우리 사이.

적당한 거리를 유지하는 우리는 진정 서로를 사랑하는 부부이다.

4-10. 조급한 마음 내려놓고
내 목소리를 들어 보다 _ 홍지연

내가 아는 걸 다른 사람에게 설명한다는 건 다른 영역 이라는 사실을 배워가고 있다. 제대로 아는 게 아니 였다는 걸 인 스타 라이브방송을 하면서 느낀다. 다시 보고 들으면서 실수하고 있는 것도 바라볼 수 있게 됐다. 외면하고 싶었고 계속해야 하나? 라는 생각이 들었지만 안 할 수가 없었다. 시작은 좋아하는 분들의 권유로 하게 됐고, 내가 배운 기능과 우연히 알게 된 기능을 누군가가 잘 활용하면 좋겠다는 생각 때문인 건지. 1년 전 호기심과 답답함을 함께 갖고 있던 나를 위한건지 알 수는 없지만 다양한 이유로 하지 않으려고 했던 인스타 라이브방송을 한다. 이젠 생각은 덜하고 가벼운 마음 반 가볍지 않은 마음 반을 갖고 시작표시를 일단 누른다. 너무 오래 주저했던 내 모습을 바라보는 게 힘들었는지도 모르겠다.

캘리그라피로 한 문장을 쓰기 위해 연습하는 분량이 3장 정도 되는 걸 알게 됐다. 한동안 꾸준히 쓰다가 나아지는 것 같지 않아 책을 뜯어 따라 썼다. 책에 있는 걸 흉내 내면서 이렇게도 쓸 수 있구나 하고 알게 됐지만 연습을 하다 보면 아쉬움이 더 커졌다. 내 글씨가 아니 여서 그런건지 다시 쓰려고 하면 똑같이 못썼고, 잘하는 사람들의 작품을 보고 눈높이만 높아져 내 글씨가 마음에 안 들게 느껴지기도 했다. 나름 열심히 연습하고 쓴 거라 생각되서 인스타에 올려놨던 걸 보면 그 당시엔 최선의 글씨였다. 아쉬웠지만 그게 그때 내 수준이고 실력 이었다. 못하는 나와 그럼에도 노력하는 나를 존중해주고 토닥거리며 '예전에 비하면 많이 나아졌네' 라고 셀프 칭찬을 하며 인스타를 다시 본다.

사실 SNS도 그렇다. 긴가민가하면서 하고 있다. 예전과 달라진

점이 있다면 조급한 마음은 도움이 별로 안 된다는 사실을 알게 된 정도다. 예전엔 정성스럽게 올려진 포스팅을 보면 부러워만했다. 왜 저렇게 까지 하는 걸까 라는 생각과 함께 나도 할 수 있다는 생각보단 내가 못할 수밖에 없는 이유를 찾기 바빴다. 자책하지 않기 위한 그럴싸한 핑계들을 준비해 놓기도 했다. 하지만 지금은 내가 그 안에 들어가 보니 그만큼 하려면 정성과 노력이 들어가야 한다는 걸 알게 됐다. 마냥 바라보기만 하는 게 아닌 내가 경험한 걸 쓰다 보니 나에 대해 더 알 수 있게 됐다. 조급한 마음 조금 내려놓아 보니 글도 그림도 사람도 바라보는 게 편해졌다. 내 안에 다양한 나를 마주하며 자식만 키우는 게 아닌 내 안의 아이도 토닥이며 함께 성장하고 있다.

1년 전 어떤 마음이었는지 인스타를 내려가 보면 알 수 있다. 말하는 게 어려웠고 글 쓰는 것도 어렵기만 했다. 글 쓰게 도와주신다는 작가님의 손을 놓으려고 세 번 전화를 하기도 했었다. 큰 마음먹고 결제를 했지만 교육비를 많이 썼다고 생각했다. 책을 내려는 목적으로 들어갔던 곳 이 아니 여서 주저하고 망설였다. '친구 따라 강남 간 다' 고 좋아하는 분들을 따라 용기 내 수업에 들어간 거였다. 수업은 늘 재미있고 유쾌했다. 게다가 평생 무료 재수강이기까지 하다. 인생 이야기 어떻게 살아야 하는지에 대한 이야기를 들다 보니 온라인 대학에서 알게 된 사람들과의 관계도 편해졌고 응원도 더 할 수 있게 됐다. 불안함은 내가 키운 거였고 순간에 집중하고 행동함으로 없앨 수 있는 거였다. 솔직하게 쓰고 쉽게 쓰라는 얘기를 가장 많이 들었다. 하지만 잘 쓰는 사람들의 글을 보면 그 얘기를 잊고 금세 욕심을 부렸다. 부족한 글을 보며 아쉬우면 다시 쓰거나 수정하면 될 것 을 그냥 에라 모르겠다하고 올려 버린 적도 많고, 올리기에 급급하기도 했었다. 그거라도 올리며 SNS를 꾸준히 하는 게 어디냐며 위로하기도 했다.

잘하는 사람들을 보며 응원하면서도 한편으론 나는 언제 저렇게 하나라는 생각을 하기도 했지만 조급한 마음을 내려놓아야 하는 건 한 두 번 마음먹는다고 될 일이 아니었다. 순간순간 시도 때도 없이 나타나는 감정이었다. 인스타에서 친하게 지내는 사람들을 보며 질투가 나기도 했고 부럽기도 했다. 1년이 지나고 보니 그 또한 SNS입문자였던 내가 감정조절이 덜되어 느낄 수 있었던 기분이었구나라는 걸 알게 됐다. 지금 새로 SNS 공부를 시작하시는 분들도 예전에 나와 같은 감정을 느낄 것 같단 생각이 든다. 시작한 지 얼마 안 됐을 땐 앞서가는 사람들을 보며 따라가야겠다는 마음 반 부러운 마음 반이었다. 따라가기엔 엄두가 안 나 부러운 마음 만 가지고 한참을 보기도 했었다. 사진과 영상을 많이 찍고 편집하고 글을 조금씩 쓰다 보니 자신감도 생겼고 따라 가야겠단 생각도 들게 됐다. 부러움은 관심이고 목표고 행동할 기회였다. 부러운 마음을 연료로 사용해야 한다. 인스타 라이브방송에서 알려준 영상이 부러워서 따라했고, 글 잘 쓰시는 분을 따라 매일 일기를 쓰기 시작했다. 제페토를 알려 준 게 고마워 영상으로 후기를 만들었고, 인스타 릴스에 올렸다. 글로 표현하는 게 쑥스러워 영상으로 표현을 더 하기도 했다. 매일 진심을 외치기는 어렵게 느껴져 주제가 늘 변하지만 이건 SNS를 하면서 내내 해결해 내야 할 나의 숙제 같단 생각이 든다. 조급한 마음을 감사한 마음으로 바꿔 주문을 외워본다. 쫄지 말고, 나는 내 맘대로 가치를 만들 수 있는 사람이라고. 처음부터 인스타를 잘하려고 하지 않았고 릴스도 잘하려고 하지도 않았다. 일단 시작하는 게 목적이었다. 블로그도 그랬고, 틱톡도 그랬다. 어렵게만 느껴졌던 유튜브도 그렇게 생각하니 덜 어렵게 느껴졌다. 만 팔로워, 실버버튼, 수익화라는 단어는 조급함과 막막함이라는 감정이 들게 하기도 했지만 조급함은 내려놓고 내 목소리를 들으며 계속 응원하고 질문하고 답을 내리다 보면 내가 바라는 답이 보이지 않을까 싶다.

　나름 용기 내 불나방 독서모임 식구들에게 유튜브 주소를 알려

드렸다. 이렇게 먼저 말을 하는 것도 나에겐 큰 용기였다. 주말마다 산에 올라 라방에서 말하는 연습을 시도했다. 내 목소리로 말하고 들어야하는 인스타 라이브버튼을 누르는 게 무거웠던 한걸음이었고, 유지하는 게 또 한걸음이다. 그다음 한걸음이 유튜브였다. 인스타 라이브를 했던 것처럼 어렵게만 느껴졌다. 막상 해보고 나니 구독자도 좋아요도 없어 흐지부지 됐다. 유튜버 들이 구독과 좋아요를 왜 항상 외치는지 알게 됐다. 4명이였던 구독자에서 7명이 됐고, 나름 부탁을 한 덕분에 15명이 됐다. 인스타와는 또 다른 느낌이다. 거창한 목표보다 지금 내 수준에서 적게나마 구독자가 있음이 감사하고 소중하다. 잘하는 사람을 목표로 도전 하는 것도 좋은 방법이지만 나처럼 힘 빼고 일단 시작해 보라고 말하고 싶다. 퐁당퐁당 하더라도 포기하지 않고 꾸준히 SNS를 시도 하면 좋겠다. 할 수 있는 수준에서 지금처럼 한걸음만 더 나아가 보고 싶다.

인생, 조금 천천히 살기로 했다

제5장

슬로우 리빙

제 | 5 | 장
슬로우 리빙
Slow Living

5-1. 느리게 살아야 살만하다 _ 김종태

바쁘게 사는 것이 좋을까 느리게 살아야 좋을까. 지금까지의 이야기로 보면 당연히 후자일 것이다. 왜 느리게 사는 것이 더 좋을까. 느리게 산다는 것이 무엇일까. 어떻게 사는 것이 느리게 사는 것일까. 이런 질문들을 함께 생각해보자. 우리의 현실에서 시작하면 좋을 것 같다.

우리나라는 살만한 나라인가 아닌가. 주제에 따라 혹은 관점에 따라 다를 것이다. 특히 개인의 형편이나 상황에 따라 다를 것이다. 한 가지 좋지 않은 통계가 있다. OECD 국가 중 자살률 1위. 그들은 살만한 나라가 못돼 삶을 중단한 것일까. 아니면 다른 이유가 있을까. 자살하는 사람에게는 나름대로의 이유가 있겠지만, 그 전부를 그 사람 밖에서만 찾을 수는 없을 것이다. 사건마다 다르겠지만 어쩌면 자신 안에 더 큰 이유가 있을지도 모르겠다. 왜냐하면 자살은 본질적으로 본인의 선택이니까.

2016년 11월 15일 자 인터넷판 한겨레신문에 자살하는 이유에 대해 이렇게 언급한다. 자살충동을 느끼는 사람들을 대상으로 설문조사한 결과 '경제적 어려움'(35.5%)이 가장 많았다. 그다음으로 '가정불화'(14.4%), '외로움, 고독'(14.2%) 순이었다. 그런데 좀 비약적이기는 하지만 조급증이나 빨리빨리라는 특성도 자살의 원인, 즉 간접적인 요인이 될 수 있을 것이다. 사회나 시대가 빠르게 변하고, 빈부격차가 심해지는 가운데 뒤처진다는 생각을 할 수 있다. 그러면 누구에게나 초조한 생각이나 불안한 심리가 생길 수 있다. 아울러 조급증이 가중될 수 있다. 따라서 멀기는 하겠지만 불안 심리나 조급증도 자살의 한 원인이 될 수 있을 것이다. 이와 같은 시대상황에서는 역설적으로 느리게 살아야 살만할 것이다.

현대 과학기술은 하루가 다르게 급속도로 발전한다. 그에 따라 직장이나 사업에 필요한 지식이나 도구들을 제때에 습득해야 할 것이다. 관련된 책 읽기, 스마트폰이나 컴퓨터를 다루는 기술 익히기, 수많은 스마트폰 앱 사용 방법이나 컴퓨터 활용법 등을 배워야 시대에 맞게 잘 살아갈 수 있다. 뿐만 아니라 메타버스라는 가상세계나 NFT(대체 불가 토큰) 같은 새로운 기술도 등장하여 일반들의 마음을 바쁘게 하고 있다. 이와 같은 변화와 발전 속도를 따라가지 못하면 우울감이나 불안감이 생길 수 있다. 이런 때일수록 삶의 속도를 늦춰야 할 것이다. 그렇지 않으면 나도 모르게 조급증에 빠지고 마음에서부터 피곤해질 것이다.

과거 한때는 '느린 것'이 비난받기도 했었다. "느려 터져서!", "빠릿빠릿하지 못해?", "굼떠서!" 등의 말로 윤리적인 잣대를 들이댔다. '느리다'는 것이 둔하다거나 시대변화에 둔감한 것으로 치부되기 쉬웠다. 사람마다 배움이나 삶의 속도가 다르고, 생각이나 반응의 속도가 다른데도 말이다. 사람마다 나름의 속도나 페이스가 있다. 그런 것을 존중해줘야 할 것이다. 그러나 거기에서 한발 더 나아가 의도적으로 삶의 속도를 더 늦춰야 살만할 것이다. 느리게 산다는 것은 결국 자신의 속도대로 사는 것이다. 뿐만아니라 주변과 멀리내다 보는 통찰력을 살리는 일이고, 자신을 들여다보는 성찰을 취하는 일이다. 느리게 살면 어떻게 될까.

첫째 삶이 더 풍요로워진다.

자동차나 기차를 타고 달릴 때 주변의 풍경이 보이기는 한다. 그러나 빠르게 스쳐 지나간다. 걸어서 가거나 때때로 서서 풍경을 보면 자세하게 볼 수 있다. 자세하게 보면 예쁘다 하지 않던가. 그러면 풍경의 구석구석을 볼 수 있을 것이고, 자연의 다양성을 확인할수 있을 것이다. 자연의 구체적인 모습과 대화도 할 수 있을 것이다. 이로 인해 내 생각이 더 깊어지거나 다양해질 수 있다. 나는 시골 고향이나 어디엔가 가서 돌아올 때는 갔던 길이 아닌 다른 길로 돌아올 때가 왕왕 있었다. 시간이 더 걸리더라도 그렇게 할 때가 많았다. 이유는 좀 색다른 풍경을 보고 싶었기 때문이다. 그럴 때는 같은 길로 돌아올 때보다 한결 기분이 좋았다. 다양하고 새로운 경험을 하여 내 삶이 더욱 즐겁고 풍요로워졌기 때문이리라.

둘째 느리게 살면 사람이 더 잘 보이고 더 행복해질 것이다.

관계 중심의 사람이 있고, 일 중심의 사람이 있다. 후자인 경우는 대체로 빠르게 사는 사람이다. 과정이나 방법보다는 결과나 성과를 더 중요하게 생각하기 때문이다. 젊었을 때 내가 일했던 방식이다. 이렇게 하면 사람이 잘 보이지 않는다. 기본적으로 인간관계가 부족했던 나로서는 그것이 치명적이었다. 그 결과 목회가 어려웠다. 그러나 성과가 부족하고 결과가 작거나 더디더라도 과정이나 방법을 소중히 여기는 사람들이 있다. 이렇게 할 때는 사람이더 잘 보일 것이다.

어느 쪽이 더 행복하고 어느 것이 더 성과가 좋을까. 어느 것이더 살만한 삶일까. 사람마다 다르겠지만 결국은 일의 성격이나 관점에 따라 다를 것이다. 무엇을 더 소중하게 여기는가에 따라서.

누구에게나 일도 사람도 다 필요하다. 과정도 성과도 중요하다.그럼에도 불구하고 어느 것이 더 소중한가 하는 물음에 나름의 답이 있을 것이다. 그 대답에 따라 일이나 삶의 무게 중심이 어디에놓여질지 결정될 것이다. 가치관만이 아니라 그 사람의 삶의 방향이나 목적에 따라서도 달라질 것이다. 삶의 근본적인 목적이 무엇일까. 사람에 따라 다르겠지만 일반적으로 생각하면 행복일 것이다. 살기 위해 먹고 먹기 위해 산다든지, 일하기 위해 먹고 먹기 위해 일한다는 사람은 아무도 없을 것이다. 비록 우리의 주된 일상이먹고 일하고, 일하고 먹는 것이지만 그렇다고 그런 것을 삶의 방향이나 목적으로 정해 사는 사람은 없을 것이다. 삶의 방향과 목적이 행복이라면 삶의 속도를 조절하여 가능하면 느리게 살아야 할 것이다. 한 템포 늦추면 사람이 보이고, 사람이 보이면 더 행복해질 것이기 때문이다. 그러면 인간관계를 더 잘 발전시킬 수 있고, 그로 인해 우리의 행복은 증진될 것이다.

마지막으로 느리게 살면 내 안이 보일 것이다.

삶의 속도를 빠르게 하면 일이나 업무 그 자체만 보인다. 주변의 풍경이나 사람은 보이지 않을 것이고, 특히 내 안도 보이지 않는다. 사물을 객관적으로 혹은 사실적으로 봐야 하기도 하지만 때로는 나를 볼 줄 알아야 한다. 성찰이다. 나는 2년 전부터 은퇴 이후를 대비해 어떻게 살아야 할까를 두고 이것저것 공부를 많이 했다. 해야 할 과제가 많아 마음이 급했다. 일정에 따라 좇아가기에 바빴다. 그러다가 어느 날 문득 "내가 누구이고, 내가 어디를 향해 가고 있는지" 자신을 들여다 보면서 깜짝 놀란 적이 있었다. '메신저'라는 나의 정체성을 다시 생각한 것이다. 적을 알고 나를 알아야 승리한다 하지 않았던가.

주변이나 현실, 지식이나 정보만이 아니라 나를 알아야 한다. 현재의 나는 어떤 지점에 서 있고 어느 방향을 향하고 있는지 자신을 볼 줄 알아야 한다. 느리게 살아야 가능하다. 느리게 살면, 삶이 더 풍요로워지고, 사람이 보이고, 내 안이 보인다. 그러면 이제 사랑이 보일 것이다. 급한 곳이 아니라 느린 곳에 사랑이 있다. 사랑이 보이면 살 만할 것이다. 사람은 누구나 자신의 삶이나 인생을 엮어 짜는 직조 기술인이다. 베 짜는 사람이 가로줄과 세로줄을 엮어 옷을 짜듯이 우리는 일과 사람, 세상과 자연의 어울림 속에서 자신만의 이야기를 만들어간다. 자신의 이야기를 작가처럼 써 내려간다. 어떤 재료를 어떻게 가져다 쓸 것인가 하는 것은 조각가나 작가의 선택이듯이 우리 각자는 느림과 빠름 중에서 택일해야 할 것이다. 사랑도 천천히, 삶도 천천히. 그것이 우리의 인생을 더욱 여유 있고 아름답게 만들어 줄 것이다. 그것이 사랑을 보여주기 때문이다. 사랑이 충만하면 가장 행복한 삶이 될 것이다.

5-2. 내면의 소리를 외면하지 않아야
바라는 삶을 살 수 있다_ 김태영

"안녕하세요. 저는 독서육아 저자 이지혜입니다"
하브루타 독서지도사 공부를 하는 첫날 자신을 작가라고 소개하는 말에 뒤돌아보게 되었다. 쉬는 시간이 되기를 기다렸다.

"저도 책을 내고 싶은데 혹시 선생님이 수강하신 곳을 알려줄 수 있을까요?"

작가는 특별한 사람이나 되는 줄 알았는데 가까이서 작가를 만나고 나니 도전해보고 싶어졌다. 자신도 작가가 되고 싶어 많은 곳을 찾다가 알게 되었다며 블로그를 소개해주었다.

기대감을 안고 수업 갔던 첫날, 자신을 막노동꾼, 암 환자, 경제사범으로 큰집에도 다녀왔다는 이야기로 수업이 시작됐다. 보통은 자신을 좋게 포장해서 수강생을 모집하는데 이은대 작가는 오히려 자신의 약점을 내세우는 것이 아닌가? 그 배포도 마음에 들었다.

진심이 느껴졌고, 정말 작가로 만들어 줄 것 같은 생각에 집중하며 들었다 "정규수업은 3번입니다. 그러니 오늘 수업을 마치고 집에 가서서 A4 2매에 자신이 하고 싶은 이야기, 또는 쓰고 싶은 이야기 등 자유롭게 작성하셔서 메일로 보내주시길 바랍니다. 그러면 다음 시간에 목차를 드리도록 하겠습니다."

3시간 동안 책 쓰는 포인트만 짚어서 이야기 해주는데 지루할 틈이 없었다. 정신 차렸을 때는 무조건 글을 쓰라는 이야기만 생각났을 뿐이다. 집에 와서 노트북을 켜놓고 한참을 바라보았다. 무슨 글을 쓰지? 어떤 이야기부터 꺼내면 될까? 정말 무조건 분량을 채우면 되는 것일까?라는 의문이 들었으나 하라는 대로 하면 된다는 말에 믿어보기로 했다.

"오늘 제가 여러분께 목차를 드렸습니다. 각 장에 3 꼭지 목차 외에 2 꼭지는 여러분이 채우시길 바랍니다. 각 꼭지 당 분량은 보내드린 양식에 맞게 초고를 작성하시면 됩니다. A4용지 1.5매 분량은 꼭 지켜주셔야 합니다."

"작가님 저는 목차 못 받았는데요?"

"죄송합니다. 김태영 님 목차는 작성 중입니다. 조금만 기다려주시면 감사하겠습니다." 다른 사람들은 다 받아 들고 글을 쓰고 있는데 나만 받지 못해 불안해졌다. '나도 내가 도대체 무슨 이야기를 하고 싶은지 헷갈리는데 이은대 작가라고 별수 있을까?' 라며 기대반 걱정반으로 1주일을 보내고서야 '사랑학개론' 제목과 함께 15개의 목차를 받았다. 나머지 10개는 직접 채우라고 했다. '모야. 난 사랑타령을 한 게 아닌데 사랑학개론이라니? 90년대식 목차로 쓰라고?' 기대했던 마음은 실망으로 바뀌었다. 맘에 들지 않는 목차를 한참 동안 바라보았다. 과연 이 목차대로 글을 쓰면 사람들이 읽기는 할까? 라는 생각이 들면서도 매일 정해진 분량만큼 무조건 써 내려갔다. 쓰다 보니 놀라운 일이 일어났다. 전혀 기억날 것 같지 않았던 내용들이 어제 일처럼 선명해지기도 했고, 지워버리고 싶은 기억이 떠올라 괴롭기도 했다. 잊었다고 생각했고, 치유되었다고 생각했던 일들이 떠오를 땐 소리를 지르며 한참을 울기도 했다. 울고 나니 후련해지기도 했고, 화가 올라오기도 했다. 글을 쓰면서 잠들어 있던 내면 아이를 깨우기도 했다. 자라지 못한 아이가 웅크려 있는 모습을 만났을 땐 내 잘못이 아니야 라며 어린 나를 토닥여 주기도 했다. 자신감이 생겼고, 하고 싶은 일들이 많아졌다. 35일은 기적의 시간이었다. 그 시간을 게을리하지 않고 글을 쓰다 보니 어느새 100장 가까이 되었다. 한 장을 어떻게 쓰나 걱정했던 내가 100장을 써낸 것이다. 뿌듯했다. 나도 작가가 되는구나! 라며 출간 계약을 할 날을 상상하며 퇴고를 생각하고 있을즈음 두려움이 몰려왔다. 내 이야기가 세상 밖으로 나가도 괜찮은 걸까? 사람들이 내 이야기를 읽고 싶을까? 나라면 이 책을 사서 읽어볼까? 사랑타령이나 하는 글을 누가 읽을까 라는 생각이 들자 자신이 없어졌다. 책을 쓰고 싶었고 작가라는 타이틀을 가지고 싶었지만 책을 내고 싶지 않았다. 신중하기로 했고 용기가 생길 때 하자며 덮었다. 한동안 멍했다. 매일 글쓰기가 나의 삶이었는데 글을 쓰지 않으니 마음이 텅 빈 것 같았다.

"운동을 다녀보지 그래? 운동을 하다 보면 몸도 개운해지고 기분 전환도 될 거야! 나이 먹을수록 더 운동해야 된다고." 몇 개월 후면 책이 나올 거라며 큰소리 땅땅 쳤는데 책을 낼 수 없게 되니 갑자기 우울해졌다. 사소한 것에도 짜증 내는 것을 더는 두고 볼수 없었는지 남편은 운동을 권했다. 체력은 떨어지고 살은 계속 찌니까 발바닥 통증이 자주 일어났다. 운동이 필요하다고 생각하던 때라 지인과 함께 상담을 받았다. 새로운 각오로 운동을 시작했다. 그런데 2개월이 지나도 살은 빠지지 않고, 흥미도 잃어가고 있었다. "안녕하세요. 이번에 새로 온 매니저 김유나입니다." 새로운 매니저가 오고부터 센터에 활기가 넘쳤다. 이벤트를 진행했고 선물도 빵빵했다. 본사 이벤트에선 고가의 상품권이 걸리기도 했다. 고가의 상품이 마음에 들어왔다. 다이어트에 성공하면 선물도 받고 살도 빠지고. 일석이조라 도전해보기로 했다. 난생 처음 식단 조절과 운동을 병행한 결과 2개월 만에 8kg 감량에 성공을 했다. 머리로 할 때는 안 되던 것이 마음이 움직이니 먹고 싶은 욕구까지 조절이 가능해졌다. 살이 빠지고 나니 많은 것들이 달라 보였다. 자신감도 생겼다. 이 경험을 책에 담고 싶어졌다. 그렇게 촌스럽던 사랑학개론 목차는 4년이 지나서 보았는데도 전혀 촌스럽지 않았다. 오히려 나에게 맞는 목차라는 생각이 들었다. 쇠뿔도 단김에 빼라는 말이 있다. 또 미루면 영영 책을 쓸 수 없을 것 같다는 생각이 들어 짧은 시간 집중했다. 그 결과 2주 만에 초고를 완성할 수 있었다. "작가님 저 초고 완성했어요. 오랜만에 연락드려 죄송합니다." 갑자기 글 써서 보내면 어떻게 하냐는 쓴소리를 듣긴 했지만 기꺼이 출간할 수 있도록 지도해 주셨다. 그 덕분에 '하브루타 그림책 치유법'이 세상에 나왔다.

글쓰기가 가장 자신이 없었던 한 사람이 지인이 참여한 그림책 만들기에 관심을 보인 덕분에 글을 쓰게 되었고, 출간 작가라는 타이틀을 갖고 싶은 마음에 자이언트 문을 두드렸다. 작가가 되고 나서 글쓰기는 더 이상 두려움의 대상이 되지 않았다. 당당히 사람들 앞에 나설 수 있게 되었다. 독서지도사, 그림책 아트 코치, 엄마성 장코치로 많은 사람들에게 비전도 찾아주고 있다. 누군가에게 평가받을 것이 두려워 글을 쓰다고 포기한 적도 여러 번이다. 그럼에도 또 글을 쓰고 있다. 내 글이 별로라고 말하는 독자도 있고, 내 글에 공감도 되고 위로가 된다는 독자도 있다. 모두를 만족시킬 수는 없지만 나 자신이 만족하기 위해 한 걸음 나아갈 수는 있다.

여전히 글 쓰는 일이 어렵고 힘들다. 그럼에도 많은 것들을 가져다주었기 때문에 글 쓰는 삶을 살고 싶다. 나를 되돌아보게 했고, 내가 하고 싶은 길을 찾아가게 해 주었다. 그동안 남의 시선 때문에 두려웠던 것들도 글을 쓰면서 할 수 있게 된 것이다. 갱년기 다이어트 성공사례자로 방송(SBS 출발모닝와이드, MBC 생방송

오늘저녁, JTBC 다채로운 아침, MBN 특집 다큐 H)에 출연하게 되었으며 '길잡이' 주제로 강남구 주민연사로 강연도 했다. 내면의 소리를 듣지 않았다면 이 많은 것들을 하지 못했을 것이다. 다이어트, 글쓰기, 책 출간 더 이상 꿈만 꾸지 않기를 바란다. 시작이 반이다. 남들이 어떻게 했느냐에 초점을 둘 게 아니라 내가 할 수 있는 만큼 하기를 권한다. 조금씩, 천천히 꾸준히 내면의 목소리를 외면하지 말고 나아가길 바란다.

5-3. 하고 싶은 일 즐기면서 돈도 벌었습니다 _ 박소연

어릴 때부터 만들고 그리는 것을 좋아했습니다. 용돈 받으면 색종이를 사서 예쁜 튤립을 만들어 꽃병에 꽂았습니다. 월급을 받으면 지점토를 사서 시계도 만들고, 귀여운 동물 가족을 만들어 진열하였습니다. 만족했습니다. 주변 사람들은 그런 나를 보면 한숨을 쉬었습니다.

"소연아 너는 힘들게 돈 벌어서 만들기에 다 쓰니?"

"그것 다 만들어서 뭐 할 거야?"

그냥 좋았습니다. 즐겁고 행복했습니다. 네모난 지점토와 색종이가 나의 손에 의해 예쁜 모양들로 바뀌는 모습이 즐겁고 행복했습니다. 완성된 모습을 보면 만족스러웠습니다. 사람들은 돈 안 되는 일을 하는 나를 보며 한심했던 모양입니다.

자기계발서를 읽거나 강의를 들으면 자주 나오는 말이 있습니다. 성공하고 싶다면 자신이 하고 싶은 일보다 잘하는 일을 선택하라는 겁니다. 성공확률이 더 높다고 말합니다. 저는 평생 좋아하는 일을 하며 성공하라 말하고 싶습니다. 잘하는 일은 당장 돈이 될지는 몰라도 계속하게 하는 힘이 약합니다. 내가 좋아하는 것을 하기 위해 가는 곳은 일터라기보다는 놀이터 같습니다. 어릴 때부터 좋아하는 일만 하며 살고 싶었습니다. 좋아하는 만들기를 하면서 수익을 내는 방법을 고민했습니다. 생활에 필요한 물건들을 만들기 시작했습니다. 처음 만든 것은 아동 리본 머리핀이었습니다. 아동용을 만든 이유는 자신이 없어서 크기를 작게 시작하고 싶었기 때문입니다. 여러 가지 리본을 만들기 위해 잡지를 보고 인터넷에 돌아다니며 리본 사진들을 수집했습니다. 수집한 사진들을 보며 똑같이 만들려고 연습했습니다. 그 과정에서 새로운 리본이 탄생하기도 했습니다. 여러 모양의 리본을 예쁘게 접어서 머리핀 대에 붙였습니다. 그 뒤로 리본을 방울에도 붙이고 머리띠에도 붙였습니다. 그렇게 만든 작품들을 주변 지인들에게 선물로 나누어 주었습니다. 선물 받은 분들은 아기 머리에 멋지게 꽂아 사진 찍어 보내

주었습니다. 예쁜 아가들이 착용하니 리본 핀이 더 예뻐 보였습니다. 그 사진들을 지마켓, 옥션에 올렸습니다. 주문이 들어왔습니다. 즐겁게 만든 작품이 돈으로 바뀌는 시간이었습니다. 신났습니다. 그런데 문제가 생겼습니다. 똑같은 리본 핀을 두 개 이상 주문하는 분들이 늘었습니다. 배송비를 절약하려고 이웃이 함께 주문한 겁니다. 즐겁게 만들기에만 집중하다 보니 리본의 길이와 모양에 일관성이 없었습니다. 그때부터 리본의 길이와 접는 방법을 기록하기 시작했습니다. 이렇게 기록된 노트가 모여 대량 제조를 할 수 있게 되었습니다. 시간이 지나 수출까지 하게 되었습니다. 더 다양한 모양으로 만들었습니다. 주문한 사람들은 다양하게 만들어 달라 요구하기 시작했습니다. 요구사항을 꼼꼼히 적어 그대로 만들어 주었습니다. 오히려 디자인하지 않고 신제품이 나오는 것 같아 좋았습니다. 색상도 기본 5가지 이상 늘렸습니다. 상세페이지가 점점 길어졌고 온라인에서 '가장 종류가 다양한 집'으로 소문이 나기 시작했습니다. 판매만 생각했다면 만들기 쉬운 한정된 수량의 모양을 만들었겠지만 만들기를 즐기다 보니 더 다양하게 만들고 싶어 졌습니다. 그렇게 행동한 것이 유명한 집, 정성껏 만들어 주는 집, 마무리까지 깔끔한 집으로 알려진 것입니다. 결국, 지마켓에서 핸드메이드 액세서리 부분 1위를 차지하게 되었습니다.

도매 문의도 들어왔습니다. 오프라인 매장을 하시는 분들이 온라인을 보고 도매를 주문하기 시작했습니다. 이제는 재고 걱정 없이 마음껏 만들어도 되었습니다. 실컷 만들었습니다. 점점 많은 양의 주문이 들어오니 재료가 많아져서 집이 복잡해졌습니다. 가까운 곳에 창고형 매장을 하나 열었습니다. 저녁 반찬거리를 사기 위해 나온 아기엄마들과 퇴근하며 구경하러 들른 여성분들로 밤까지 손님이 이어졌습니다.

"옷집에서 액세서리 파는 것은 봤어도 이렇게 액세서리만 다양하게 있는 집은 처음 봐요"

"예쁜 것을 온종일 보고 있으면 좋으시겠어요"

들어오시는 손님마다 부럽다는 말을 많이 하셨습니다.

매장 인테리어는 리본이 어울릴만한 분위기인 핑크로 통일했습니다. 한마디로 공주풍이었습니다. 딸 가진 엄마들은 자신이 왕비는 못되더라도 딸들은 공주이기를 바라는 듯했습니다.

똑같은 매장을 지역 몇 군데 늘렸고 운영할 사람들을 뽑았습니다. 헤어액세서리만 하다가 비즈 공예를 연습해서 팔찌와 목걸이로 아이템을 늘렸습니다. 냅킨 공예를 공부해서 소품도 만들어 진열했습니다. 모두 해보고 싶었던 것들이었습니다. 나에게는 놀이입니다. 매일 출근하는 곳이 놀이터가 된 것입니다. 매장 운영은 시간을 나누어 오전 시간에는 공방으로, 손님이 몰릴 시간에는 판매 위주로 운영했습니다. 핸드메이드 작품들은 모두 돈이 됩니다. 요즘은 제품뿐만 아니라 만드는 방법을 영상으로 만들어 돈을 벌수 있습니다. 강의도 할 수 있습니다. 천연비누 만들기, 천연방향제 만들기, 꽃 리스 만들기, 브로치 만들기, 향초 만들기처럼 다양합니다. 이제는 그림까지 공부하기 시작했습니다. 그림을 그리고 있으면 행복합니다. 연필화, 펜화, 수채화, 색연필 화, 아크릴화 그리기 등을 합니다. 재밌게 배우고 익혀서 연습한 작품들을 매장에 진열했습니다. 사람들이 그림을 사려고 가격을 묻습니다. 아직 그림은 팔지 않습니다. 나중에 그림들을 모아 전시회를 열 생각입니다. 매장에 걸린 그림을 보고 사람들은 어디서 배울 수 있는지 물어봅니다. 곧 강의도 열어야 할 것 같습니다. 행복한 고민이 생겼습니다. 또 한 가지 즐기고 있는 것이 있습니다. 작년에는 피부미용에 관심이 생겼습니다. 그렇게 관심이 생기고 즐기다 보니 피부미용사 국가 자격증까지 갖게 되었습니다. 네일 미용사 자격증도 같은 방법으로 즐기면서 단기간에 취득했습니다. 학교에 다닐 때처럼 시험공부를 했다면 아마도 합격하지 못했을 겁니다. 그냥 궁금한 것을 찾아가며 즐겼습니다. 그리고 행복한 마음으로 생각합니다. 어떻게 나의 즐거움을 가치 있게 만들 수 있을까? 생각하다가 방법이 떠오르면 실행해 봅니다.

"아무것도 행동하지 않으면 아무 일도 일어나지 않는다."

이 문장을 좋아합니다. 저의 책상 앞에 붙여진 문장입니다. 요즘은 글쓰기가 즐거워 글을 쓰기 시작했습니다. 이것 또한 배워가고 있습니다. 글쓰기 수업은 자이언트 북 클럽 '이은대 작가'에게 배우고 있습니다. 아주 만족합니다. 토요일 오전 7시에 책 쓰기 수업을 2시간 동안 듣습니다. 목요일 오후 9시에 문장 수업을 1시간 듣습니다. 가랑비에 옷 젖듯이 글쓰기가 익숙해지고 있습니다. 처음에는 아무것도 모르던 내가 글을 적게 되고, 어떻게 적어야 하는지 구체적으로 알게 되면서 점점 더 즐기고 있습니다. 수업은 적당한 유머와 가슴 찡한 감동으로 2시간이 어찌 지나갔는지 모르게 흘러갑니다. 독서 모임 '천무'를 통해 책 읽는 것도 배우고 있습니다. 학창 시절 독후감 쓰는 날이면 땀 뻘뻘 흘리던 내가 이제는 블로그에 독서 후기를 쓸 수 있습니다.

책 읽고, 글 쓰고, 그림 그리고, 판매하고, 강의하면서 이렇게 즐기고 있습니다. 주변 사람들이 하고 싶은 일을 하며 돈을 번다고 부러워합니다. 그들에게도 해보라고 권합니다. 사람들은 대부분 늦었다고 말합니다. 타고난 재주가 있어야 한다고 생각합니다. 그들에게 저는 이렇게 말합니다. "이 세상에 늦은 것은 아무것도 없습니다. 재주 그런 것은 한 끗 차이입니다. 즐겁게 배우면 실력이 됩니다. 단지 즐길 준비가 되어있는가에 달렸습니다."

　서두르지 않고 나 자신이 하고 싶은 것에 천천히 도전하고 있습니다. 저도 제가 궁금합니다. 다음에 또 무엇에 도전할지. 전혀 두렵지 않습니다. 그냥 즐기면서 이루어왔기 때문입니다. '알기만 하는 자는 좋아하는 자를 이기지 못하고, 좋아하는 자는 즐기는 자를 이기지 못한다.' 라는 말이 있습니다. 이왕 한번 사는 인생, 즐기면서 살아보면 어떨까요?

5-4. 심플하고 느린 삶 _ 박수미

　나는 보통 3개의 가방을 가지고 다닌다. 지갑과 자동차 키 같은 간단한 소품이 들어있는 백과 큼지막한 에코백 2개다. 거기에는 노트북과 일주일 동안 읽을 책, 공부하는 바인더가 꽉꽉 가방이 미어터지게 들어있다. 가방을 가지고 다닌다고 팔뚝과 어깨에 가방줄 자국으로 멍이 든 적이 있을 정도다.

　가방을 보면 그게 나의 삶이고 나의 머릿속이다. 배우고 싶은 게 많고 하고자 벌여 놓은 일들도 많다. 그래서 내 머릿속에는 항상 여러 개의 생각이 뒤죽박죽이다. 일하다 보면 집에서 해야 할 일이 떠오르고, 집에 있으면 회사 일이 떠오르고, 책을 읽으면 다른 과제가 떠오른다. 내가 하고자 하는 일에 성과가 나지 않았다. 얼마 전에 남편과 싸운 데다 코로나로 자가격리를 하면서 매일 하던 루틴들과 공부, 일 모든 걸 내려놓고 침대에서 며칠을 누워만 있었던 적이 있었다. 움켜쥐고 있던 것 중 하나라도 흘려보내면 큰일 날 것 같았는데 아무 변화가 없었다. 오히려 머릿속에 복잡했던 것들이 하나씩 지워지며 생각이 단순하게 정리되는 경험을 했다.

2022년 1월 건강을 위해 내 몸속의 독소를 비워내고 다시 좋은 영양을 채우는 비채 프로젝트에 참여하였다. 2주간 건강 책을 공부하면서 만 보 걷기도 하고 몸에 좋은 것들을 서서히 채워 넣기 시작했다.

20일 만에 13kg 감량을 했다. 체중계로 보이는 몸무게의 변화도 좋았지만, 몸이 가벼워지고 에너지가 솟았다. 몸무게 감량만이 아니라 스트레스도 줄어들었다. 옷장에 문을 열면 입을 옷이 가득한데도 선뜻 손이 안 갔다. 몸의 형태 보다, 디자인이나 취향보다 내 육중한 몸을 가리는 용도의 옷, 그뿐이 아니다. 그것마저 입으면 끼여서 답답했다. 외출할 때마다 스트레스였다. 먹으면 어차피 배출될 입에만 쾌락을 주는 음식을 마구 입에 넣었던 결과였다. 격리 기간 집에만 있게 되니 집안 정리가 시작되었다. 베란다 구석에 쌓여있던 짐들부터 밖으로 모조리 꺼냈다. 안 쓰는 것들은 '나중에 써야지' 하지 않고 무조건 현관으로 뺐다. 막혀있던 베란다가 훤해졌다. 기분이 좋았다. 창을 열고 바닥을 물청소했다. 내 마음의 때까지 싹싹 씻겨나가는 기분이 들었다. 다음은 옷장 정리였다. 날씬했을 때 입었던 옷 언젠가 입으려고 옷장을 가득 채웠던 옷들을 다 꺼냈다. 격리를 마치고 의류 수거함에 옷을 넣고 있는데 평소 친하게 지내는 경비아저씨께서 오셔서 도와주시며 어디 이사 가냐고 하실 정도였다. 이제 옷을 입을 때 스트레스를 덜 받는다. 당장 입을 옷들로 채워져 있고 몸도 비워져 더는 옷이 끼지 않기 때문이다.

이제 나의 시선은 내 가방으로 간다. 한 참 쳐다보았다. 내 삶의 다른 부분도 심플하게 바꿔보자 결심이 섰다. 체중계에서 더는 넘어가면 안 될 앞자리의 숫자를 만났다. 겁이 난 나는 바로 밤마다 마시던 맥주를 끊었다. 하루 만 보 걷기를 꾸준히 했다. 거기에 더해 내 몸을 비우고 좋은 영양들로 채우기 시작했다. 처음에는 변화를 감지 못했던 내 몸이 급격히 좋아지는 경험을 했다.

내 삶을 심플하게 바꾸고 싶은데 지금 당장 내가 할 수 있는 게 뭔지 생각했다. 당장 두 개의 에코백에서 하나의 에코백으로 줄였다. 그 가방 하나에 내가 살아내고 싶은 것 중 당장 할 수 있는 것들을 넣었다. 또 놀라운 변화가 일어났다. 몇 년간 찾아 헤매던 내 꿈과 강점들이 연결되어 대한민국 1호 공간 테라피스트가 태어났다. 많은 것들을 덜어내고 심플하게 만들자 내 머릿속에서 떠오르던 것들이 점점 모이기 시작했고 구체적인 모습으로 드러나기 시작했다. 빨리 꿈을 이루고 싶고 성과를 내고 싶어 문어발처럼 여기저기 뻗어 움켜쥐고 있던 것들을 놓자 더 뚜렷해진 나의 삶이 드러났다. 이것저것 동시에 배운다고 모든 게 내 것이 되지 않는다. 오히려 하나하나 느리지만, 꾸준히 쌓아가다 그것이 익숙해지면 또 하나를 쌓아가는 게 더 빠른 길이란 걸 알게 되었다.

그 배움을 그대로 삶으로 보여준 분이 내 옆에 있다. 그분의 삶을 보고 배울 수 있어서 혼자 고민했던 시간이 짧아졌다. 두잇나비 독서 모임에서 한 책을 읽었다. 《소크라테스 익스프레스》라는 책인데 표지에 기차 그림이 있다. 모임의 김휘정 선배님께서 책 속 내용을 이야기해주시며 기차를 인생에 빗대어 나눠주셨다.

"기차는 작은 역에서 잠시 멈추며 다음 역으로 가지만 결국은 종착역으로 가지요. 우리는 인생에서 멈춤의 순간에 방황하지만, 그건 다음 역으로 가는 과정이지 결코 영원히 멈춰진 것이 아니에요."

그 말에 큰 울림이 있었다. 겨우 앞만 보던 삶에서, 하늘 위에서 나를 내려다보는 확장된 나로 변했다.

나는 꿈이 있다. 우리 가족의 일, 가구점에서 손님들에게 가구를 파는 사람이 아닌 나의 공감 능력을 활용해서 사람을 이해하고 그분께 맞는 공간을 채워드리고 싶다. 그 공간에 가구만이 아니라 마음을 치유하는 향을 나누고 싶어 아로마 테라피도 공부하고 있다. 각 가정에 긍정의 에너지를 채워 줄 엄마들을 위한 독서 모임도 운영하고 내가 가진 것들로 도움을 드리고 싶다. 대한민국 1호 공간 테라피스트는 내 주변을 심플하게 하고 내 상황에 맞는 것들과 나의 강점을 합친 내 이름이다. 이 이름처럼 살아내기 위해 나는 나만의 속도로 지속해서 공부하며 나를 다듬어 갈 것이다. 나를 찾고 싶어 고민하는 엄마들에게 내가 한 경험을 나누어 조금 더 돌아가지 않게 해주고 싶고 좌절하는 사람들에게 나의 경험을 통해 위로받게 해주고 싶다. 세상이 엄마들에게 당연하다는 듯이 강요하고 요구하는 것들 때문에 힘들어하는 사람들과 함께하고 싶다. 우리가 잘하는 것들로 자존감 쌓으면서 나부터 행복해지고 그 행복함을 가지고 가족에게 전하고 좋은 가정을 만들면 좋지 않을까? 혼자인 사람들도 마찬가지다. 대단하고 거창해서 많은 사람에게 영향을 미치는 게 아니라 나, 내 친구, 내 이웃, 가까운 이들부터 말이다. 많은 정보가 넘치는 시대다. 이제 나는 목적 없는 새로운 배움 아닌 나의 강점을 찾아본다. 내가 못 하는 것을 남과 비교하면서 좌절하지 않고 억지로 꾸역꾸역하지 않는다. 내가 잘하는 것을 내가 가지고 있는 것들을 탁월하게 하려고 느리게 살며, 나를 알아가며, 내가 살고 싶은 인생의 방향으로 나를 이끈다. 아직 많은 부분을 바꿔야 하지만 어떻게 살아가야 할지 알게 되었다.

이렇게 나를 객관적으로 보려면 여유가 있어야 한다. 여유가 생기려면 내 주변을 심플하게 바꿔야 한다는 것을 최근의 경험들로 알게 되었다. 앞만 보고 달리지 않고 심플한 나로 바꾸고 느리게 살면서 내가 진정으로 원하는 게 뭔지 그것들로 내 주변과 어떻게 나누며 살지 행복한 생각들로 가득한 요즘이다. 심플하고 느린 삶으로의 여행은 계속될 것이다. 시나브로.

5-5. 한 걸음만 _ 송주하

미용 일을 했다. 주말은 바빠서 쉴 수 없었다. 매주 화요일, 하루만 쉬었다. 휴무일에는 잠만 잤다. 늘 피곤했다. 별다른 일이 없으면 집에만 있었다. 하루가 금방 저물었다. 일만 하면서 20대가 지났다. 돈을 많이 벌고 싶었다. 그래서 항상 마음에 여유가 없었다. 쉬면 부자가 되는 시간이 늦춰질 것 같았다. 기술이 돈이었다. 매일 쉬지 않고 연습했다. 서른한 살에 내 가게를 시작했다. 주인이 되면 여유가 생길 줄 알았다. 하지만 신경이 쓰여서 더 쉴 수가 없었다. 그러다 서른다섯 살이 되어서야 결혼했다. 신혼여행은 태국으로 가기로 했다. 그때 처음으로 여권을 만들었다.

여행을 다녀 본 적이 없으니 짐 싸는 방법을 몰랐다. 이것저것 챙기다 보니, 어느새 큰 여행 가방 2개가 꽉 찼다. 공항에 왔다. 모든 게 설레었다. 그저 어딘가로 떠난다는 마음만으로 발걸음이 가벼웠다. 공항에 있는 사람들은 모두 표정이 밝았다. 그들도 나처럼 어딘가로 떠나는 게 기대되는 것 같았다.

5시간 비행 후 태국에 도착했다. 3박 5일 동안 일정이 빠듯했지만 힘들지 않았다. 우리를 포함해 세 쌍의 신혼부부가 한 팀이었다. 광주에서 왔다는 신혼부부는 정체가 궁금했다. 손을 잡고 다니지 않았다. 앉아서 이야기할 때도 서로가 데면데면했다. 서울에서 온 신혼부부는 둘 다 술을 좋아했다. 애정 표현도 스스럼없이 했다. 그들과 신혼여행의 모든 일정을 함께 했다.

바닷가에 가서 잠수 체험을 했다. 태어나서 처음으로 입어 본 잠수복이 마냥 신기했다. 물안경을 쓰고 물속깊이 들어갔다. 숨을 못 쉴 것 같아 겁이 났다. 하지만 포기하고 싶진 않았다. 모든 것이 소중한 경험이었다. 요트에서 하는 낚시도 색다른 경험이었다. 갑판 위 의자에 누워서 하늘을 보았다. 유난히도 파랬다. 고요했다. 바람은 기분 좋을 정도로 따뜻했다. 햇볕이 몸에 와닿았다. 시간이 멈춘 듯했다. 일상이 늘 이렇다면 얼마나 좋을까 싶었다. 걱정했던 음식도 모두 입에 맞았다. 가는 곳마다 뷔페가 잘 돼 있었다. 걱정했던 향신료 '고수' 도 먹을 만했다. 주방세제 맛이 좀 나긴 했지만 괜찮았다. 까다롭지 않은 나의 식성에 감사했다. 퍼석했던 태국 밥마저도 나에겐 재미로 느껴졌다. 입안에서 따로 노는 밥이 마냥 신기했다. 사소한 일에도 계속 웃음이 났다.

밤이 되면 쇼가 열린다. 트랜스젠더가 많았다. 눈길이 저절로 갔다. 화려한 옷에 긴 속눈썹, 두꺼운 화장을 하고 있었다. 진짜 태국에 와있구나 싶었다. 야시장 거리를 걸었다. 마사지 가게가 많이 보였다. 내가 알던 시장의 모습과는 사뭇 달랐다. 눈에 모두 담았다. 태국에서 마신 맥주는 유난히도 시원했다. 머리에 큰 꽃 모양 장식을 달았다. 평상시라면 욕먹었을 스타일이다. 하지만 관광지라 모든 게 자연스러웠다. 하늘거리는 민트색 원피스와 어울리는 새하얀 꽃이 마음에 들었다.

개인 숙소에는 수영장이 있었다. 아무도 신경 쓸 필요가 없었다. 음악을 켜고 수영을 했다. 그때 느꼈던 기분이 아직도 생생하다.

편안했다. 이보다 더 좋을 순 없다는 생각이 들었다. 튜브에 몸을 맡긴 채 지나간 시간들을 떠올렸다. 왜 지금까지 일만 하고 살았을까. 이렇게 잠시 멈추면 되는 거였는데 말이다.

숙소 밖의 풍경도 좋았다. 선글라스로 멋을 내고 잠시 주변을 산책했다. 숙소단지는 넓은 정원 같았다. 분수는 시원한 물줄기를 뿜어냈다. 햇살을 받은 물방울이 보석처럼 빛났다. 길가에 심어 놓은 형형색색 꽃들은 주변의 푸른 잎사귀들과 잘 어울렸다. 어디선가 새소리가 들려왔다. 그 모든 한가로움이 마음에 들었다.

여행이 주는 기쁨을 알아버렸다. 그동안 못했던 여행을 이제부터라도 부지런히 해보고 싶었다. 몇 달 후 제주도로 갔다. 35년을 살면서 처음으로 갔다. 5월 첫째 주, 축복받은 날씨였다. 어디를 가나 꽃이 피어있었다. 돌하르방과 현무암이 신기했다. 협재 해수욕장을 보고 놀란 기억이 아직도 선명하다. 끝없이 펼쳐진 푸른 바다가 가슴을 뻥 뚫리게 했다. 해변에 서서 한참을 바라보았다. 세상엔 이렇게 아름다운 곳이 많았구나. 마치 처음 세상에 태어난 아이처럼 모든 게 새로웠다. 그동안 10평 남짓한 가게에 나를 가둬두고 있었구나 싶었다.

제주도의 느림이 좋았다. 차를 타고 가도 누구나 양보했다. 급하게 달리는 사람이 없었다. 가다가 쉬는 곳이 모두 바다였다. 눈을 두는 곳마다 예쁜 풍경이 펼쳐졌다. 바다는 유난히도 푸르렀다. 정해진 시간은 없었다. 가고 싶으면 가고, 멈추고 싶으면 멈췄다.

우도에 가서는 오토바이를 타고 섬 전체를 둘러보았다. 바퀴 4개로 된 오토바이였다. 헬멧을 쓰고 시동을 걸었다. 생각보다 조작이 쉬웠다. 달리는 동안 괜히 울컥한 마음이 들었다. 가슴속에 행복이 넘쳐도 눈물이 될 수 있구나 싶었다. 길가에는 이름 모를 꽃과 풀들이 자라고 있었다. 제주도의 바다는 계속 봐도 질리지 않았다. 운전하고 있는 다른 사람들을 보는 것만으로도 힐링이 되었다. 지나가는 길에 갈치구이 집이 보였다. 잠시 주차했다. 식당에 사람이 많았다. 뭐든지 잘 먹는 편이다. 특히 갈치구이를 좋아한다. 큰 갈치 한 마리가 순식간에 뼈만 남고 사라졌다. 유난히 더 고소하게 느껴졌다. 날씨가 좋아서일까. 아니면 마음에 있는 여유와 함께 먹어서였을까.

모래가 하얀 해변에 멈췄다. 신발을 벗고 모래의 따뜻함을 온 발로 느껴보았다. 파도 소리가 시원하게 들렸다. 알맞게 불어오는 바람이 기분을 더 좋게 만들었다. 하늘이 높았다. 구름마저도 사랑스러웠다. 자연 안에 있을 때 비로소 느껴지는 기분이었다. 제주도에서 유명한 도깨비 도로가 신기했다. 소인국 박물관도. 테디 베어

기념관도. 허브밭에 있는 기차도. 모두가 소중한 기억으로 남았다.

아이를 낳으면서 잠시 주춤했던 여행을 다시 시작했다. 5살 아들을 데리고 일본으로 갔다. 오사카는 왠지 여행의 필수코스처럼 느껴졌다. 일본 지하철에서 흘러나오는 일본어는 낯설지만 새로운 경험들이었다. 우리나라만큼 깨끗했다. 여름에서 가을로 넘어가는 계절이라 비가 많이 내렸다. 우산을 쓰고 아이를 안고 다니는 건 쉬운 일이 아니었다. 그런 악조건에도 우리는 부지런히 다녔다. 전망대에서 본 오사카는 경이로움 그 자체였다. 360도로 사진을 찍을 수 있었다. 작은 우주 속으로 빨려 들어온 기분이었다. 바닥에 앉아 꽤 오랫동안 사진을 찍었다. 시장에서 먹어본 오코노미야키와 다코야키 맛도 잊을 수 없다. 엄청나게 긴 줄을 기다려 먹은 일본 라면 맛도 아직 생각난다.

일 년 뒤, 중국 베이징으로 갔다. 어딜 가나 큰 규모에 놀랐다. 특히 자금성은 가도 가도 끝이 보이지 않았다. 하지만 진짜 감동한 곳은 만리장성이다. 도착하는 순간 그 웅장함에 압도되었다. 끝없이 펼쳐진 성벽을 보면서 입을 다물지 못했다. 텔레비전에서 보던 그곳이 맞았지만, 훨씬 더 크게 다가왔다. 발길이 닿는데 마다 사람이 많았다. 중국어 공부를 조금 했었다. 내심 중국어로 대화해볼까 기대했다. 하지만 실전은 달랐다. 무슨 말을 하는지 알아들을 수 없었다. 속도도 빠르고 억양도 내가 알던 것과 달랐다. 중국 사람들은 나와 비슷한 듯 다른 모습이었다.

　그동안 참 좁게 살았다. 다른 곳에 가는 것이 겁났다. 하지만 한 발 내디뎌보니 전혀 다른 세상이 펼쳐졌다. 내가 생각했던 것보다 안전했다. 그곳에도 사람이 있었고 삶이 있었다. 내가 보고 듣는 것이 전부라고 착각하며 살았다. 해보지 못한 것에 대한 불안과 걱정이 많았다. 막상 해보면 아무 일도 아니었다. 모든 일이 그렇다. 한 발자국을 떼는 게 힘들 뿐이다. 그 '한 걸음'을 시작으로 나아가면 되는 것이다. 그때는 너무 많은 생각보다 움직임 하나가 더 필요하다. 우린 때로 필요 이상의 생각으로 자신을 괴롭히고 있는지도 모른다. 욕심을 약간만 내려놓으면 할 수 있다. 꽉 쥐고 있던 손을 조금 풀기만 하면 된다.

5-6. 평범함을 넘어 파격적인 삶을 _ 이은정

　새벽녘에 잠에서 깼다. 문틈 사이로 미세한 불빛이 보였다. 자리에서 일어나 거실로 나오니 막내아들 방이다. 하품하며 방문을 여는 순간. 손목에 힘이 빠졌다. 앗, 게임 중. 정신이 번쩍 든다. 오늘은 주말이라 게임으로 밤을 지새운 모양이다.

"엄마 안녕. 이 판만 하고 잘게요!" 황당해하는 나와는 달리, 지후는 손까지 흔들며 환한 얼굴로 인사를 했다. '잠을 안 잤나? 이 녀석이! 스윽!' 올라오는 감정을 내려놓았다. "대단한데! 이 시간까지." 격한 멘트로 보답했다.

50년이 걸렸다. 내가 변해야 세상이 변한다는 이치를 깨닫는데. 25년을 소통한 남편도, 아이들도 바뀌지 않았다. 답답하다고 그들을 탓한다면 내 손해. 이제는 아니다. 나를 버렸다. 파격적으로. 나를 바꾸면 비로소 세상은 내 편이 되리라. 내 뜻대로 움직이리라. 그래. 다시 시작하는 거야. 인생 2막. 마음먹은 대로, 생각하는 대로 살아보자. 우물쭈물할 시간이 없다. '죽기 전에 내가 해 보고 싶은 것은 다 해보리라.' 선언했다. 가족들에게.

시선을 바꾸었다. 천천히, 그리고 꾸준히. 지금 이 상황이 나에게 주어진 것에 고맙다. 정말 감사하다. 우선, 어린 시절에 하고 싶었던 것을 즐기자. 미련을 갖지 않게 살아보자. 그래. 착한 아이 콤플렉스를 던져 버리는 거야. 형식적으로 할 수 있는 일들을 하자. 뭐 어떤가. 그 순간에 느끼는 감정을 숨기지 않고 표현하면 될 것을. 감정을 그대로 표현하니 세상 편안했다. 가슴 답답한 현상도 줄었다. 숨을 몰아쉬는 일도 거의 없어졌다. 감정의 흐름과 심장의 미세한 떨림까지도 느껴진다. 내 몸 맘 숨에 긍정적인 기운으로 꽉 차 있다. 온전히 즐기니, 몸이 뜨거워진다. 가슴도 벅차다.

2017년 가을. 구미로 향하는 기차 안. '콩닥콩닥' 심장 소리가 엄청나다. 옆 사람에게 들킬까 눈치까지 본다. 졸업 후 첫 만남이다. 전화기 너머로 들리던 온화한 목소리. 실제로 듣다니. 설렘 가득했다. 기차에서 내릴 때 즈음, 나오면 주차장으로 오라는 전화. 발걸음이 가볍다. 드디어 10년 만의 상봉. 눈물이 핑! 와락 끌어당겨졌다. 순식간이었다. 교수님이 안아 준 것이다. 정신 차리고 보니, 금오산으로 향하고 있었다. 요목조목 안내를 해 주셨다. 들리지 않았다. 심장이 '우르릉. 쿵. 쾅' 창문 틈으로 들어온 시원한 공기를 들이마시고 내쉬기를 열 차례. 말도 제대로 할 수가 없었다. 입구에서 산의 정취만 느끼고, 식당으로 향했다. 그때 기억나는 건, 퇴직 준비로 300평의 텃밭에서 꽃과 나무를 키운단다. 그리고 춤을 춘다며, '오쇼'를 안내했다. 그날이었다.

지금까지 살아온 나날들이 주마등처럼 지나갔다. 지금 난, 갱년기. 고맙다. 내 몸속에 쌓인 감정의 응어리들을 몸 밖으로 표출할 수 있다니 감사할 일이다. 인생 반 백 년이라 했던가. 지금 나에게는 어느 때보다 중요한 순간이다. 이제부터 온전하게 내 인생을 살수 있는 시간이다. 물론 주변의 여건들이 따라 줄 때 가능하겠지만 말이다. 만약 여건이 안 되더라도 내가 만들면 그만이다. 하고 싶다는 열망만 있으면 무엇이든지 할 수 있기에. 간절하면 무엇이 두려울까. 자신감이 나를 긍정의 에너지로 몰아간다. 순간을 파격적으로 살아보자!

어느 가을날. 1박 2일, 자연 명상 캠프. 무의식 속에 있던 '오쇼'를 만났다. 따뜻하고, 아름답고, 거룩한 사람들과 함께 한 그날. 그렇게 나와 친구가 되었다. 실컷 껴안아 주었다. 눈을 감고 온 우주를 느꼈다. 삶에서 지친 에너지를 충전받았다. 가을의 정취, 늦은 밤 달빛, 맛있는 자연의 음식들, 친절한 그들의 미소. 전 일정 마스크를 쓰고 명상하느라 애썼지만, 모든 과정이 흥미로웠다. 그곳에서 감사와 사랑으로 충만할 수 있었다. 몸과 마음의 보이지 않는 무게를 덜어낸 듯 가벼운 마음으로 수련을 마쳤다. 명상의 기본을 넘어 이제 그다음으로 넘어가고 싶은 욕망이 들끓었다. 머릿속 집착이 사라지고, 무의식이 열리는 순간이었다. 코로나가 끝나면, "무조건 인도로 간다."

'쿤달리니 명상'을 즐긴다. 햇빛을 벗 삼아 나만의 춤에 심취하면, 천국이 따로 없다. 가지려고 할 때 불행했다. 비우고자 했더니 편안해졌다. 그리고 진짜 나를 만나는 여행이 시작되었다. 처음에는 머뭇거림이 많았다. 뭘 하든 망설였다. 시간이 지날수록, 머뭇거림에도 근육이 생긴다며 스스로 위로했다. 드디어 '뛰어듦'에 대한 강렬한 찬미. 울림이 오래갔다. 마음속에 무언가 꿈틀거린다. 춤을 춘다. 신비롭고 아름다운 춤사위를 오롯이 표현한다. 고요하고, 강렬하고, 선명한 나만의 시간. 일상이 축제다.

첫 경험은 이랬다. 몸을 가볍게 흔들었다. 점점 몰입하니 음악과 나의 몸만이 느껴졌다. 몸이 저절로 떨렸다. 처음엔 가슴이 꽉 막힌 듯하더니, 갑자기 가슴이 벅차오른다. 그러다가 마음이 시원해지더니, '주르륵! 주르륵!' 마구 눈물이 났다. '막혀 있던 둑이 급류에 뚫리며 감정과 몸이 하나가 된 느낌'이랄까. 우는 게 아니었다. 내 안의 누군가가 울음을 터트렸다. 그걸 밖으로 쏟아내니 눈물인 게다. 몸의 떨림을, 눈물을 멈출 수 없었다. 하염없이 흘렀다. 신비로웠다. 몸의 떨림이 점점 클라이맥스로 올라갔다. 그 정점에서 감정의 둑이 허물어졌다. 이번에는 '이성이 막아둔 벽이 허물어져 무의식의 감정이 있는 그대로 밖으로 나온 느낌'이다. 그 후 2단계에서는 자유롭게 내 몸이 원하는 대로 몰입하여 몸을 움직였다. 우주에서 유영하듯이. 몰입하였다. 모든 타인을 잊었다. 내 안의 영혼, 무의식에 이르렀다. 가슴이 벅차올랐다. 또 눈물이 난다. 즐거움과 환희의 눈물이랄까.

잘하려고 하지 않았다. 그저 몰입만 했을 뿐. 3단계에서는 그대로 서서 눈 감고 명상했다. 일어나는 모든 것들을 있는 그대로 지켜보았다. 나를 만났다. 물었다. 뭐가 그리 힘들었는지. 억눌려져 있던 게 무엇인지. 메아리가 들렸다. '아무렇지 않은 척하는 게 정말 싫어. 부끄럽고, 아프고, 불안하고, 미워하는 것 등등. 감정들이 올라올 때, 왜 표현하지 않고 담아두는 거야? 항상 아무렇지 않은 척 감정을 무시하니 답답해. 넌 말이야, 감정을 억누르고 무시하면서 평생을 살아왔잖아!' 놀라웠다. 그리고 아팠다. 인지는 하고 있었는데, 이렇게 정확하게 나를 보여주다니. 그동안 솔직하게 감정을 드러내고 표현하려고 노력했다. 여전히 괜찮은 척하는 병이 남아 있는 모양이다. 내 무의식을 달랬다. "은정, 정말 미안해." 나를 먼저 달래주고 보듬어 주었어야 했다. 그러질 못했다. '쿨 한 척' 하느라 내 감정에 무신경했다. 앞으론, 나와 대화하며 오롯이 나 자신으로 있는 시간을 소중히 여기리라. 밥 먹을 때 집중하기, 좋은 책 음미하기, 두통이 있더라도 일어나 걸으며 기운을 끌어올리기,

산책할 때 나 자신과 대화하기 등. 자신에게 집중하리라. 무의식과 마주하니 내가 둘이라고 착각하였다.

마지막 4단계. 눈을 감은 상태에서 그대로 자리에 누웠다. 고요히 머물렀다. 모든 것을 완전히 내려놓았다. 몸과 마음이 이완된다. 무의식과 화해했다. 몸과 마음은 순수해지고, 의식과 무의식은 하나가 되었다. 충만하고 편안한 상태다. 그렇다. 몸과 마음의 막혀 있는 감정의 둑이 허물어졌다. 나도 몰랐던 내 무의식에 닿았다. 지난날의 억눌림, 힘듦을 깨달았다. 궁극에는 무의식과 분리되어 온전히 나를 만났다. 다시 순수하게 무의식과 합일될 수 있었다.

종종 가까운 사람들을 소홀히 대할 때가 있었다. 그중 가장 소중한 '나'를 홀대하기도 했다. 이제 그만! 익숙한 나를 벗어던지고, 파격적으로 해방시키자. 의식과 무의식의 불일치를 없애고, '진짜 나'를 만나자. 그러기 위해 깊이 들여다보자. 천천히 달래주자. 오롯이 안아주자. 변함없이 사랑하자. 삶은 축제니까. 만끽하자. 자유로운 '나', 행복한 '나'로 존재할 수 있도록.

5-7. 사소한 일이 소중하다 _ 이현경

봄이 되면 나뭇가지에 생명이 움직인다. 연둣빛 새싹이 손을 내민다. 자세히 보면 보이는 것인데, 무심히 지나가면 보이지 않는다. 아이들을 키울 때는 무심히 지나가는 것이 많았다. 두 아이를 키우며 일을 하느라 주위를 돌아볼 여유가 없었다. 집에서 아이들을 돌보면서 방 한 칸에서 독서 교실을 하는 나의 일은 출퇴근 시간이 없었다. 저녁 늦게 일이 끝나면 바로 아이들 저녁을 챙겨주고, 숙제를 봐주고 책을 읽어주어야 했다. 매일 종종거리며 살았다. 소소하게 이야기하는 시간이 절실했다. 생각을 바꿔보았다. 느리게 살아도 괜찮지 않은가 싶었다. 이제는 아침에 일어나면 베란다 창문 너머 나무를 본다. 바깥에서 들리는 소리도 듣는다. 아이들의 말에도 더 귀 기울인다. 느리게 살기 시작한 뒤로 사소한 일이 소중해졌다.

"느긋하게 해 봐. 천천히 해도 아무 문제없어."

어린 시절에 풍선을 꽉 잡고 사진을 찍은 기억이 있다. 놀이동산 입구 앞에서 엄마는 셔터를 바쁘게 누르셨다. 진한 초록색 원피스를 입은 아이 하나가 제 몸의 절반보다 더 큰 풍선을 들고 서 있다.

"엄마, 사진 빨리 찍어주세요. 풍선이 날아갈 것 같아요."

아이는 양손으로 풍선을 꽉 쥐고 있다. 풍선은 자칫 놓치면 금방이라도 날아갈 모양으로 빵빵하게 바람이 들어가 있다. 풍선을 놓치기라도 하면 아이는 금방이라도 울음을 터뜨릴 수도 있었다. 나의 어린 시절에 풍선이 날아간 기억은 없다. 어른이 된 지금. 풍선이 날아가지 않을까 걱정하며 꽉 쥐지 않아도 되는데, 어린 시절 풍선을 잡은 손처럼 힘이 들어갈 때가 많다. 일할 때나 사람들과 관계를 맺을 때 손에 힘을 꽉 주어 긴장을 하곤 했다. 엄마는 어린 나에게 풍선 잡은 손에 살짝만 힘을 빼 보라 하셨다. 손에서 힘을 빼고 느슨하게 잡고 있어도 풍선은 날아가지 않았다. 이제 풍선을 꽉 잡지 않아도 괜찮다는 것을 안다. 풍선이 날아가도 문제 될 게 없다. 날아가도 괜찮지 않을까 싶다. 사람들과 인연을 맺을 때는 상대방의 눈치를 보는 편이었다. 인연이 어그러질까 봐 전전긍긍하기도 하고, 손을 꽉 쥐어 관계를 유지하려고 노력하기도 했다. 느긋하게 시간을 보내지 못했고, 내 손안에 있는 것들이 날아가 버릴까 힘을 주기도 했다. 누구나 살면서 걱정거리는 있지만, 과도하게 걱정하고 긴장하며 살아가고 있었다. 지나친 근심으로 불안을 이어가기도 했고, 완벽주의를 자칭하지만 결국은 자신감이 없어서 예민하게 반응했던 거였다. 이제 내가 원하는 방향대로 살아가며 현재를 살아가려 한다. 눈치를 보거나 걱정하기보다는 현재가 더 중요하지 않은가.

아이들이 커가면서 거실이 복잡하게 느껴졌다. 거실은 베란다 창문만 빼고 책장으로 둘러싸여 있었다. 뭐든지 잘 버리지 못하였다. 40년도 넘은 《한국문학 대 전집》이 책장에 꽂혀 있었다. 임산부 때 입었던 옷을 아직도 입고 있다. 아이들이 어린이집, 초등학교 때 받아온 미술작품과 활동지를 쌓아두고 있다. 잘 버리지 못하니 손에 쥐고 있는 것들이 많았다. 아이들의 바람도 있는 찰나, 버리기로 결심했다. 쌓여 있는 옷을 버리고, 책장 가득 메웠던 책을 노끈으로 묶어 내놓았다. 마음만 있고 실행은 하지 못하였는데 못할 것도 없겠다 싶었다. 책이나 옷을 버리지 못하는 이유는 언젠가는 다시 필요하지 않을까라는 생각 때문이다. 몇 년 동안 들춰보지 않았던 것은 앞으로도 보지 않을 가능성이 많다. 비우겠다고 마음먹으니 순식간에 버릴 물건이 쌓였다. 겨울 내내 책장과 옷장, 서랍을 정리했다. 3단 책장 두 개를 버렸다. 헌 옷과 쌓아두었던 박스도 정리했다. 거실에 소파만 두었다. 수집하는데 쓰는 시간을 다른 데에 쓰기로 했다. 물론 기록하는 것을 여전히 좋아하고, 중요하다고 생각한다. 다만 내 손에 쥐고 있는 것, 집 안에 쌓아두고 있는 것은 비우기로 마음먹었다. 단순하게 살기 위해서는 비워야 하고 중요한 관계에 집중해야 한다. 가득 찬 잔보다 비어있는 잔이 좋다고 하지 않던가. 비어있어야 또 채울 수가 있다. 물건도 사람도 마찬가지인 것 같다.

블로그를 시작하고 여러 강의를 들었다. 늘 부족하다고 느낀다. 뭐를 더 배워야 하나 들여다보며 시간을 보냈다. 어찌해야 할지 불안해했었다. 얼마나 동동거리며 살았던가. 그런데 어느 순간 그동안 배웠던 사소한 것들이 연결되고 있다. 블로그를 배워서 서평을 쓰고, 독서 프로그램을 운영하고 있다. 유명해지지는 않았다. 블로그 방문자 수도 그렇게 많지는 않다. 하지만 독서 지도법이나 아이들 책으로 검색을 해서 방문하는 방문자가 있고, 꾸준히 와주는 블로그 이웃이 있다. 느리지만 꾸준히 블로그를 운영하고 있다. 다른 사람이 앞서간다고 해서 내 방법이 잘못인 건 아니다. 지금 해 오고 있는 일 중 가치 없는 건 없다. 독서 프로그램은 감사하게도 1년, 2년도 넘게 인연이 이어지고 있다. 둘째 아이 일곱 살에 시작하였는데 3학년이 된 현재까지 함께 책을 읽고 있다. 아이들을 함께 키우고 있다는 느낌이 든다. 매일 책을 읽고 아이들 독서 습관을 만들어 주고 있다. 천천히 그러나 오랫동안 함께 해 주는 사람과 시간을 보내고 있으니 이제 더 이상 종종걸음 치지 않아도 되지 않을까 싶다.

느리게 살면 현재가 소중해진다. 풍선을 꽉 잡은 손에 힘을 빼고 느슨하게 잡는다. 날아갈까 봐 걱정하지 않고 풍선을 들고 가볍게 웃어 본다. 일상을 살아갈 희망이 보인다. 거실의 책장을 정리하였더니 무거운 중압감이 사라졌다. 또 채우고 싶은 것들이 생기겠지만 느긋한 속도로 인생을 살다 보면 채우고 싶은 것보다 순간의 삶을 즐길 수 있게 될 것 같다. 자꾸 뭔가를 채우고 싶은 것도 현재를 살지 못하는 마음 때문이었다. 더 적게 소유하며 느리게 살 때 행복해질 수 있다는 걸 깨닫고 있다. 《엄마와 아이가 함께 하는 독서 습관》은 천천히 함께 하는 프로그램이다. 매일 책 읽은 내용을 공유하고 아이들 독서지도에 도움이 될 만한 정보를 공유하고 있다. 아이 관심사에 맞게 책을 추천하기도 하고, 시기별 좋았던 활동을 나누기도 한다. 이 프로그램에서는 많은 책을 읽는 것을 추천하지 않는다. 아이가 매일 꾸준히 책을 읽고, 엄마와 함께 말 한마디를 나누는 게 전부다. 아이가 말하는 사소한 것을 기억하고, 관심 있어 하는 주제에 대해 연계된 정보를 제공한다. 책 탑을 쌓아가면서 책을 읽지는 않더라도 꾸준히 독서 습관이 스며들어 간다.

나뭇잎이 연두색으로 물들어가는 계절. 조금 지나면 짙은 초록으로 바뀌어 갈 터다. 세상의 색이 변해가는 걸 보고 듣고 느낄 수 있다는 게 행복하다. 느리게 사는 덕분이다. 현재를 즐기며, 감당할 수 있을 만큼의 속도로. 나는 그렇게 살아간다.

연두와 초록의 나무, 그 가지에 새들이 내려앉는다. 작은 바람에도 사람들 말소리에도, 새들은 훌쩍 날아올라 다른 가지로 옮겨 앉는다. 집착하지 않는다. 고집부리지 않는다. 가볍게. 가볍게. 실수와 실패, 이제는 연연하지 않기로 했다. 잠시 멈추었다가 다시 도전하고, 이렇게도 해 보고 저렇게도 해 보고. 소중한 삶에 질책과 원망 이제는 그만한다. 가볍게. 새처럼.

5-8. 완유당에서 천천히 놀다 가세요- 슬로우 라이프 _ 정원희

2009년 마산 대학교 소믈리에과 교수로 오게 되면서 지방 생활이 시작되었다. 서울을 벗어나면 절대 안 될 것 같았던 생활이 더 여유로워졌다. 지방에서 사는 것에 대해 확신이 없어 처음 3년은 남편과 떨어져 생활을 하였다. 3년의 시간을 보내고 난 후 남편도 지방으로 내려와 살게 되었다.

남편이 마산으로 내려와서 일 년쯤 지났을 때였다. 레스토랑 지배인으로 일하고 있던 남편의 몸에 이상이 생기기 시작하였다. 무릎과 팔꿈치의 통증이 심해졌다. 허리가 아프다고 했다. 통풍이 생기고 허리 디스크에 문제가 생겼다. 무엇보다 일과 사람에 대한 스트레스가 심해서 몸의 통증으로 온 것이었다. 항상 유머가 넘치고 긍정적이었던 사람이었는데, 말 걸기가 조심스러울 정도였다. 화를 낼 상황이 아닌데도 한마디 한마디를 예민하게 받아들이고, 가시가 돋쳐 있었다. 자주 화를 냈다. 남편에게서 사인이 오고 있었다. 환경을 바꾸어 주어야 할 것 같았다.

"여보, 당신 꿈이 뭐야?"
"난 시골에서 개 여러 마리 키우면서 살고 싶어"

남편은 어릴 적부터 대형견을 키웠고, 동네 수의사라 불릴 정도로 개에 대해 박식했다. 결혼하고, 수의학과를 다시 진학해서 공부하게 할까를 심각하게 고민한 적도 있었다. 남편이 원하는 삶을 살게 해 주고 싶었다. 귀농을 제안했고, 창원에 있는 도시농부학교를 등록하였다. 처음에는 열심히 다니지 않는 것 같았다. 귀농하자는 나의 말을 크게 귀담아듣지 않았다. 남편의 어린 시절 시댁은 사료

사업을 크게 하였다. 직접 농사를 짓지는 않았지만, 농사를 생업으로 하고 사는 것이 만만치 않다는 것을 익히 알고 있는 터라 귀농을 별로 반기지는 않았다.

남편을 힘들게 하는 것은 사람들이었다. 그 사람들로부터 최대한 멀리 떨어지게 하는 것이 방법이라고 생각했다. 도시농부학교 과정 중에 창녕으로 가족들 모두 현장 학습을 갈 기회가 있었다. 창녕은 마산 대학교와 30분 정도 거리에 있는 곳이어서 귀농을 할 지역으로도 괜찮은 듯했다. 선도농가 견학을 갔을 때 만나게 된 귀농 선배가 있어 조언을 들을 수 있었다. 견학 이후 바로 귀농을 한 것은 아니었지만, 남편은 쉬는 날이면 자주 창녕을 오가며 조금씩 농부 일을 배워 나갔다.

그러던 어느 날, 남편이 직장을 옮겨야 하는 일이 생겼다. 직장을 옮긴다 해도 다시 똑같은 일을 하면서 스트레스를 받으면 나아질 것이 없다고 생각했다. 이참에 창녕에 가서 농사일을 본격적으로 배워보면 어떻겠냐고 남편에게 물었다. 처음부터 바로 그러자고 하지는 않았다. 몇 번이고 남편을 설득했다. 스트레스가 가득한 남편이 병원에 누워 있을 앞으로의 모습이 그려졌기 때문이다.

마침내 귀농하기로 하고 남편이 창녕의 선도 농가로 농사일을 배우로 가기 시작했다. 먼저 집을 구하거나 농사지을 땅을 사지는 않았다. 마침 숙식이 가능한 농가가 있어 일을 거들며 마산을 오가며 일을 익혔다.

남편이 창녕을 오간 지 일 년쯤 되었을 때 우연히 창녕 영산에 살고 있는 분을 도와 드릴 일이 생겼다. 술과 관련한 소장품들을 모으는 컬렉터였는데, 술 박물관을 준비하고 있는 분이었다. 원래 영산에 있는 집 마당 한쪽에 박물관을 하려고 했는데, 집 주변에 있는 문화재 때문에 허가가 나지 않아서, 제주도에서 박물관을 하게 된 분이었다. 제주대학교에 재직하고 있던 조문수교수님이 술에 관해서라면 정원희를 찾아가 좀 배우고 박물관을 준비하라고 나를 소개하신 거였다. 학교에서 한 번의 미팅을 하고, 두 번째 미팅은 창녕 영산에서 하게 되었고, 그 집을 보는 순간 반해 버렸다. 미팅을 하던 중에 부동산에서 다녀갔고, 갑자기 내가 그 집을 사고 싶다는 생각이 들었다.

"사장님, 이 집 내 놓으려고요? 그러시면 저한테 파세요."

300평 가까운 집을 살 형편도 아니었는데, 갑자기 내 입에서 그 말이 나오고 말았다. 그리고 집에 돌아와서 남편에게 그 집을 사고 싶다고 했다. 남편은 당장 큰집이 필요한 건 아니고 농사지을 농장이 필요하다고 했다. 그 집이 우리에게 너무 크다고. 하지만 눈앞에서 그 집의 모습이 떠나지 않았고, 내가 꿈꾸는 미래가 그곳에 있다는 확신이 들었다. 결국 남편은 나의 의견에 동의를 해 주었고, 좀처럼 생길 것 같지 않던 돈도 마련이 되었다. 마침내 전원의 삶이 시작되었고, 남편이 원하는 개들을 키우며 귀농 생활이 시작되었다.

8년째 완유당에 살고 있다. '천천히 놀다 가는 집'이라는 의미로 발효전문가 김단아 선생님이 지어준 우리 집의 이름이다.

귀농을 한지 일 년도 안 되어 남편의 통풍은 거의 완치가 되었다. 디스크도 한 번의 시술을 한 이후 재발하지 않았다. 워낙 사교성이 좋은 남편은 지역 사람들과 금방 친하게 되었고, 귀농인이라는 것을 주변인들이 잊을 정도로 농부의 삶을 잘 살아가고 있다. 당연히 화를 내는 일은 거의 없어졌다. 해가지면 퇴근하는 농부는 어린 아들과 함께 놀 시간이 많았다. 마당에서 축구, 캐치볼, 탁구 등 온갖 운동을 같이 하며 시간들을 보냈다.

신기한 벌레를 보거나, 풀, 꽃을 보게 되면 하루에도 몇 번이고 아빠에게 전화를 한다. 보통의 40대의 아빠라면 일이 바쁘고, 직장에서 눈치를 보느라 아이의 전화를 그렇게 자유롭게 받지 못할 것이다. 하루 종일 일과 사람에 치여 퇴근을 하면 아이와 놀아주기는 커녕 짜증만 내게 될 것이다.

사람들은 우리 가족에게 용기 있게 귀농을 결정했다고 이야기했다. 어떻게 그런 결정을 쉽게 했냐고. 하지만 나는 다시 되묻는다.

'어떻게 그런 스트레스와 어려운 시간을 견디며 도시에서 무엇을 위해 살아가는 건가요?' 나는 누구보다 내 남편이 좋을 사람이라는 것을 알고 있다. 다만 남편과 맞지 않는 환경이 그 사람을 병들게 하고 있다는 것도 알게 되었다. 그것을 알게 된 내가 그곳에 계속해서 남편을 두는 것이 더 무모하고 위험해 보였다. 이상 신호를 감지하였고, 바로 행동하였다.

어떤 큰일이 올 때 반드시 전조 현상이 있다고 생각한다. 그것을 알지 못한 채 넘겨버리는 경우도 있다. 하지만 많은 이들이 그렇게 주는 사인을 무시하고 회피한다.

'조금만 더 참자, 다들 이렇게 사는 거잖아'

세계를 여행하며 만난 많은 사람들은 그들을 인생을 즐기며 살고 있었다. 어떤 목표를 위해 너무 많이 인내하고 희생하지 않고도 행복한 삶을 살아가는 사람들을 보았다. 그래서 나도 자신 있었다.

환경을 바꾸면 우리가 좋은 사람으로 살 수 있고, 더 행복해질 수 있다는 것을. 우리가 영산으로 이사 오고 나서 많은 이들이 완유당을 다녀갔다. 세 식구만 살기에는 집이 많이 크다. 많은 사람들이 완유당을 찾아주고 편히 쉬어갔으면 좋겠다. 봄, 가을 햇살 좋은 날 사람들과 함께 마당에 모여 파티를 한다. 파티 시간은 2시부터 7시, 넉넉하게 정한다. 시간을 딱 맞추어 오지 않아도 되고, 다섯 시간을 모두 채워 머물지 않아도 된다. 그저 완유당에 오는 사람들이 천천히 놀다 갔으면 좋겠다. 인생 내려놓지 말고, 잘 사용하자고 오늘도 나는 전한다.

5-9. 나는 여행 중이다 _ 김성미

코로나로 모든 것이 멈추어 버렸던 지난 3년여의 시간.

전 세계 어느 계층이 힘들지 않았을까마는 이번 팬데믹을 겪으며 가장 힘들었던 사람은 단연 '엄마' 라고 생각한다.

직장맘은 직장맘 나름대로 전업맘은 전업맘 나름대로 괴로운 시간이었다.

엄마의 일상이 파괴되었다. 단 한 사람이 확진되어도 바로 폐쇄되었던 학교와 어린이집.

학교에서 갑자기 전화가 걸려오면 엄마는 심장이 덜컹거린다. '아 또 확진자가 생겼구나!' 직장맘인 엄마는 눈치를 보며 재택근무를 신청해야 한다. 온종일 식구들이 머무는 집은 정리할 틈도 없이 어질러진다. 일을 하다 말고 청소를 한다. 남편까지 직장이 폐쇄되어 재택근무를 하는 경우엔 아이들과 가볍게 챙겨 먹을 수 있는 식사도 좀 더 신경을 쓰게 된다. 하루 세끼 그렇게 신경 써 챙겨내고 간식에, 아이들 돌보랴 정리하랴 말 그대로 정신이 없는 일상이다. 재택근무 중 자리를 비운다고 상사의 지적이 이어지지만 어쩔 수 없다. 아! 차라리 출근하고 싶다.

전업맘이라고 해서 다르지 않다. 재택근무하는 남편, 온라인 수업하는 아이들의 불편함을 살펴주어야 한다. 유일한 탈출구였던 가족들이 학교나 직장에 간 뒤 갖는 혼자만의 시간은 완전히 포기해야 했다. 24시간 가사도우미 모드로 돌입하였다. 나의 경우엔 위의 모든 상황에 코로나까지 걸렸었다. 남편이 먼저 확진이 되어 생활 치료센터로 입소한 뒤 남편 방을 정리한 게 문제였는지 나까지 코로나 양성 판정을 받았다. 어린아이들 둘만이 집에 있거나 원룸인 생활 치료센터로 음성인 아이들을 데리고 들어가야 하는 상황이었다. 아이들 둘만 집에 두기엔 위험하고 멀쩡한 아이 둘을 생활 치료센터로 데리고 들어가 병을 옮게 할 수도 없었다. 그래서 당시에 내가 사는 지역에서는 한 명도 하지 않았다는 자택치료를 우기고 우겨서 하게 되었다. 남편은 생활 치료센터에 격리된 상황이니 내가 아픈 몸으로 아이들의 매 끼니를 챙기고 아이들의 온라인 수업을 챙겨야 했다. 숨만 쉬기에도 힘들었다. 당시에는 확진자가 뉴스에 나는 분위기였기에 아무 데도 나가지 않고 조심했는데 왜 내가 걸려서 이렇게 고생해야 하는지, 그런 몹쓸 병에 걸려 내게 옮긴 남편이 너무 미웠다. 보름간의 격리 기간 종일 누워만 있다가 아이들 식사시간이 되면 해열진통제를 먹었다. 약의 힘으로 전 끼니에 먹었던 그릇을 치우고, 밥을 차리고 아이들 방에 식사를 넣어주었다. 약효는 딱 30분이었다. 미각과 후각을 잃어 챙겨 먹지를 못하다 보니 살이 빠지고 정신까지 피폐해지는 느낌이었다. 나는 그렇게 집에서 고생하고 있을 때 남편은 생활 치료센터에서 밀린 티브이를 보고 편히 쉬다 왔다.

남편이 돌아온 뒤, 무언가 억울했던 나는 격리 기간이 끝나면 나홀로 여행을 다녀오겠다고 선언했다. 한 번도 혼자 여행을 다녀온 적은 없었기에 살짝 두렵기도 했지만 일단 나는 도망치고 싶었다. 내 손이 닿아야지만 하는 집 안에 있고 싶지 않았다.

그렇게 난 홀로 변산으로 떠났다. 3박 4일간 거의 숙소에만 머물러 있었다. 그냥 조용한 공간에 혼자 드러누워 음악을 들으며 책을 읽을 수 있는 것만으로도 행복했다. 숙소 주변을 산책하고 변산 반도를 드라이브하며 만난 절경들은 평생 이런 멋있는 풍경을 볼 수 있을까 싶을 정도로 내 마음에 쏙 들었다. 특히 아무 식당이나 들어가 먹어도 진수성찬이 차려져 나오는 전라도 음식! 남이 차려 준 음식은 다 맛있다지만 끼니 걱정 없이 맛있게 음식을 먹으니 말 그대로 행복했다. 평생 이렇게 살면 참 좋겠다는 생각이 들었다. 하지만 마음 한편에서는 계속 아이들이 걸렸다. 엄마 언제 오냐며 하루에도 몇 번씩 걸려오는 아들의 전화가 신경 쓰였다.

아쉬운 3박 4일을 보내고 집으로 돌아왔다. 그런데 가족들이 날 보고도 시큰둥하다.

이게 뭐 하자는 거지? 보고 싶다는 소리는 그냥 하는 소리였다. 언제 오냐는 소리는 그냥 심심하다는 소리였다. 나 없으면 가족들이 굶지 않을까 걱정했지만, 짜장, 짬뽕 시켜 먹으며 잘 지냈다. 어쩔 시구, 살까지 통통하게 올랐다. 속았다. 비록 속아서 서둘러 집에 돌아왔지만, 여행을 다녀온 나는 방전되었던 배터리가 완충된 것처럼 에너지가 마구 솟았다. 나흘간 엄마가 떠나있던 집은 엉망이었지만 뭐 그럴 수도 있지 하는 여유가 생겼다.

그 다음 방학에도 나 홀로 여행을 다녀왔다. 나 없을 때 아이들을 챙겨야 할 남편의 수고가 클 것 같아 망설였지만, 한 번 다녀와 보고 깨달은 진리가 있다. 남편은 내가 걱정하는 만큼 수고하지 않으며, 아이들은 챙기지 않아도 스스로 잘한다. 내가 집을 한 사나흘 비운다고 해서 집에 큰일이 생기지 않는다. 며칠 밀가루 음식으로 세끼 때운다고 큰 병이 나는 것도 아니다. 오히려 라면으로 때우는 끼니는 아이들이 행복해한다.

아이를 낳은 뒤 저녁 시간에 누군가가 만나자고 하면 난 늘 망설였다. 남편과 아이의 식사를 챙겨주는 게 내 일이라 생각해 놀러 나가겠다는 말을 꺼내기가 미안했다. 하지만 미안해할 일이 아니라는 것을 이제는 안다. 집안일을 해야 하고 밥을 차려야 하는 사람이 나인 것이 아니라 내가 가족을 위해 기꺼이 식사를 준비하며 집안일을 하는 것이라고 생각한다. 그렇게 생각하니 내 존재가 상당히 귀해진 기분이다. 또한, 꼭 내가 챙기지 않아도 스스로 챙길 수 있는 남편과 아이들을 믿기로 했다.

내가 다 챙겨야 한다는 생각을 버리고 나니 홀가분해졌다.

쉬어가도 좋다.

열심히 사는 시간도 중요하겠지만, 가끔 나 자신에게 편안한 나만의 시간을 주고 싶다.

엄마로서의 삶, 아내로서의 삶 만큼 나로서의 삶을 더욱 즐기며 살기로 했다.

다음 여행을 상상해본다.

이번엔 제주로 떠나 바다만 봐야지. 시원한 맥주 한잔에 "내 인생 브라보!"를 외치면서.

5-10. 내 마음대로 큐레이션 _ 홍지연

삶에 계기가 되는 사람들이 있다. 인스타를 하면서 그런 분들을 많이 알게 됐다. 나를 드러내기 어려웠지만 인 스타에 대해서 알려주시는 임 소장님이 콘텐츠를 만들라는 글을 보고 나니 가만히 있을 수 없었다. 릴스에 들어가 저장함에 저장시켜놓은 음악을 꺼내 아침에 담아왔던 영상과 소장님이 틱 톡에 올려놓으신 영상을 휴대폰으로 녹화하고 어플로 편집해 게시물로 올렸다.

본인 책을 무지개처럼 일곱 가지 색으로 한 권씩 만들고 싶다고 했던 말이 떠올라 색 관련된 노래를 비트에 맞춰 편집했다. 그럭저럭 재미있게 느껴졌다. 문득 생각난 것들을 바로 편집하기에는 영상편집 어플들이 참 쉽고 다양하다는 생각이 든다. 날씨나 기분에 따라 음악을 불러왔고 영상으로 담고 편집했다. 큰 의미 없이 노래가 듣고 싶어서 만들기도 했고, 의도는 그게 아니 었는데 다르게 비춰질 수도 있겠다는 생각이 드는 영상들도 여러 가지 생겼다. 돈이 되는 일은 아니 였기에 더 부담 없이 만들었고, 오해될 수 있는 영상을 보면 저건 내가 생각이 짧았구나 하고 다음부턴 주의해야겠다. 참고로 남겨놔야지. 하고 그대로 두기도 했다. 계산을 잘 못하는 편이고 숫자에 약하다. 누군가의 평가에 민감할 때도 있지만 사실 둔감 형이다. 사람들이 많이 볼 수 있으면 좋겠다는 마음 반, 안 봤으면 좋겠다는 마음도 반이다.

그런 마음이 소통에 어려움을 느끼게 한 것 같단 생각이 든다. 뭘 올려야 할지 모르겠어서 막막했던 1년 전과는 다르게 좋아하는 음악에 사진과 영상을 한꺼번에 모아 올리기만 해도 콘텐츠가 될 수 있구나. 어렵다고 생각해서 어려웠다는 걸 알게 됐다. 처음부터 좋아하고 잘하는 주제로 확신을 갖고 시작하는 사람은 없는 거였다. 갈팡질팡하면서 글을 썼고 영상을 만들었다. 그러면서 계속 손이 가는 걸 생각했다. 하다 보니 내가 이렇게 만드는 영상이 콘텐츠 마케팅이 될 수 있겠다는 생각이 든다. 사연 없는 제품 없고 어떤 물건이 나에게 오기까지의 과정을 글로 남기든 영상으로 남기든 뭔가로 남기면 콘텐츠가 될 수 있는 거였다. 정성과 진심만 담으면 되는데 그게 다른 우선순위들에 밀려 안 했다는 생각이 들 정도다. 이래도 되나? 하는 순간들도 여러 번 있었다. 티브이 프로그램을 보더라도 코미디만 볼 수는 없고 다큐 만 보기도 그렇다. 다양 한 걸 볼 수 있는 것처럼 나도 인스타를 하면서 다양한 시도를 해봐야겠다는 생각과 어렵게 느끼시는 분들에게 어렵지 않다고 시도해보라고 얘기하고 싶다. 어쨌든 꾸준히 뭔가 쓰고 만들고 그리고 있다.

mkyu에서 공부한 지 1년 하고도 6개월이 넘었다. 비슷한 시기에 시작했던 분들 중엔 수석장학생을 목표로 공부한 분들은 벌써 달성했지만 나에겐 그런 목표가 없었다. 목표와 방향이 선명해야 그에 맞는 행동을 한다. 공부를 하면서 한눈을 많이 팔아서 많이 더뎌진 것 같지만 내가 하고 싶은 방향으로 내 맘대로 인스타 라이브방송을 하고 있다. 가끔 방송을 켜지만 찾아주시는 분들이 있어 감사하다. 알려 준 기능을 따라하고 링크 걸어주시니 보람도 됐다. 다양한 이유로 라이브버튼을 누르지만 사실 내가 배우는 게 더 크다. 시작한 지 얼마 안 됐을 땐 이걸 계속 해야 하나 싶은 생각이 들었지만 지금은 그 반대인 상황이 됐다. 천천히 걸었기에 나를 볼 수 있었다.

하라는 대로 안했지만 내 속도로 왔고 손 내밀어 주시는 분들을 따라다니니 불안하지 않게 걸을 수 있었다. 내가 어떤 사람인지 어떤 걸 바라는 사람인지 알 수 있던 건 전력질주하지 않았기 때문이었다. 속도가 아니라 방향이 중요하다는 말을 실감하고 있다. 아무것도 할 수 없는 것만 같아서 불안하기만 했던 예전과는 다르게 지금은 많은 것을 할 수 있게 되어 감사하다. 라방을 하면서 실수해도 아무렇지 않은 척 넘어가게 됐다. 어차피 연습이라 생각하니 부담도 덜 된다. 이렇게 계속하다 보면 발표 하는 것도 좀 나아지지 않을까 하는 기대도 해본다. 아직 많이 부족한 라방이지만 배우는 중이라고 생각하니 임하는 마음도 한결 가볍다. 항상 찾아오시는 인친님들은 나의 시작이 어땠는지 알고 얼마나 오랫동안 주저했는지 아신다. 그래서 항상 응원해주신다.

빠르게 바이럴 되는 릴스 영상편집에 대해 이야기해주는 분들의 글을 보면 흔들렸다. "정말 그럴까" 무조건 일단 따라 하고 봐야 하는 건가?라는 생각도 들었다. 내가 즐겁게 계속 할 수 있을지에 대한 의심이 들어 시작하지 않았던 것 같다. 이제는 참고하고 내 방식대로 풀어 가야 한다는 걸 알게 됐다. 선택은 자유니까 조금 더 단단하게 밀고 나아가야겠단 생각도 든다. 천천히 그러나 꾸준히 인스타를 하고 릴스를 하고 틱톡을 하고 유튜브를 하려고 한다. 한다고 말 한마디 꺼내는 것조차 힘들었지만 지금은 오히려 더 열심히 해야겠단 생각이 든다. 유튜브 구독자가 15명이고, 블로그는 182명이다. 알리기 쑥스럽다는 이유가 내 발목을 잡은 느낌이다. 열심히 할 이유를 스스로 묻었다는 생각도 든다. 갈팡질팡하더라도 응원받으면 좀 더 힘을 낼 수 있다 는 건 어느 플랫폼을 가도 마찬가지인 것을... 내가 만들어 놓은 틀에 내가 갇혀 있으면서 귀도 닫고 있었구나하는 생각이 든다.

온라인대학에서 공부를 하려면 온라인으로 소통해야 한다. 계속하려면 즐기면서 해야 하는데 지금은 제페토를 활용해 즐기면서 영상을 만들고 있다. 다른 분들에게도 도움이 되는 영상을 만들면서 함께 공부하는 분들과 천천히 그러나 꾸준히 함께 SNS를 하고 싶다. 호기심으로 시작해서 눌러봤던 버튼이 릴스였고 돌 던지듯 올려 봤던 게 틱톡이었다. 뜨문뜨문 올리기도 하고 매일 올리기도 하며 이어가고 있다. 거창한 목표가 있지 않았고 경험 삼아 시도해 본 것들이었다. 뭐든 그렇게 시작해보면 될 것 같다.

눈치 보지 말고 계산하지 말고 간 보지 말고 그냥 시작하자고. 내가 신이 나야 이 짓거리를 할 수 있다는 손피디님이 라방에서 했던 그 말이 내가 계속 나에게 해주고 싶었던 말이었다. 그 말이 계속 SNS를 할 수 있는 힘이 되어 주었다. 천천히 그러나 꾸준히 핸드폰 안에 사진을 담고 영상을 남기고 내 맘대로 큐레이션을 해서 세상에 보여주고 살아도 될 것 같다. 프리랜서라는 직업은 불안하다고만 생각했던 나였다. 하지만 비슷하지만 바뀐 N잡러 라는 말은 멋져 보인다. 이젠 나도 N잡러를 꿈꿔본다.

마 ┃ 치 ┃ 는 ┃ 글 ┃ 많은 것을 놓치고 살았다

▼▼▼▼▼

김종태

이 책 각 장의 주제가 '느리게 사는 삶'에 초점이 맞춰져 있다. 생각이나 독서하는 속도를 줄인다거나 삶의 걸음과 사랑하는 삶에 여유를 가지자는 것이다. 이런 주제로 나 자신을 돌아보며 글을 쓴 것은 이번이 처음이다. 현대 기술의 급속한 발전으로 삶의 양식들이 빠르게 변하고 있다. 그로 인해 우리의 마음도 삶도 덩달아 바빠진다. 빠르게 생각하고 빠르게 움직이는 것이 경우에 따라서는 미덕이나 나 자신의 삶의 질을 고려할 때에는 그렇지 않은 것 같다. 이런 글을 통해 나와 내 삶의 현실을 돌아보게 되었다는 점에서 유익한 기회가 되었다.

김태영

책 출간 이후 저는 제가 대단한 무엇이 된 줄 착각하고 사람들 앞에 섰습니다. 작가라는 타이틀이 저를 반짝이게 만든다고 착각하며 쉼 없이 달리기도 했습니다. 하나라도 놓칠 새라 빠르게 움직이다 보니 몸과 마음이 지쳐갔습니다. 코로나 확진은 저에게 천천히 나아가라는 신호를 주었습니다. 자연스레 슬로우 라이프를 실천했고, 천천하는 느리게 가는 것이 아닌 빨리 나아갈 수 있는 에너지를 비축하게 만든다는 것을 알게 되었습니다.

거북이가 느리지만 포기하지 않고 갔기에 토끼를 이길 수 있었듯이 슬로우 라이프는 2보 전진할 수 있는 원동력이 될 것입니다.

박소연

"오늘도 행복하세요"라는 말을 자주 합니다. 행복해지기 위해 바쁘게 살아온 날이 많았습니다. 행복에 빨리 도달하고 싶었습니다. 급하게 달려가다 보니 주위 경치와 사람들을 많이 놓치고 살았습니다. 놓친 것은 경치와 사람뿐만이 아니었습니다. 내가 어디로 가는지 왜 가는지도 잊어버리고 방황할 때가 있었습니다. 그러다 우연히 다른 곳에서 행복을 찾았습니다. 할 수 있는 일을 하나씩 천천히 하면서 즐거움을 맛보았습니다. 속도를 줄이고 비로소 느낀 행복. 여러분과 함께 나누고 싶습니다.

박수미

나는 슬로우 라이프를 실천하며 내 삶을 즐기기로 했다. 매일 하루를 돌아보며 감사일기를 쓰겠다. 곁에 있는 사람과 속도를 맞출 줄 아는 사람이 되겠다. 매일 책을 읽고 글을 쓰며 문장에서 인생을 배우는 삶을 살겠다. 타인과 경쟁하는 삶이 아닌 내 삶을 즐기기 위해 나를 돌아보고 책과 사람들에게 배우는 삶을 살겠다. 나의 심플하고 느린 삶으로의 여행은 시작되었다. 이 책이 그 시작이다. 시나브로.

송주하

"현실에서 찾지 못할 평화는 없다." 세계적인 동화작가인 타샤튜더의 말입니다. 늘 바쁘게만 살다 보니 주변이 보이지 않았을 뿐입니다. 마음속에 있는 조급함을 잠시만 내려놓고 호흡을 가다듬어 봅니다. 그제야 멋진 풍경이 보이고 소중한 사람들도 떠오릅니다. 무엇보다 '내 인생이 어디로 가고 있는지' 볼 수 있는 여유가 생깁니다. 빠르게만 돌아가는 세상입니다. 그 안에서도 나만의 '쉼표'를 찾을 수 있었으면 좋겠습니다.

이은정

많은 것들을 놓치고 살았다. 조급함에 상처받기도 했고, 상처를 주는 날도 있었다. 내일을 예측할 수 없었다. 내리막길이 있으면 오르막길도 있는 법. 더 이상 소중한 것을 놓치지 않으리라. 당장 행동을 멈추었다. 그리고 천천히 삶을 돌아보았다. 내면의 깊은 곳으로 들어가 나와 마주했다. 조금씩 느리게 일상과 마주하니 새로운 삶을 창조했다. 자신감이 생기고 용기가 솟았다. 삶에 대한 뜨거운 열망이 생겼다. '슬로우 라이프'는 우주를 창조하는 불멸의 힘이 있다. 느리게 사는 삶에 아낌없는 찬사를 보낸다.

이현경

일하는 엄마로 살다 보니 시간의 여유가 없고 바쁘기만 했다. 속도를 내는 삶이 나와 가족에게 행복한 걸까? 다른 사람의 시선을 의식하며 사는 게 버거웠다. 마침내 천천히 살아야 됨을 깨닫고, 아이들과 함께 책을 읽었다. 하루 5분 동안 나를 돌아보았다. 조급한 마음을 내려놓으며 엄마와 아이들의 습관을 천천히 만들어 갔다. 세상에 발을 맞추기보다는 느리게 사는 것을 선택했다. 평범한 꿈을 향해 천천히 걸었다. 천천히 살다 보니 보이지 않던 것들이 보이기 시작했다.

정원희

전 세계가 멈추었던 지난 2년의 시간들을 보내며 모두가 여기까지 잘 왔다. 브레이크 없이 쉬지 않고 가동되었던 세상이 멈추자 우리는 여러 불편함을 이야기했다, 그 시간들을 보낸 우리는 지금 다른 세상을 살고 있다. 조금 천천히 가도, 잠시 쉬었다 가도 괜찮고, 오히려 더 나아질 수 있다는 것을 배우게 되었다. 힘 빼고 유연하게 살아가려고 한다. 나를 둘러싼 모든 사람들과 상황들을 이해할 수는 없지만 다양성을 인정하고 받아들이는 순간 가장 편안하고 풍요롭게 지낼 수 있는 사람은 나 자신일 것이다.

김성미

멋있어 보이고 싶었다. 이름만 들어도 누구나 엄지를 치켜드는, 치열하게 자기계발을 하며 살아온 성공한 사람이 되고 싶었다. 치열하게 살았지만 세상과 내 힘은 부족했다. 하루를 가득 채우고 있는 To do list는 지우고 머리를 비워왔다. 생각의 공간을 남겨 두었다. 일부러 시간을 내 나를 돌아본다. 적당한 속도로 책을 읽으며 산책을 한다. 다른 사람의 마음을 갖고 싶어 안달하지 않는다. 때로는 챙겨야 할 가족들을 뒤로한 채 혼자만의 여행을 훌쩍 떠나기도 한다. 지금 내 모습은 멋있다.

홍지연

멈춰진 듯한 세상 속에서 다르게 살아보고자 시작했던 온라인 공부였다. 먼저 가본 선배들에게 손잡아 달라며 졸졸 따라다니기도 하고, 어슬렁거리며 맴돌기도 한다. 여전히 온라인과 오프라인 속을 양다리 걸치고 있다. 급하게 갈 필요가 없었다. 내 속도로 가다 보니 그 속도에 맞는 사람들도 만나게 됐다. 와본 사람들만 아는 세상. 느리지만 외롭지 않고 단단해지는 방법들을 배우는 중이다. 여전히 실수하며 뒤뚱뒤뚱 걷고 있지만 나를 믿고 나다운 삶을 살기 위해 노력 중이다.

인생, 조금 천천히 살기로 했다
속도를 줄이면 비로소 보이는 것들
The Things You Can't See Until You Slow Down

초판인쇄	2022년 07월 15일
초판발행	2022년 07월 27일

지은이	박수미 외 9인
발행인	조현수
펴낸곳	도서출판 더로드
마케팅	최관호 · 최문섭
IT마케팅	조용재
교정 · 교열	이승득
디자인 디렉터	한태윤 HANDesign

ADD	경기도 고양시 일산동구 장백로 8 (백석동)
	넥스빌오피스텔 704호

전화	031-925-5366~7
팩스	031-925-5368
이메일	provence70@naver.com

등록번호	제2015-000135호
등록	2015년 06월 18일

정가 16,800원
ISBN 979-11-6338-285-0 03810